競芳菲

下

薔薇檸檬 著

風文創 067

風文創
067

目錄

第九十九章　提親

陸寒現在有一個很頭痛的問題擺在眼前。

對於他來說，這個問題也許比考鄉試、考會試的難度都要大得多，那就是和他的二叔陸月思和解。

如果不是為了能夠順利和芳菲完婚，陸寒才不想登陸月思的門。

但規矩是明擺著的，陸月思是他的血親長輩，他的親事不可能繞過陸月思來辦。否則，不管他以後取得了多好的科舉成績，那些清流們的一張張嘴巴都可以把他說死，一點渣都不會給他剩下。

因此，陸寒思來想去，還是不得不硬著頭皮上了陸月思的門。

陸月思見侄子上門，大感驚奇。

其實在陸寒考了院試回來以後，陸月思就去看過他一次，好歹是個秀才了嘛，而且又有了這麼大的名氣，陸月思理直氣壯地跟著與有榮焉，完全忘記了兄長過世後他是怎麼對待陸寒的。

不過當時陸寒病懨懨的，沒什麼精神和他說話——實際上也是極為厭惡這個叔父，所以陸月思當時的俏媚眼都是做給瞎子看了，陸寒根本沒給他好臉色。

但現在陸寒主動來找他，他還是很高興的，立刻讓妻子兒女們都來和陸寒見面。

「哎呀，我的大侄子，怎麼瘦成這樣了？」方氏剛剛進了客廳，便高聲尖叫起來。

「二嬸。」瞧她一臉特意裝出來的關懷表情，讓陸寒看了暗暗皺眉。可恨的是就像人不能選擇自己的出身一樣，也不能選擇自己的血親，他只能對方氏拱了拱手。

「寒哥，你是不是還沒病好啊？平時吃點啥？」方氏假惺惺地坐到陸寒身邊「噓寒問暖」，她現在可是想巴結這個侄兒了。聽人家說，陸寒的才學出眾，這回中了個小三元不說，明年下場一定能撈個進士老爺回來。

要是等侄兒真的有了進士身分，那時再和他親近就晚了。所以方氏早就把自己過去對陸寒的種種算計拋到了天邊，一心只想著現在怎麼跟陸寒修復關係。

陸寒聽了方氏的慰問，不鹹不淡地說了句。「侄兒不缺吃食，有勞二叔、二嬸關心。」這話可是綿裡藏針，暗示陸月思夫婦，即使他們不管他，他還是有飯吃。

陸月思夫婦倆聽到陸寒這麼說，頓時也尷尬起來。不過這夫妻二人的面皮都很厚，用最短的時間便迅速恢復了常態，呵呵笑著和陸寒扯起家常來。

陸寒也不是為了和他們鬧得更僵才上門的，既然他們有心與他和解，他也沒必要拒人於千里之外，只要對他們心裡存著警惕就好了。

當陸寒提出，想在年內與芳菲完婚時，陸月思立刻意識到這是他和陸寒和好的良機。要做成一頭親事，可不是那麼容易的。三媒六禮，樣樣都要花時間、花精力，還得讓長輩出面處理。這一場親做下來，他和陸寒接觸的次數可是會大大地增加，不怕和侄兒處不好關係。

自己的兒子眼看著不是讀書的料子，看來跟自己一樣要當一輩子童生了。以後陸家的門楣，就得靠陸寒來光耀了。

以前是自己太過短視，只看到了哥哥手上的那點小財產，把侄子得罪慘了。往後可不能再犯這樣的錯誤，得跟他好好相處才是，不然怎麼好開口讓他提攜自己一家人？

陸月思打著「放長線釣大魚」的主意，便對陸寒所提出的要求一口應承下來。

「也是，你都十八了，該成家了。」陸月思甚至笑著問陸寒。「叔父肯定要幫你做成這頭親事的。說起來，你的聘禮準備得怎麼樣了，要不要叔父幫忙？」

方氏在旁邊聽著，臉色頓時暗了下來。她是想奉承陸寒沒錯，但像她這樣貪財吝嗇的人可不願意從自個兒的口袋裡掏錢給別人啊！

她臉上陰晴不定，又想提醒丈夫別那麼大方，又怕再得罪陸寒。

陸寒一側頭看見自己這位親嬸嬸臉色如此精彩，心中不禁冷笑，面上卻只是淡淡的。「叔父有心，我既然已成人，自會備下聘禮。叔父只要替我提親，主持婚禮即可。」

陸月思其實剛剛說出口就後悔了……正想著怎麼把話圓回來呢，突然聽得陸寒這麼識趣，臉上馬上露出了無比真誠的笑容。「我就知道寒哥你是個能幹的。是了，那佳茗居還有你的分子呢，你自然是不愁的了。」

「現在沒有了。我要專心舉業，無暇考慮他事，已經把那茶樓的分子轉手了。」陸寒聽陸月思提起這個，立刻便說出這話來堵住陸月思的嘴。

叔父您記性倒好啊！陸寒更是齒冷。對自己的「產業」，這叔父、嬸娘可真是上心。

「哦，專心好、專心好，等你考上了舉人進士，自然不用為俗務發愁了。」陸月思並不太相信陸寒的話，但他總算沒繼續追問下去。今天談話的氣氛實在太美好，還是不要輕易破壞的好。

「那就這麼說定了。等九月以後，秦家姑娘的孝滿了，便請叔父替我去提親吧。」

那日春雨從陸家回來，心情久久不能平靜。

她的腦子幾乎是一片空白，自己真的說出口了，這種事情，無論如何是輪不到她一個丫鬟來出頭的。

但春雨真的忍不住了。姑娘是很能幹沒錯，再能幹也是個女孩兒，沒有長輩幫襯，還是很容易被人欺負了去。

儘管春雨也相信陸寒的人品不至於那麼差，但凡事總有萬一……等事情發生了，再想法子去補救，豈不是太遲了？

所以春雨冒著激怒陸寒的危險，提起了他和芳菲的親事。沒想到這位陸少爺真的被她說動了，承諾說等姑娘的孝期一滿就來提親。

春雨走進屋子裡的時候，芳菲一抬起頭便詫異地說：「咦，春雨，妳的臉怎麼脹得這麼紅？」

「啊，奴婢剛才走得太快了。」春雨不敢和芳菲直視，垂下頭說：「姑娘交代的話，奴婢都向陸少爺說了。陸少爺收下了衣裳和銀子，說改天就去買個書僮。」

「嗯，那就好。」芳菲吁了一口氣，放下手中的針線捶了捶肩膀。「今天就做到這兒吧，替我收起來。」

「姑娘您別累著了。」春雨忙過來接過芳菲的女紅籃子，招手讓春月把籃子放好。

「累不著，才做這麼點活兒。」芳菲笑道：「陸哥哥的衣裳實在太少了，他這一進學讀書，天天都要到外頭去和人見面的。穿得太差，那些個狗眼看人低的傢伙肯定不會給他好臉色。」芳菲買了三疋新白綾和一疋竹布、一疋絹布回來，打算好好的給陸寒縫上幾身衣裳，眼看著秋天又要到了。

春雨說：「那也不用姑娘您親自動手啊，外頭的裁縫做的不一定比姑娘您做的好，可是買上個幾身穿穿也沒什麼。」

「妳這丫頭，倒會奉承我。」芳菲輕笑一聲，站起來鬆鬆身子骨。「我自己的針線是個什麼水平，我當然知道，哪裡能和外頭的裁縫們比。說真的，我這手針線，頂多也是個中等水平。」她又說：「不過陸哥哥性好簡樸，如果是我從外頭買新衣給他，他不一定會穿。」

春雨恍然大悟。原來是這樣……陸少爺不好穿華麗衣裳，但如果是姑娘親手縫製的，那什麼衣裳陸少爺都肯穿。

「那……」春雨吶吶地說：「奴婢雖然手腳笨，也可以替姑娘縫上幾針。」

「妳們哪裡笨？快別寒磣我了。」

芳菲笑盈盈地看著春雨。「妳和春芽的針線，那可是咱們家一等一的，原來幾個房裡的丫頭都不如妳們呢。只是，做這些衣裳，卻也是……也算是我的一番心意罷了。」

春雨見姑娘臉泛紅潮，又聽得「心意」二字，便不再勸了。

唉，姑娘待陸少爺這般有心，陸少爺，您可別辜負了我們姑娘啊！

好在春雨的擔心被證明是多餘的。

一個多月後，陸月思帶著一個媒人、一個族老到秦家來提親了。

恰好春月到大宅裡來取菜，那廚房裡的管事婆子即刻向她傳達了這個八卦。

春月菜也不取了，轉身就回了芳菲的院子。

春芽見春月跌跌撞撞地跑進來，皺起眉頭喝道：「給我站好！越來越沒正形了，仗著姑娘寬和，妳們就放縱起來了嗎？」

春月忙停了下來，但也顧不上跟春芽認錯，便急匆匆地說：「春芽姊姊，快去告訴姑娘，陸家來提親了！」

「真的？」春雨正撩起了簾子走到門外來，一聽這消息馬上就喜上眉梢。

「真的，我聽那邊廚房的人都在說呢，說那陸家二老爺帶了媒人來議親了，大老爺正在廳上陪他們說話，商量什麼時候換婚書呢！」

「阿彌陀佛，佛祖保佑！」春雨趕忙拉著春月進了屋，留下臉色複雜的春芽在院子裡站著。

「恭喜姑娘，陸家的二老爺來提親了。」

芳菲聽到這話不由得愣住了，手上的針立刻刺破了指腹，滲出一滴血珠。

怎麼……陸寒從來沒和自己商量過？

一時間，芳菲心中百感交集，又喜又羞，又驚又奇，竟是半句話都說不出來，只看著面前春雨一陣發愣。

這就要成親啦？

第一百章 波折

秦家偏廳裡，秦大老爺臉上掛著客套的笑容，和坐在一側的陸月思等幾人談笑風生。談話的內容，當然首先是圍繞著陸寒進行的。

雖然芳菲不是自己的親女兒，但始終也是秦家的女兒，能夠嫁給一個秀才公，秦大老爺還是很高興的。家裡出了一個有出息的姻親，以後說不定什麼時候就能幫得上忙。

所以秦大老爺對陸月思很熱情，熱情得讓陸月思都開始忘形了。

陸月思聽秦大老爺一個勁兒地誇陸寒，他也毫不害臊地自誇起來，訴說陸寒的父母去世後自己是如何幫助這個侄子苦學成才的。

秦大老爺微笑著聽陸月思自吹自擂，心裡卻是鄙薄不已。只要和陸家稍微沾點親戚關係的人家，誰沒聽說過當年陸月思是如何謀奪侄子的產業的呀？別的不說，那間濟世堂醫館就是明擺著被陸月思給占了去。

不過陸寒被一個「孝」字束縛著，又不能明著去和叔父奪產，才讓陸月思占個便宜。只是陸寒本人也沒把那醫館放在心上，他是要做大事的人，焉能斤斤計較那點小產業？

「是的，你們家寒哥將來定然會有大出息，我們家七丫頭有福了。」秦大老爺順著陸月思的口氣說下去。

「呵呵，我們寒哥一樣有福，能娶到秦家的姑娘。」陸月思也不是完全不會說話，這一句就讓秦大老爺心裡熨貼許多。

寒暄夠了，陸月思才提起正事。

「寒哥和你家七小姐，都到了這個年紀，也該成親了。前頭是因為寒哥要給他父親戴孝，所以才沒能辦成這親事。現在寒哥早除了服，七小姐身上本來有你家老夫人的孝，這會兒也滿了。我看，咱是不是年內就把這事給孩子們辦了？」

陸月思存了討好陸寒的心，辦起事來就格外利索，但秦大老爺就犯了難——

「說起來，七丫頭是隔房的孫女兒，她的孝期滿了，我們本家自然是不會攔著她成親的。只不過，七丫頭的情況有點特殊……」

陸月思一愣。

跟著他過來的黃媒婆畢竟是個辦事辦老了的，卻有點反應過來了。「大老爺可是擔心七小姐出門子不好看？」

「就是這個理。」秦大老爺嘆息一聲。

「七丫頭的房裡，是一個長輩都沒有了，她出門子肯定是要我們本家的人來作主的。可是先母才去世不足半年，門上貼的還是白聯，也辦不了喜事……」

陸月思光顧著想替陸寒辦成這樁事情了，卻忘記了這茬兒。

黃媒婆接話說：「七小姐就沒旁的親長家能暫借住一下出門子了？」

秦大老爺搖搖頭，眾人看他的表情就知道沒戲。

陸寒滿心歡喜地在陸月思家等消息，卻等來這麼一個答覆，也禁不住愣了神。

「寒哥，其實這親事不是不能辦。」陸月思說了實在話。「只是辦起來不好看。」也就是說，芳菲完全可以出嫁，這並不違背禮法。但她卻不能從秦家的大門出閣，因為秦家上下還戴著孝，門上不能貼紅紙，更不能放鞭炮。如果他硬是要這事給辦成了，那也行，就請一頂轎子讓芳菲從她的小偏院後門出閣，秦家的人也不能來送親——就跟納妾的規格差不多了。

怎麼秦家偏偏這種時候有了喪事？陸寒心裡頓時一陣鬱悶。

他再次開始懷疑自己想等有了功名再娶芳菲的決定是否正確。要是去年他服滿之後便去提親，那時候秦家老夫人尚健在，芳菲順順利利就能出門，哪有這麼多麻煩？可事到如今，也沒後悔藥吃了。

他是絕對不願意讓芳菲從後門出閣的。芳菲是他認定的結髮妻子，怎麼能委委屈屈地跟個妾室一樣出嫁？

但再耽擱下去，他又怕冷了芳菲的心。想起那天春雨說的話，他才明白自己是多麼的自私——只顧著取得功名，卻忘記了芳菲年紀已長，再不出閣便會惹起閒言。

其實芳菲本人卻是不著急的，她才不會覺得十八歲能大到哪裡去，在她「上輩子」的人生經歷中，多少姑娘們到了二十八歲才會考慮婚姻大事……雖說如今世道不一樣，但芳菲的心理感受卻沒多大改變，並不認為自己已經是個「老姑娘」了。

陸寒問陸月思。「二叔，那秦家老爺是個什麼意思？」

陸月思想了想，說：「黃媒婆說了個章程，秦家老爺也覺得不錯。」

「什麼章程？」陸寒一喜，忙追問道：「二叔請說。」

「黃媒婆說，現在其實就是出門子那一節難辦，其他都容易。三媒六禮，本來就要走一、兩個月的。現在我們慢慢地把前頭的禮數給走完了，剩下再過幾個月，等秦家滿了一年的孝就能操辦喜事了。」

陸寒明白過來。「二叔是說，我們先換婚書、下定、送聘禮，把這名頭定下來再說？」

「嗯，」陸月思說：「這樣事情就辦完了一大半。只等著明年那老夫人的喪期滿了周年，就能立刻辦喜事。」

「也只能如此了……」陸寒長嘆一聲，頗有些悶悶不樂。

這樣也好，反正先把這夫妻名分定下來再說吧。

本家大宅這邊的消息，不到半天就傳到了芳菲的耳中。

春雨這才發現自己考慮不周。是了，那邊還在喪中呢，不能大操大辦的。要是真讓姑娘這個時候出門子，那不是得一切從簡？

如果秦家和陸家的長輩真的商量好要這樣辦了，那姑娘可就屈死了。

春雨在心中罵了自己「好蠢」一萬遍，自己還以為這是為姑娘著想，可實際上真對姑娘好嗎？

她連跟芳菲坦白的心都有了，可是話到嘴邊又嚥了下來。自己這樣自作主張，姑娘知道了該有多傷心？姑娘一直那麼信任自己，連錢匣子都讓自己管著，可自己卻……

就在春雨自責不已的時候，終於有了一個讓她的心能放晴的大好消息。

陸家和秦家商量之後，決定先換婚書和下聘，把前頭的禮數都走完，明年才正式成親。

秦大夫人勞氏親自過來跟芳菲說了這事，又笑呵呵地說：「還剩下半年時間，七丫頭，妳可要好好地繡妳的嫁衣了。」

芳菲微紅著臉垂頭坐著，一逕淺笑不語。

勞氏對於芳菲這個識趣的堂侄女很有好感，拉著她又說了半天的話才走。

這下春雨總算放心了，這個結果是她最願意看到的。

畢竟原來芳菲和陸寒的親事只是兩家長輩口頭協議，連婚書都沒換過呢。要是陸寒中了舉，要悔婚也是很容易的。

現在把婚書一換，聘禮一下，那這親事就是十拿九穩的了。雖然姑娘不能立刻過門，可也是陸少爺名正言順的未婚妻了……這多好。

因為春雨一掃前日的陰霾，這些天臉上總是笑咪咪的，連春月把飯菜燒糊了也不出聲。

而春芽卻和春雨的表現截然相反。她看見春月把飯做差了，馬上就冷著臉讓春月去重做。

芳菲知道春月本來就不是廚娘，只是有個當廚娘的乾娘在大宅裡頭做飯，這才讓她掌了灶的。

「算了算了，我也不是那等嬌貴的公侯千金。燒出來了就吃吧，不能浪費糧食啊。」芳菲在小細節上對下人素來是寬厚的。這些丫頭做事也挺辛苦的，只要心正，她倒不在乎她們偶爾犯錯。

春芽見芳菲發了話，只能作罷，卻用眼一直剜著春月，看得春月好不害怕。

等芳菲用飯完畢，春芽幾個都出去了，芳菲才問春雨。「這春芽是怎麼回事？看她最近話比以前多啊。」

春雨想了想，說：「還真是這樣，奴婢沒注意。」

「妳給我留點神，探探她的口風，看她到底是個什麼意思。」芳菲凝神想了一會兒，又輕嘆一聲說：「其實她的心思，我也能猜個幾分……她不同於春月、春雲那兩個小的，又不能和妳我的情分相比。算了，我這也要走了，臨走前肯定會給她安置妥當的。妳把我這意思稍稍透一點給她吧。」

「是。」春雨自責不已。這些日子自個兒光顧著想心事了，卻忘記了自己身為姑娘的貼身丫鬟應有的職責。要等姑娘點醒自己，才發覺春芽的異樣……可不能讓春芽有什麼別樣的心思，免得牽連到姑娘身上，自己就萬死莫辭了。

她和春芽住一個屋子，不過很少有在一起安歇的時候，因為她們總得留一個人在芳菲屋子的外間上夜。

不過總歸是住一個屋的人，又同為芳菲跟前的丫頭，要親近起來也容易。

過了幾天，春雨找了個機會，探了探春芽的意思。

「姑娘說了，臨出門子前一定會把妹妹幾個安置好的……」

春雨本是一番好意，春芽聽了卻臉色大變。她急忙追問春雨說：「這是姑娘的原話？她是說要『安置』我們？」那就是說，不會把她們帶走了？

「是呀。」春雨看春芽臉色極為難看，心裡也有了計較。這春芽到底是在想什麼？

誰知過了一日，春芽趁著替芳菲梳頭，期期艾艾地說了一句。「姑娘，奴婢哪兒都不想去，就想跟在姑娘身邊服侍。」

芳菲眼中精光一閃，摸了摸自己的鬢角，裝作不經意地說：「這是什麼話，女兒家大了，總要出門子的，哪能在我身邊留一輩子呢？」

春芽咬咬牙，說道：「春芽就想在姑娘身邊留一輩子。」

第一百零一章 下聘

聽了春芽這話，芳菲臉色並未有什麼改變，就像是沒聽見似的。春芽見自己說了這樣表忠心的話，姑娘卻毫無反應，心下不由惴惴不安。

芳菲伸手從梳妝檯上拿起一張薄薄的胭脂紙放在唇間，對著鏡子抿了抿。

她用的這面銅鏡是仿宮造的高價貨，又時常找人打磨，端的是光潔無比。雖然比不了鍍水銀的鏡子那樣照得人纖毫畢現，卻也能看得清清楚楚。

從鏡子裡，芳菲看見春芽輕輕咬著下唇，兩道柳葉般的黛眉微微蹙起，一副心事重重的模樣，偏又想裝做平常表情。

她心中暗笑，放下胭脂紙，又拿起了一瓶鳳仙花汁子。

春芽忙過來替她打開瓶子，拿小刷子細細地染起指甲來。

「春芽，妳也跟了我好幾個年頭了。」芳菲看著低頭染指甲的春芽，閒閒地說了一句。

「是。」春芽的手不由得頓了一頓，趕緊又繼續動作。

她一邊小心翼翼地染著芳菲的指甲，生怕讓芳菲不滿意，又一邊豎起耳朵想聽聽芳菲還有什麼下文。

「妳今年也十六了，是個大姑娘了。」芳菲看看右手已經染好了，又把左手伸到春芽眼前。

春芽不敢再應，不知道芳菲想說些什麼，怎麼這語氣淡定得聽著讓人有些心慌呢？她好歹服侍了芳菲這幾年，對芳菲的脾氣也算了解了個大概。

芳菲和下人說話的時候總是很和氣，除了偶爾責罵兩句春雨之外，沒見她說過什麼重話。但就是因為春雨是芳菲的心腹，芳菲才會對她是這樣的態度。

春芽知道，姑娘對人越客氣，那她心裡十有八九對這人是不想親近的。現在芳菲跟她說話的語氣，就冷淡得讓春芽生寒……

「春芽啊，我聽說本家那邊，夫人屋裡的管事嬤嬤魯嬤嬤，想把妳說給她兒子？」

「沒、沒有啊！」春芽驟然一驚，差點就染歪了。

姑娘怎麼會知道這件事？那魯大又疤又麻，聽說脾氣還特別暴躁，又愛喝酒。

也不知道那魯嬤嬤怎麼就篤定了自己會被放出來？上次她替姑娘送些桂花糕到本家宅子裡去給大夫人，那魯嬤嬤就笑咪咪地抓著她的手扯了半天的閒話。

她才不要嫁魯大那個夯貨呢！那不過是個外院的家丁，托了他老子娘的福，管著大老爺的馬車。可大老爺看他粗笨，也不愛使喚他，這家裡的下人誰不知道他沒出息啊？說到有出息……

春芽默默想著，那些和她年紀相仿的小廝們，也沒誰能讓她看得上的。不是蠢，就是糙，會幹活的又太老實木訥，想到自己將來就配了這些人，她真是不甘心啊！

好不容易染完了芳菲十根青蔥似的指甲，春芽發現自己背後已經濕了一片。

姑娘雖然只說了幾句話，可是那種威壓的感覺卻如同山巒壓頂一般不住朝她湧來，讓她止不住地想打冷戰。

芳菲卻像是沒有察覺春芽的異樣般，笑著對她說：「還是妳的手最巧，以後我沒了妳在身邊，梳頭染指甲都不方便了。」這話聽著像是在誇她，但實際上強調的還是她以後不會把春芽帶走。

春芽生怕姑娘沒聽懂自己方才那意思，又說了一遍。「姑娘，奴婢真的不想離開姑娘身邊，您就讓我一直服侍著您吧！」

芳菲拍了拍春芽的手，說道：「妳不必擔心那魯家人逼婚。妳是服侍過我的人，我能讓妳嫁給魯大那樣的人嗎？放心，我一定會給妳好好挑一個老實又能幹的小後生。等妳放出去了，我還會給妳添一份嫁妝，保管不比原來春草的差。」

春草嫁出去的時候，芳菲是給了厚厚的嫁妝的，這個春芽也知道。可是……要嫁到那等小廝家裡，當個黃臉婆，就算嫁妝多一點又能怎樣呢？

「姑娘，奴婢不嫁，奴婢陪著您不好嗎？」

「哦……」芳菲吹了吹未乾的指甲，輕笑著說：「妳想跟著我一起到陸家去啊？」

春芽見芳菲終於接了她的話茬兒，心中一輕，連忙點頭稱是。

「奴婢跟著姑娘慣了，真的不想再去跟別的主子。再說姑娘您到了陸家，跟前也得有個能使喚得上的人不是？我也能替春雨姊姊打打下手……」她說到一半，突然發現芳菲一雙妙目似笑非笑地看著她，後面的話便只能嚥了下去。

芳菲再看了春芽一眼，便把臉轉了過去。

「這麼說來，妳都想好了嘛。聽起來倒是句句在為我著想，」芳菲輕輕頓了頓，又說：「妳在我屋裡幾年，我素來知道妳是個水晶心肝的伶俐人，長得也好，手也巧……不過啊，春芽，妳這麼好的一個人，怎麼能跟著我去陸家吃苦呢？他家裡可不如我們秦家富裕啊，丫頭婆子沒一個，灶冷屋涼的，還是算了吧。」

春芽聽芳菲再次否決了讓她跟著出嫁的事，忙緊巴巴地說：「奴婢不怕吃苦，只要能服侍姑娘，那些算得了什麼？況且陸少爺往後肯定是個有出息的，姑娘怎麼會一直受苦呢？」

「嗯，想不到妳對陸少爺倒挺有信心啊。」芳菲站了起來，直面春芽。

春芽本來就比芳菲矮些，被芳菲這麼一看，慌得低下頭去，手腳都不知往哪裡放了。

芳菲看她這個樣子，哪還有什麼不明白的。不過就是有一次要給陸寒捎的東西太多，春雨一個人忙不過來，她便派了春芽跟過去幫忙……

一次就夠了。

只見了陸寒一次，這丫頭的心就大起來了嗎？

芳菲懶得再跟她說什麼，一揮手便讓她退下。

春芽不小心說漏了嘴，心裡頭懊悔得快想找根繩子吊死了算數，見芳菲讓她下去，忙不迭就匆匆出了屋子。

芳菲看著春芽慌張的背影，搖頭嘆息。

她原來還真的考慮過要帶春芽走的，畢竟春雨一個人也忙不過來，春芽向來又很精明強幹，管小丫頭們的時候也挺有紋有路。

可惜啊，她卻不是像春雨那種安分的人，芳菲是容不得的。

陸寒是她的，而且只能是她一個人的。

想到這裡，芳菲也稍稍吃了一驚，自己什麼時候對陸寒有了這麼強的獨占慾了？

不知不覺間……她對陸寒的感情似乎越來越深了……

半個月後，陸家的長輩陸月思再次帶著媒人上門，和秦家交換了婚書。

那裹著紅綢鑲了金箔的八字本子一交換，從此陸寒和芳菲就是合法的未婚夫妻了。如果有一方要悔婚，憑著這婚書就能到公堂上去討個公道。

再過了十來天，陸寒親自帶著三十六抬的聘禮上了門。

三十六抬，說多不多，說少不少，算是中等人家常見的聘禮。

就是這三十六抬的聘禮，也是陸寒掏空了他所有的積蓄，再跟那位好友童良弼借了些銀子才置辦起來的。

自從去年的遇盜事件以後，陸寒和童良弼就成了生死之交。兩人來往不多，但彼此間都將對方當成了知交好友，這份一起經歷過大劫的情誼不是那麼容易得來的，所以二人都極為珍惜。

陸寒一上門，整個秦家都轟動了。往常送聘禮的都只是家中長輩和一些親屬，新郎官親自來送聘禮的還真少見呢！

當然，這個轟動的原因還在於陸寒的「三元」身分。秦家沒一個讀書種子，大家見了這樣的少年才子都仰慕得不得了，尤其是那些小丫頭們更是搶著「埋伏」在陸寒可能經過的小徑上，就想偷看這位陸才子一眼。

「小環姊姊，妳剛剛去客廳奉茶了？看到那位陸少爺沒有？」

一個青衣丫鬟才剛離了小廳，就被一眾小丫鬟們圍了起來。

「哎呀，不要扯不要扯……」那小環笑著說：「妳們想看，自個兒看去。」

「我們哪有那個福氣啊。好嘛，小環姊姊，您就跟我們說說嘛！」

小環受不了姊妹們的撕扯，只好投降道：「好好好，我是看見陸少爺了。」

「他是不是長得玉樹臨風，瀟灑倜儻？」

「是不是有一管特別挺直的鼻子？」

「他有多高？」

小環想了想，說：「妳們怎麼說話還文謅謅的……這些詞兒我可不會，不過陸少爺長得那是真好看。」

小丫頭們不滿了。「哎呀，有多好看呀，姊姊妳說清楚點。」

「我不會說呀！」小環都快要抓頭了。「啊，對了……就像是那畫上的人兒似的。和咱們七小姐，真是一對璧人，登對得不得了。」

「哇……」

在這群歡快地笑著鬧著的丫頭們的不遠處，春芽白著一張臉默默地站在一邊，用力地咬緊牙關，悄悄地濕了眼角。

她還記得那次替姑娘給陸少爺送東西，陸少爺接過包袱時笑起來的時候就像皎潔的月光一樣動人。可是，那樣的笑容她再也見不到了。

就在兩天前，姑娘告訴她，已經給她看好了一戶人家，是下面莊子裡一戶管事的兒子。

她根本來不及反對，秦大夫人就把她叫了去，說讓她好好準備出嫁，還說這是姑娘特地到夫人面前求的恩典。

恩典啊……春芽苦苦地笑了，比哭還要難看。

第一百零二章　情意

「姑娘，還是讓奴婢來吧？」春月看著芳菲猶豫地說。

芳菲特意穿了件窄袖的家常小襖，聞言轉過臉兒來笑著說：「妳這丫頭倒真是小看我了，我會做飯的時候，妳還沒灶臺高呢！」

春月忙說：「奴婢哪敢小看姑娘，只是這廚房裡頭又煙又火的，還有這粥……萬一濺到姑娘您手上，奴婢可就該死了。」

芳菲不以為意地擺擺手。「放心，雖然我多年沒下廚，底子還是在的。」

她看春月、春雲、春雨幾個還是一臉不放心地圍在她身邊，失聲笑道：「行了，妳們就在一邊看著我做，別拖我後腿。」

今兒芳菲親自下廚，卻是因為這是臘八正日，她突發奇想要親手給陸寒熬臘八粥。

剛好她資料庫裡有好幾個臘八粥的食譜，她便把這些食譜全寫下來琢磨了一番，優中取優之後定下了現在的做法。

「嗯，春月妳記性倒好，我昨兒讓妳準備的材料，都弄得挺齊全啊。」芳菲一邊熬粥一邊清點著旁邊案檯上的各色乾果。

春月受了誇獎，有些不好意思。不過她又好奇地問：「姑娘，昨兒奴婢去那頭廚房要材料的時候，奴婢的乾娘還問說，怎麼咱們的臘八粥方子和那邊宅子裡煮的不一樣，這裡頭有什麼緣故？」

芳菲顯然心情很好，耐心地跟幾個丫頭解釋說：「所謂的臘八粥，其實就是糯米、粳米加乾果子熬煮的。這些乾果子嘛，可以隨意搭配，自己喜歡吃什麼就放什麼呀，要是煮給別人吃呢，也可以根據每個人不同的情況來煮不同的臘八粥。」

「每個人吃的還能不一樣？」春雲也忍不住開口問了。

春雲是芳菲屋裡最小的丫鬟，平時就做點粗活，但性子卻是很活潑的。芳菲也很喜歡她，見她這麼問，便說：「當然了，這可是有講究的呢。妳們想聽嗎？」

「當然想聽了。」三個丫鬟異口同聲地說。

芳菲興致勃勃地跟她們解釋。「臘八粥裡必不可少的，那就是花生和核桃。除此之外，便可靈活變通——

「要是給老人家煮的，可以多多的放些枸杞、大豆；給大娘們煮呢，就放些紅棗、桂圓、蓮子；小姑娘們吃的臘八粥，就煮甜一點，多放冰糖……」

春雨幾人大開眼界，原來煮臘八粥還有這麼多的門道啊。姑娘懂得就是多，真厲害。

春雲嘴快，又問：「那您給陸少爺煮的這粥，是什麼方子呢？」

「這個？這裡頭我放了好多核桃和栗子。他讀書費腦子，要多吃點核桃才好。」芳菲也不怪春雲逾矩，臉上露出一絲甜甜的微笑，似乎親眼看見陸寒在吃著她熬的愛心粥。

「那為什麼要放栗子呢？」春雲眨巴著一雙大眼很有求知慾地追問著。

「呃……」芳菲愣了一下。

春雨立刻敲了敲春雲的腦袋。「問問問，妳就知道個問，乖乖看著姑娘有什麼要幫忙的吧。」

「喔。」春雲摸了摸腦袋上的包，趕緊住了嘴。

芳菲便乘機換了話題。「我看熬得差不多了，春月妳去把火弄小點。」

春月拉著春雲一起去處理灶臺，把方才的尷尬掩了過去。

其實剛剛芳菲不解釋栗子是有緣故的……因為陸寒大病一場之後身體虛弱，所以芳菲才會給他煮這專補腎氣，治療腰痠腿軟的栗子……這話倒不好和小丫頭講了。

很快地，香噴噴的臘八粥就出了鍋。芳菲立刻裝了一個大瓷盅，又套上厚厚的棉布套子，讓春雨快些給陸寒送去。

這一天，不僅僅是芳菲在煮臘八粥，家家戶戶沒人不忙著做這個的。

即使是皇宮內苑，也不例外。

「殿下，這是太后讓奴婢給您送來的臘八粥。」

一個年約二十的青年宮女，領著一隊小宮女走進東宮一間典雅大氣的書房，向那坐在書案後的太子殿下行禮。

東宮太子朱毓升站起身來，讓這些宮女免禮起身，並且誠摯地讓她們代他向太后致謝。

「太后她老人家用過臘八粥了嗎？」朱毓升問那帶頭的大宮女。

那宮女恭恭敬敬地回話說：「回殿下的話，太后早晨起身後已經用過臘八粥了。」

「那就好。」朱毓升點點頭，那宮女才又再行了一禮，帶著那幾個小宮女緩緩退出了書房。

朱毓升看著那碗臘八粥，卻完全沒了食慾。

他身邊的小太監瑞安是跟了他幾年的老人，知道太子為什麼不高興。但他身為奴僕，也沒資格來開解太子，只得輕聲說：「殿下，這寒冬臘月的，吃冷食不好。奴才讓人給您熱一熱吧？」

「不用了。」朱毓升深深嘆了一口氣，坐下來不管三七二十一就把那碗冷粥吃進了肚子。

瑞安欲言又止，但也只能暗暗為太子感到憂心。

在這後宮裡，得罪了詹太后，太子的處境也很危險……

朱毓升兩、三口把粥吃完，便將那碗擱到一邊，靜靜地想著心事。

太后的態度已經很明顯了。

在他剛入宮的那段日子裡，太后對他確是特別照顧。像臘八這種日子，毫無例外都是傳喚他到她宮中，陪她一起吃臘八粥的，還會親切地跟他聊些家常。哪會像如今這般，只是應景讓人送碗冷粥來？

他一直小心翼翼侍奉太后，終於被太后扶上了太子的寶座。

可是現在太后和皇帝的關係，越來越惡劣了……他又不能蛇鼠兩端，只能選擇靠攏其中一個。

太后和皇帝起衝突的根本原因，還是太后對她的娘家詹家太過扶持的緣故。從根本上來說，她選了朱毓升來當太子，也還是為了詹家。

因為朱毓升之父安王是她的小兒子，詹家算是朱毓升的親族。而另外那兩個王子，可就沒這層關係……

皇帝老了，越發看重他手中的權柄，哪能容得下外戚專權？就因為對外戚的警惕，他竟在皇后死後多年不再立后，就是不想別人來動搖他朱家的江山。

靠攏太后，會被皇帝猜忌；靠攏皇帝，卻又會引起太后的不滿。朱毓升這太子之位坐得戰戰兢兢，如履薄冰，半點都不穩妥，隨時可能會摔下來。

畢竟他不是皇帝親子，不過是個有無數人可以取而代之的宗室子弟。找個理由廢了他，再立別人，那還真不是什麼特別困難的事情。

如果他沒有當過太子，或許可以像那兩位落選的王子一樣，回到父親的屬地裡繼續過著閒散王公的生活……

可是一旦成為「廢太子」，那他的後半生只能在圈禁中度過。更大的可能是等新君即位，自己就會在某個日子一不小心就「病死」，誰也不會來為一個「廢太子」的死翻案。

天家無骨肉。朱毓升在宮中待得越久，這種感覺就越明顯。

十四歲之前那種悠閒的生活，他已經再也回不去了……

越是這樣，他便越發想念進宮之前的人和事。

不知道母親還好嗎？她身子弱，一到冬天就會傷寒咳嗽，一發病往往要持續一、兩個月。

父親可還硬朗？想起過去他中氣十足地罵人的樣子，朱毓升更是懷念不已。如果可以，他多想再被父親罵一頓啊！

還有蕭卓……還有……那個丫頭……

她一定已經嫁人了吧？也許孩子都會走路了。

不能輕易和蕭卓通信息之後，朱毓升就再也沒有了芳菲的消息。

他心想，他們今生是不可能再相見了吧——此時的他沒有想到，他們竟真的還有再見的一日，而且是在那樣的情形下……

陸寒一口一口吃著春雨送來的熱乎乎的臘八粥，那溫熱便一直從口中流入了胃裡。

當春雨跟他說，這是芳菲一大早起來親手熬製的臘八粥時，陸寒只覺得他手裡捧著的瓷盅格外發沈。

芳菲沈甸甸的心意，陸寒完全能體會得到。

春雨過來當然不是只送一罐粥那麼簡單，她還帶來了一張五百兩的銀票，告訴陸寒這是姑娘請他修繕新房的費用。

芳菲知道陸寒的家底，能折騰出三十六抬的嫁妝絕對是借了債的。她怎麼能看著陸寒舉債度日呢？

陸寒自然不肯收下，春雨卻擺出了大條道理。

「陸少爺，奴婢斗膽說一句，您可別怪奴婢多嘴，」自從那次她「勸諫」陸寒提親成功，春雨的膽子也大了一點。「您這屋子開春就該大修了，誰家裡娶媳婦不粉刷新房啊，對不對？還有著家裡的傭人，姑娘說也請您多添置幾個，不然家裡人口多了，活兒忙不過來。」

春雨又說：「如果是別的主子，春雨是絕不敢這麼說話的。春雨知道陸少爺心裡對我們姑娘好，才敢說這些——您想我們姑娘以往吃穿住用都過得去，她想請您將這家裡弄得舒服些，她過來以後日子也舒坦，這又有什麼錯呢？

「還有您常常要出門應酬，總不能都讓同窗會鈔吧？姑娘可是說了，陸少爺您的體面就是她的體面，您看為了我們姑娘，您就收下吧！」

春雨的話一套一套，彎彎道道特別多，繞得陸寒頭都暈了，只好又把這銀票收了下來。

若是別人，怕會是兩種極端反應——要嘛臉皮特別厚，覺得未婚妻幫他是理所當然；要嘛清高得過分，認為用女人的錢是一種恥辱……

陸寒卻兩者皆否。

他心裡，只覺得這都是芳菲濃濃的情意，就像那黏稠甜蜜的臘八粥一樣，一入口就甜到了心裡。

第一百零三章 邀請

時近年底，府學自然也就散學了。

陸寒在府學讀了半年書，學問更是精進不少。

府學有「禮書射數」四科，簡單說來就是「經史」、「書法」、「體育」、「算數」。聽起來也是著意培養德智體全面發展的人才，不過這跟後世的素質教育異曲同工，到最後大家還是只看重經史，其次也重視一下書法。至於其他？那都是浮雲……

所以能在「禮」科取得優異成績的人，才是府學中真正的優等生，比如陸寒。

在陸寒入學前，府學裡也不是沒有出色的人才，這些人也都是從全陽城數萬考生中脫穎而出的佼佼者，只是暫時沒考上舉人而已。

考個一、兩次鄉試沒過，那實在太平常了，要是一次就過關才是不正常，屬於鳳毛麟角的範疇。

因此數年累積下來，在府學中也是有厲害的高手的，寫起文章來一樣揮灑自如水準不俗——這是在陸寒出現以前。

陸寒一入學，開始的時候大家也沒覺得他有什麼特別之處，頂多就是衣裳簡樸些，人長得白淨些。要不是頂了個「小三元」的名頭，大家還真不一定能注意到這個沈默低調的小秀才。

但一連幾場課試下來，眾人卻不得不服了。

府學每月有四次考試，分別在月初和月末各有一場大考和小考。大考考的是時文寫作，小考考的是經解策論。在連續兩個月的四場考試中，陸寒無一例外全部拿下了第一，沒有一場例外。

這可不是讀書讀得好能做到的，必須要對國家時事有著充分瞭解，自己還需要有獨到的見識，才能寫出讓一眾教授大人們拍案叫絕的文章。

一個只在鄉下村學裡讀書的小書生，居然有這等謀國之識，能不讓教授大人們驚訝嗎？

他們當然不知道那間村學裡的老師，是一位歸隱的翰林學士……因為蘇老先生教那些村童識字的時候，並沒有刻意傳授什麼高深的知識，只因陸寒是正式拜入他門下的弟子，才會另眼相看，精心教導。

陸寒天資極高，又肯下苦功，能夠取得這樣的成績也不在蘇老先生的意料之外，他對這個小弟子還是很有信心的。

總之，陸寒在府學裡聲名大噪，再也沒人敢小窺了他。現在學裡無論入學早晚，人人都稱陸寒為「陸師兄」，這不是輩分問題，而是對陸寒的尊重。

陸寒為人謙遜，並不會恃才自傲，雖然不會刻意親近別人，對於來討教學問的同窗態度卻很和氣。

久而久之，他身邊自然也圍繞了一群追隨者，使得他在府學中隱然有了些超俗的地位，不過陸寒並不在意就是了。

他對於虛名看得很輕，只在乎自己能否取得更高的功名，來光耀門楣，以及讓芳菲過上更好的生活。

至於那些憂國憂民的大道理，他一個十九歲的青年，其實感受並沒有那麼深……

府學散學當日，陶學政又來進行一通官方講話，鼓勵各位學子明年開春後繼續努力，爭取通過明年的鄉試。

在這例行講話結束後，陶學政又將陸寒單獨叫了過去。只是這一次，再也沒人質疑陶學政對陸寒的偏愛。

雖說自古文無第一，但科舉之道卻是講究排名的。陸寒一再奪魁，已經在人們心目中留下了極深的印象，因此人們自然而然的認為他就該享受與眾不同的待遇。

「這幾個月學得怎麼樣？」

進了公務房，陶學政先在書案後坐下，又示意陸寒在他對面落坐。

陸寒謙虛兩句，依然站著聆聽陶學政說話，陶學政也不勉強。

聽到陶學政這麼問他，陸寒便中規中矩地回答：「學生在學中受益匪淺。」

「哦？你幾次考試的時文和策論我都看了。言之有物，不錯。」

陶學政的態度一如既往的親切，陸寒身為晚學後輩，自然只有俯首受教的分，不敢露出什麼不恭敬的神色。

陶學政問了他一些學問上的事情，隨即話鋒一轉，從身上拿出一張請柬。「今年正月十五，有一場文會，是由江南宿老宗老先生牽頭的。這是文會的請柬，你拿去吧，到時記得過來聽聽老前輩們論文，對你作文有好處。」

文會？陸寒心中咯噔一下。

雖然陶學政沒有明說，但陸寒心知肚明這是同安學派南宗的新春文會，每年都要舉辦一次。一來是交流學識，二來也是為學派補充新鮮血液。

一瞬間，陸寒必須要作出選擇。

去還是不去？

去了，自此就會被列入同安學派門下，從此一身榮辱與同安學派捆綁在了一起。

不去，立刻就得罪了陶學政，能不能從府學順利畢業還是個問題——而不能取得府學畢業資格的話，是不能參加鄉試的。

是先解近憂，還是顧著遠慮？

陸寒神色自然地笑著朝陶學政拱手。「多謝大人提攜，學生一定按時到場。」

陶學政也極和藹地笑了，甚至站起來拍了拍陸寒的肩膀。「年輕人，多學學看看，將來才有前途。」

「是。」陸寒深深地拜了下去。他已經被迫選擇了一條他並沒打算走的路……

其實在他進入府學讀書以後，被陶學政頻頻找去「單獨教誨」就已經想透了一件事——無論他如何撇清，在他被陶學政點為案首，又時常在人前刻意與他親近之後，別人已經將他視為陶學政的門生了。

既然已經濕了腳，索性就跳進這潭深水裡去吧。他倒要看看，這會是淹沒他的深淵，還是助他衝鋒的激流。

今年芳菲的除夕是在自己的小院裡度過的。

往年和本家幾個房頭的人住在一起，每到除夕守歲，是必定要在大廳裡團坐著的。她和那些個伯母姊妹們坐在一處，話不投機半句多。

那幾房的女人心不合面也不合，坐到一處就是不停地脣槍舌劍往來不息，一轉頭來到秦老夫人面前，又都作出恭順和睦的模樣，實在令人發噱。

不過今年她可就痛快了。本家那邊三個房頭分了家，而且是在極不愉快的情形下分的，這頓年夜飯便是分頭進行，並不打算圍桌團圓。

她也樂得清靜，跟大伯母勞氏告罪以後，便關起院門來過自己的小日子。

春芽被她提前放出去了，明裡說是她的恩典，但宅門裡的人哪會相信這種明面上的說法？但真實的原因，芳菲不會說，春芽不敢說，自然也只能成了懸案。

春芽走後，芳菲直接跟勞氏說也不用給她補人了，她出嫁反正是只帶春雨一個的。如今再給她添個人過來，也太麻煩家裡了。

實際上卻是芳菲不想屋裡再混進來什麼心懷鬼胎的丫頭。她打算開了春，親自上人市去買上兩、三個丫頭來好好教上一教，到時帶到陸家去也方便，勝似從本家借人來使。

「姑娘，年夜飯做好了。」春雨快步走進裡屋向芳菲稟報。

芳菲笑著應了一聲，便走到外間去看那廳中的大圓桌上擺了什麼吃食。

「姑娘，都是按您寫的菜單做的。」春月一邊擺碗一邊說：「您看看這些菜做得如何？」

芳菲一一看了這桌上十來碟菜，點頭說：「春月的手藝是越來越好了，我看比妳乾娘還強些。」她招呼幾個人說：「來，妳們都坐下陪我吃飯吧。」

「這如何使得？」三個丫鬟都連連搖頭。

芳菲把臉一板，說：「那妳們就看著我一個人坐在這兒孤零零地吃飯呀？快在下頭陪我坐了。」

三人還是不肯，芳菲再三說了，她們才敢挨著半邊屁股坐下。

等芳菲動了筷子，她們也才伸手去挾面前的菜。

春雲吃了一塊排骨，讚嘆道：「這碟醬燒炸排骨真好吃。」

「呵呵，今晚這菜可不能叫炸排骨了。」芳菲也挾了一塊放在嘴裡，嚐了以後也說不錯。

春雲是個好問問題的，見芳菲今兒特別有興致，便問：「姑娘，難不成這菜名也有講究？」

「對呀，」芳菲說道：「年夜飯，講的就是個意頭。這排骨，要叫『節節高升』。」

春雨領悟過來。「對哦，這紅燒鯉魚就是『年年有餘』。」

那邊春月也說：「那這碟子菜花不就是『富貴花開』？」

眾人笑成一團，春雲也說：「叫『錦上添花』才對！」

她們都跟芳菲學過識字，是以也懂得幾個成語。幾人笑了一陣。

春雲又疑惑地問芳菲。「姑娘，那您今兒教咱們包的這個花邊餃子又有什麼意頭啊？」

「這個啊……叫『狀元餃子』。」

丫鬟們都瞪大了眼睛。「咦？這我們倒沒聽說過……」

春雨眼睛一轉，這才笑道：「這意頭好。姑娘您可要多吃幾個，明年就能當個狀元夫人了。」

春月和春雲一聽也拍手叫好。她們平時也不敢這樣打趣姑娘，但今晚姑娘特別寬和，飯桌上氣氛又好，她們才會露出了少女們活潑的一面。

芳菲也不氣惱，還真的往碗裡挾了幾個狀元餃子蘸醋吃了起來。

狀元……那是不敢想的。但是她相信，陸寒一定能通過明年的鄉試。

到那時……她也成為他的妻子了。

芳菲慢慢咀嚼著嘴裡的餃子，忽然覺得那餡兒是不是放多了糖，怎麼這麼甜呢……

第一百零四章　震動

年年月月花相似，月月年年人不同。

芳菲在上元節午間來到佳茗居雅間裡見到丁碧和阮翠華的時候，不由得就想起這句詩來。

幾年前佳茗居剛開張的時候，也是一個上元節，她邀請了幾位同窗來這兒喝茶。如今佳茗居還是那麼興旺，當日座中的閨密們卻都風流雲散了。

當時盛晴晴還沒出嫁，一直黏在她身邊當個小跟屁蟲。去年盛晴晴就已經嫁了人，聽說現在已經有了三、四個月的身孕，就快要當母親了呢。

「秦姊姊，妳可算來了。」

丁碧和阮翠華都比芳菲小一、兩歲，見芳菲帶著春雨進門，都忙起身相迎。

芳菲讓春雨替她解下披風，伸手掠了掠鬢邊髮絲，才笑道：「我沒遲到吧？」

「沒有、沒有，是我們太心急想見到秦姊姊，所以早來了。」

丁碧笑著讓芳菲坐首座，芳菲也不謙讓，盈盈坐了下來，又招呼兩人就座。

「妳們倆怎麼有興致請我出來喝茶？」

阮翠華親手給芳菲倒了一杯花茶，笑道：「我們姊妹多日未見，趁這節日聚聚也好，姊姊您還不知道吧，碧兒過兩個月就要走了。」

「走？」芳菲一驚，忙看向丁碧，只見她臉上泛起兩團紅雲，便恍然大悟。「是呢，聽說碧兒的婆家在江城？」

江城是江南道首府，是富戶和官宦聚居之地。她早聽說丁碧是許給了一位江城通判做兒媳的，原來送親的日子已經定下來了。

阮翠華嘆息說：「唉，碧兒一走，我就更無聊了。前些年，惠如姊姊和端妍姊姊上了京城，晴晴去了西南，現在碧兒也要遠嫁。現在我們姊妹還能坐在一處喝茶，再過得一些日子，可就剩我自己了。」

丁碧忍不住笑了。「妳這話說得，好像妳不用出門子似的，妳家不是早給妳看好了人家嗎？就等著下聘了。」

「啐，我才不嫁人呢！當人媳婦最操心，哪有當姑娘舒坦？」阮翠華嘴硬頂了一句，但她自己也知道這是不可能的事。哪裡有不嫁人的女兒家？

「說到下聘……」丁碧看向芳菲，說：「我們還沒恭喜秦姊姊呢！」

「是呢、是呢，我也聽說了，陸家已經到妳家下聘了吧？」阮翠華拍掌笑道：「幸虧秦姊姊不是遠嫁。」

丁碧斜瞥了阮翠華一眼。「妳真是孩子話，等明年秦姊姊的夫婿中了進士、做了官，那是不可能回原籍的，秦姊姊這邊又沒公婆服侍，當然是要跟著去的呀！」

「是呢……」阮翠華又沮喪起來。

芳菲忙說：「哪能那麼容易就中了進士？他明年才是第一次下場呢。」

阮翠華卻不同意了。「姊姊，妳就別謙虛了，滿陽城誰不知道陸家的陸子昌是陽城第一才子？別說中進士，考庶吉士中狀元那都是有可能的呢！」

「是是是，承妳吉言。」芳菲抿嘴笑了。

此時，阮翠華口中的「陽城第一才子」——陸寒，卻並不在陽城過節。他正在陽城外清江上的一艘大畫舫上，參加同安學派南宗的新春文會。

他那新買的書僮硯兒站在他身後替他斟茶遞水，眼中滿是對主人的崇拜。大家得知他被陸家買去當書僮，都說他是難得的好福氣，能服侍那位大才子。他也覺得主人真的好厲害，別的不說，看這一屋子的老先生都像是特別有學問的人，只有自己的主人是個年輕學子。別家的公子哪能和自己的小主人相比呢？

陸寒不知道他這小書僮的心思，他淡定地坐在末座上，聆聽著上頭那幾位老先生的講學。平心而論，同安學派的大儒們都是有真才實學的前輩，並非浪得虛名。撇開政治因素不談，聽他們講學，對陸寒而言確實是一個極難得的機會。

這些慣於講學的大儒們，講起諸子經典來的確是微言大義，深入淺出。雖然有時觀點奇崛，令人驚嘆，但細細想來也是大有道理。

這種講學和學堂、府學裡的講學並不相同。府學裡講究的是「理解先賢著作」，而這些大儒們所講的卻都是自己的見解，當然還和國運時政緊密聯繫在一起，絕不是誇誇其談。

文會的主持人，同安學派南宗的泰斗宗德明宗老先生，正和坐在他身邊的陶學政陶育說起陸寒——

「看那小子倒是挺專心聽講的嘛。」宗德明遠遠看著陸寒，臉上露出一個意味深長的笑容。

陶育說：「寧川公當日便認為此子將來必定能成大器，是以一直讓學生好好教導他。學生教了他半年，覺得這陸寒的確天資驚人，假以時日，想來必會有一番成就。」

宗德明微笑道：「天南兄認可的人才，自然是好的。只不過，遠山啊……」他拍了拍陶育的肩膀。「所謂人才，學問倒還是其次，重要的是有胸懷天下之志。你可別只看到了他寫的文章出色，別放鬆了對他心志的培養啊。」

這話就是在暗示陶育要多多向陸寒宣傳同安學派的道義，將陸寒牢牢地綁在同安學派這棵大樹上。

和寧川公繆天南的觀點相同，宗德明也認為現在的同安學派很需要新鮮的血液。所以對於拉攏有才學的年輕人，宗德明也很上心……

他對陶育吩咐了兩句，陶育便走到陸寒身邊，說隴山公宗德明想和他說幾句話。

陸寒聞言站了起來，忽然身子一晃，差點摔到地上。

他還以為是自己失態，他才剛剛扶著桌子站穩，這畫舫又更加劇烈地搖晃起來……

同一時刻，坐在佳茗居裡的芳菲和丁碧幾個也慌了神。

屋裡的桌椅器皿不住晃動，丁碧坐的椅子晃了一下，她沒坐穩，一下子摔到地上。她的丫鬟茜茜想去拉她，結果一個踉蹌也摔了下去，和丁碧滾在一起。

芳菲第一時間反應過來——

地震了！

晃動越來越劇烈，幾個姑娘都驚恐地尖叫了起來。

芳菲強自鎮定下來，大喊一聲。「把桌子推到牆邊！」

她一邊喊著一邊去推桌子。春雨雖然不知道姑娘為什麼要這麼做，但出於對她的絕對信服，立刻去幫她一起推。

兩人把那酸枝木大理石面的桌子推到牆角，整棟樓晃得更加厲害了，石塊土灰噗噗噗從牆上不住地掉下來。

「躲到桌子底下去，快！」芳菲聲嘶力竭地喊著。

屋裡的人除了她已經全部嚇傻了，這時聽到芳菲的命令，下意識地就連滾帶爬地鑽進桌子底下。

這桌子本來是可以招待十個人宴飲的大圓桌，六個年輕女孩子躲在裡頭也不算太擁擠。

每個人都被巨大的恐懼攥住了心臟，緊緊地捂著嘴縮成一團，彼此依靠在一起，一句話也說不出來。

哐噹！

一根房樑從屋頂上砸了下來，帶起漫天的塵土木屑。

她們只感覺到頭頂上的桌面被無數木塊灰石像雨打芭蕉一樣噗哧噗哧不停地砸著，整個屋子全都是煙霧濛濛的一片。

耳邊一直傳來外面的人們在跑動哭叫的聲音，可是她們之中也並沒有一個人想著要跑走，因為大家已經嚇得完全腳軟了。

不知道過了多久——也許只是十息不到的時間，但她們都覺得像是過了一輩子似的那樣漫長，劇烈的震動終於停了下來。

芳菲立刻想到，這也許是地震之中的小間隔，待會兒可能還會有更大的震動。

「快，我們快離開這裡！」芳菲第一個鑽出了桌底，她一手就把春雨也給拉了出來。

春雨盲目地相信著芳菲，所以雖然極度害怕，但有芳菲在身邊，她就覺得有了主心骨，因此行動倒還利索。

其他四個女孩兒卻動都動不了了，芳菲著急得不行，不趁現在跑出去，可能就出不去了。

「想活命的就給我出來，一刻都不能耽擱，待會兒還會再地震的！」

聽到芳菲說待會兒還要震動，幾個女孩兒總算有了點反應，手腳並用地爬了出來。

「聽著，妳們不要怕，跟著我走，一定不會有事的！」

芳菲知道此刻她們最大的敵人不是地震，而是那種莫名的恐懼。在這種時候她們最需要的是一個給她們下指令的人，因為她們的腦袋估計都已經難以思考任何問題了。

「走——」芳菲當機立斷拔腿就跑，一推開房門跑到走廊，馬上被走廊裡的情形嚇了一跳。

好幾個人被掉下來的木板和房樑砸傷躺在地上不住呻吟，鮮血染紅了走廊的地板，平時雅致清幽的佳茗居變成了恐怖的人間地獄。跟在芳菲後頭的女孩子們尖叫起來，如果她們沒有躲到桌子底下，或許就會是這個樣子……

芳菲回頭大喝一聲。「不要叫，不要看，我們一定要跑出去！」

現在也分不出誰是主誰是僕了，五個少女在芳菲的帶領下艱難地邁過那些傷者，朝樓梯口跑去……

女賓的雅間在三層，她們也顧不上什麼淑女形象——事實上在逃跑的客人們也都跟她們差不多，沒有誰還能注意別人的眼光。

她們互相攙扶著走到一樓大廳，整棟樓卻又晃動了起來……

第一百零五章　援手

「一定要衝出去！」芳菲看著近在眼前的大門，回頭一拉春雨。「快走，現在不走就別想走了！」

地面搖晃得厲害，大廳裡的人不住地叫喊著，又要躲避頭上掉下來的木屑和樑柱，又要極力保持平衡想站穩。

芳菲帶著幾人極困難地繞過了兩張桌子直衝門口，她第一個跑到了門外，隨後朝著緊跟著她的幾個人喊道：「往空曠的地方走！」

「秦小姐，我們姑娘被壓在裡頭了。」

丁碧的丫頭茜茜哭叫著拉住芳菲的袖子，芳菲已經在無意中成為了一行人的領頭。

什麼？芳菲環視四周，發現丁碧真的沒跑出來。

地面的晃動還在繼續，但誰也不敢再往屋裡跑。

芳菲咬了咬牙，對她們四個人說：「給我老老實實待在這裡，不准動。」

「姑娘您不能進去！」春雨第一個反對。

而茜茜說的是：「奴婢跟您一塊兒去。」

「聽話，給我好好站在這空地上別動。」芳菲也不再理會她們，扔下這句話就又往佳茗居裡頭衝去。丁碧叫她「姊姊」叫了這些年，她總不能見死不救。

等她再次邁進佳茗居大廳的時候，震動又一次停了下來。大廳裡哀鴻遍野，人人都爭著往外跑，只有芳菲一個人逆向而回，不住地喊著。「碧兒，碧兒妳在哪兒？」

她一邊喊著一邊四處尋找丁碧的蹤影，忽然聽到一聲虛弱的聲音在呼喚她。「秦姊姊……我在這兒……」

芳菲循聲望去，只見丁碧被一張倒下的酸枝木大桌子壓住了小腿，整個人被樓面上撒下的木石灰土埋了半個身子。

「碧兒別怕，我來救妳了。」

芳菲忙跑到丁碧身邊去推那桌子。這種桌子死沈死沈的，剛剛有春雨幫她推，她才勉強能推動，現在自己一個人動手顯然力不從心。

正當她心急如焚的時候，忽然有人伸出手把那桌子一掀，丁碧呻吟一聲終於把小腿抽了出來。

芳菲趕緊把丁碧攙扶起來。「碧兒，我們現在要馬上出去，妳能不能自己走？」

「嗯……」丁碧也不含糊，儘管已經疼得渾身冒著冷汗，依然扶著芳菲站了起來。

這時芳菲才想起要向剛剛伸出援手的那人道謝，轉頭一看卻發現是張熟悉的面孔——

這人竟是多年前有過兩面之緣的繆一風。

「快走！」繆一風也是個爽快的，要不是礙於男女之防，他都想出手抱著傷患衝出去了。

芳菲點點頭，幾乎是架著丁碧往外走。還沒等她們走出去，丁碧的丫頭茜茜也小跑進來了，一看到丁碧被芳菲扶著，立刻哭了出來。

「姑娘，您怎麼了？」

芳菲斥道：「還不快過來幫我，哭什麼哭！」

茜茜知道芳菲說的是正理，忙過來扶著丁碧的另一邊，兩人合力總算能走得快了一點。

就在她們快要出去的時候，忽然頂上一根搖搖欲墜的房樑咔啦響了一聲，重重地砸了下來。

轟——

說時遲，那時快，繆一風出手一格擋，將那房樑頂住了。

他渾身使力一撥，那房樑便被他卸到了一邊。這時幾人更加不敢停留，踉踉蹌蹌地跑了幾步，可算是從大廳裡逃了出來。

阮翠華帶著她的丫頭蓮心，和春雨一起站在門前空曠處等她們。

見到芳菲和茜茜攙著丁碧出來，三人鬆了一口氣。

芳菲掛心丁碧的傷勢，可是她深知這些閨秀的性子，要她們當中露出肌膚療傷，比殺了她們還難受。

「碧兒，妳感覺腳上疼得厲害嗎？」

聽到芳菲這麼問，丁碧慘白著臉點了點頭。

幾人不禁大急，這種時候該找什麼地方讓丁碧療傷呢？

周圍都是從各棟樓房裡逃出來的民眾。

幸好這時她們三家的車伕都找了過來。這些車伕是在車棚裡待著，一開始地震就已經逃出來了，倒沒人受傷。

「我們的馬車呢？」芳菲忙問。

「在這邊，在這邊！」

那三個車伕倒都是老實人，居然剛才趁著地震停止震動的間隙，把馬車都駕到大街上來了。只是丁家和秦家的馬車都跑了一匹馬，也不知道能不能找得回來。

「茜茜，把妳家小姐扶到馬車上坐好，我去給她療傷。春雨、蓮心，妳們也去幫忙。」幾個丫鬟得了吩咐，趕忙一起去攙扶丁碧。

這時芳菲才顧得上轉身向繆一風深深一拜。「多謝繆大哥你伸出援手，不然……芳菲幾個真不知會不會被那房樑砸死。」

繆一風想擺擺手表示無須多禮，卻牽動了手上的傷口，忍不住齜了齜牙。

芳菲注意到繆一風的表情和動作，忙說：「繆大哥也受傷了？請一起到馬車上來，讓我看看可好？」

「這……」這種做法畢竟不太合禮數，繆一風遲疑了一下。

芳菲催促說：「繆大哥，事有從權。」

繆一風始終是個爽快人，便應了一聲好，跟著一起上了丁碧的馬車。

馬車車廂裡坐著丁碧和她的丫頭茜茜，見芳菲領了個男子上來，茜茜有些驚疑不定。丁碧倒是認得這是出手幫她掀開桌子的人，嘶啞著聲音喊了一聲。「恩公……」

「行了，那些禮數先放到一邊去，我先替妳瞧瞧。」

繆一風很自覺地背過身去不看丁碧。

芳菲把丁碧的褲管擼了起來，她的右邊小腿被沈重的桌子硬生生壓了下去，本來白皙的小腿上如今盡是青紫。

芳菲看到丁碧腿上沒有出血，表情卻並未因此而輕鬆起來。

她伸手捏了捏丁碧的小腿，丁碧禁不住「唉喲」一聲慘叫起來。芳菲柔聲安慰道：「我要摸摸妳有沒有骨折，妳忍著點。」

她不是大夫，更不曾替人正過骨，但基本的醫學常識她是懂的——資料庫裡有的是醫書。

她伸手沿著丁碧的小腿一直摸下去，一直摸到腳踝，丁碧再一次慘叫出聲，眼角也流出了淚水。

「沒事……乖，沒事的啊。」芳菲一直不停地撫慰著丁碧，兩手不停地檢查著她的傷勢，終於初步確定她應該沒有斷骨。

「碧兒，別怕，妳現在只是被撞傷了肌肉……呃，就是小腿上的肉。還有就是腳踝估計扭傷了，只要塗了藥酒好好休息一段時間，我包妳什麼事都沒有。」

「秦姊姊，真的嗎？」丁碧眼淚汪汪地看著芳菲。

「當然是真的，我什麼時候騙過妳？」芳菲從荷包裡取出一顆藥丸，對茜茜說：「妳把這藥丸放在掌心，用唾沫把它化開，再塗到妳家姑娘的腳踝上。我沒帶藥酒，只帶了這麼一顆化瘀丹，應該能緩解一下。」

茜茜趕緊照芳菲的吩咐把藥丸化開，替丁碧上藥，然後再幫丁碧穿上鞋襪，粗略地整理一下儀容。

「這藥涼絲絲的……」丁碧感覺自己火辣辣的腳踝稍稍舒服了一點兒。

芳菲笑道：「咱們大難不死，必有後福，碧兒妳好好養著，過些日子就好。」

丁碧勉強露出了一絲笑容，隨即又憂心地說了一句。「也不知道家裡怎樣了……」

車廂裡頓時靜了下來，這場地震顯然震動了整個陽城，乃至附近的村鎮。誰都不知道自己家裡會變成什麼樣子，現在如何回家都成了問題。

芳菲從來不是個悲觀主義者，不會讓傷感的情緒困擾自己太久。她扭頭對繆一風說：「繆大哥，給我看看你的手好嗎？」

繆一風這才轉過身來。

他伸出右手擼起袖子，芳菲頓時倒抽一口冷氣。

手臂上血跡斑斑，還倒插著許多木屑木刺，看起來怪嚇人的。

繆一風反而笑著說：「沒事，我骨頭沒斷。」

這時芳菲才認真看清，他的傷口看起來雖然很可怕，不過應該都是些皮肉傷。

而且不知這繆一風是不是會什麼邪門內功，大大小小的傷口基本上都已經止住血了，看來不會再惡化下去。

「繆大哥你這些傷口需要好好清理……」

芳菲一時情急伸手想去幫繆一風療傷，繆一風卻縮了回去，芳菲這才想起她一個女兒家不太方便抓著繆一風的手。

她又從荷包裡拿出一顆藥丸，遞給繆一風說：「這顆是我獨門配方熬製的創傷藥，對收斂傷口挺有好處的，繆大哥你把這些木刺清理了以後，塗上它會好得快些。」

「好。」繆一風也不推辭，接過那藥，說了聲。「不知道我的同伴們怎樣了，我先去看看他們。」說完，他撩起車簾便從車上跳了下去。

他落地後，芳菲喊了他一聲。「繆大哥，你如今住哪兒，等我回了家讓人給你送藥。」

他猶豫了一下，說：「我住在學政大人的府上。不過現在這種情形，不知道妳家有沒有人受傷，妳還是先顧著家裡人吧。」說罷，繆一風拱了拱手，就消失在人群之中。

地震並未持續下去，芳菲的心稍稍安定了一下，便想起陸寒來。

他今兒是要去城外赴宴的……不知道會不會出事？

第一百零六章 敬重

繆一風這次到陽城來，是奉了他父親繆天南之命，充當使者來和陶育商量處理一些同安學派南宗的問題——只要有人的地方就有江湖，在文壇上尤其如此。

南宗的兩位大老因為某些原因起了衝突，連宗德明都無法調停，只能請繆天南出馬。

偏偏繆天南又剛好病著，繆一風又請了假在家侍疾，他就派自己最疼愛的小兒子來陽城傳話，充當傳聲筒來向這些人傳達自己的意見。

本來繆一風身為繆天南幼子，是極有資格列席今天的新春文會的。

但他不想在文會中說些什麼、做些什麼，被人誤會是繆天南的意思，所以不如就索性避開了。

他在陽城也有幾個朋友，大家相約在這佳茗居飲茗談天，誰知就遇上了這場少見的地震。

繆一風知道自己的同伴都已經逃出了佳茗居，他要不是偶然看見芳菲，出手幫她救人，也早就逃到安全地帶了。

他沒想到會在這樣的場合下再次見到芳菲……

對於這個美麗得令人難忘的少女，繆一風自然印象深刻。

但他對芳菲的感覺卻很複雜——

她是他的好兄弟蕭卓的心上人。

蕭卓至今未娶，甚至連個通房丫頭都沒，繆一風心知肚明就是因為這個秦七小姐。

當然他自己也是遲遲未婚一族，但是好歹在青樓裡有幾個紅顏知己……

他也曾大放厥辭地勸過蕭卓——「兄弟你要是真喜歡那女子，咱乾脆就把她搶過來得了，何苦現在把自己整得跟個苦行僧似的，你總不能為了她今生不娶妻吧？不孝有三，無後為大啊！」

蕭卓卻只是笑笑說：「我父親有七個兒子，蕭家怎麼會無後？」當然，那都是他繼母和庶母所出，跟他的感情淡漠得很。

當時繆一風差點氣歪了脖子，難不成蕭卓還真要當情聖，默默地想著人家一輩子？

他承認這個秦七小姐是有些特別。別的不說，就從她能熟讀他父親繆天南的文章就可知其不俗。

而且她送來的那個百合粥方子和菊花枕，簡直太有效了，這幾年繆大儒一直堅持用著這兩樣東西，頭疼的毛病比前些年好多了。

光是這樣，繆一風也僅僅認為這秦七小姐是個聰慧的才女……

今日重見，繆一風沒想到她卻有這等肝膽。

他可是親眼看著她冒著生命危險跑進樓裡，就是為了要救她的好友。

尋常男子都未必有她這份勇氣。而且看她之後的行動、決斷，都透著一股強大的自信，和他見過的所有女子完全不同。

如果說之前繆一風對芳菲是欣賞和佩服，今天之後，他卻對她多了一分敬重。

怪不得老蕭總也不能把她放下，唉！

芳菲一行人在各自家裡車伕的護送下，分頭回家了。

大家都很擔心家人的安危——芳菲也有些擔心她院子裡那兩個丫頭。儘管現在時不時還有餘震，可是她們還是要回自己家裡去看看情況。

整座城市狼藉一片。芳菲上輩子沒經歷過地震，地震的影像資料倒是看了不少，但絕對沒有如今親身體驗的感觸深。

不過這年代沒有水泥蓋起的高樓，相對來說造成的傷害也就有限。像佳茗居那種三層樓房反而危險，普通人家的平房倒塌的倒不算多——看來這次地震的級數只是中等偏上。

芳菲回到秦家，發現自己院子裡的兩個人都沒受傷，大大鬆了一口氣。

春雲和春月正在六神無主，看到芳菲和春雨回來，一下子哇地哭了出來。

「我們這不是好好的嗎？」

芳菲安慰了她們兩句，看看自己的屋子還算齊整，只是東西掉了滿地而已。另外就是那張大床塌了下來，今晚估計睡不了人了。

不過芳菲根本也沒打算睡那床上。地震之後必定有大大小小的餘震，如果現在是夏天，她都打算到院子裡去睡了。

現在雖然不可能睡院子，但是睡覺警醒些是好的，這些天還是和衣在羅漢床上躺躺便罷。

吩咐了春雨去大宅裡問問情況，又讓看門的那老蒼頭去陸家打聽陸寒的消息，芳菲這才吁了口氣坐下來。

陸哥哥如今進城了沒有？不知道他在外頭的情形是怎樣的……

陸寒此時已經進了城。

一路上他看到城垣斷缺，屋舍坍塌，便已覺得觸目驚心。印象中，他似乎只是聽父親說三十多年前陽城有過一次小地震，想這種規模的還是少見。

他剛回到家中，四叔、四嫂兩個忙迎了過來。幾人重見，都有一種劫後餘生之感，和平時見面的感覺截然不同。

聽四叔說芳菲派人來問他是否回了家，陸寒總算放心了。

她沒事就行……他路上還想著一到家就讓人去探問她呢，這下可好了。

對於陽城人而言，今夜注定是一個讓人無法忘懷的上元夜。

是日，陽城城中倒塌的房屋超過四千座，在地震中被砸死差不多有上千人，而受傷的人估計在兩萬以上。

當然這是日後才得出的數據，當時的陽城官府並沒有及時清算各處情況。

這場地震一下子就讓陽城知府史大人頭痛得要命，他開始後悔自己拚命給上官塞錢來這個地方當知府——在西北的時候，窮是窮了點，但沒這麼大的事件啊！

史知府算不上貪官污吏，但他比他的前任龔如錚在幹事上差了大概就是一條清江的距離……他是個極為庸常的官員，處理日常事務還行，一遇到這樣的突發事件就亂了手腳。

本來發生了這樣的天災，官府應該第一時間將災民組織起來，安置房所，分發物資。可是史知府卻還在他那莊嚴牢固的知府衙門裡急得團團轉，嘴裡念叨著。「怎麼是好怎麼是好，我的升職……」

幾個師爺站在一邊看著知府大人像隻熱鍋上的螞蟻那樣走來走去，好心提醒他。「大人，該組織人手去救災了……」

「救災、救災，救災是那麼容易的嗎？」史知府好不容易逮著個理由找人發洩，大吼了一陣之後，發現這樣也沒什麼用，便像個洩了氣的皮球一樣癱坐在椅子上，朝那幾個師爺揮揮手。「去吧，去給本官弄份救災的章程出來……」

由於官府救助得不得力，無數災民被迫在料峭的春風中度過了這個無眠的夜晚。又冷又餓的災民們當晚就凍死了一批，之前重傷的人也得不到及時的救治，在家人的呼喊中嚥下了最後一口氣……

陸家的屋子倒了兩間正屋和一間偏房，不過因為家裡人少——當時只有四叔、四嫂在家，所以沒有人員傷亡。

陸寒指揮家人收拾殘破的屋宇，次日早晨一出門，就被各處的慘狀給震動了。

官府的人呢？

為什麼沒人來給災民搭帳篷，送糧食和棉衣？

為什麼沒人來收斂屍體，清點災情？

衙門的人到底在幹什麼？

陸寒只覺得自己的憤怒到達了極點。

這叫什麼父母官？平日裡擺足了官威收足了賦稅，關鍵時刻卻不能庇護自己治下的子民，要這樣的父母官來何用！

他心中甚至升起一個大逆不道的念頭——如果讓我來做這個知府，我定然不會……

「唉喲……」陸寒聽到一聲低吟，循聲望去，才發現在一處斷壁下有兩個災民，裹著一床好不容易從廢墟裡拖出來的破被躺在地上。

「大叔，你怎麼了？」他三步併作兩步跑去看那發出呻吟的災民，硯兒只得跟著跑了過去。

那災民的同伴說：「老黃昨兒被砸斷了腿。」

陸寒忙說：「大叔，我稍微會點正骨手法，我來幫你看看吧？」

「謝謝你了，小夥子……」

芳菲昨夜就在羅漢床上和衣而睡。不但如此，她還吩咐幾個丫頭，一定要時刻保持警醒，一旦發現有晃動的情況，馬上就把其他人喊起來跑。

這樣當然不能睡得太好，但比起那些在大冷天裡露宿街頭的災民，她已經算很有運氣了，所以芳菲也不會有所抱怨。

「陸哥哥是平安了，可也不知道陸家現在什麼情形？」芳菲顯然關心陸家多於秦家，誰讓秦家的人對她並未有一絲親人的溫情呢？

聽說昨兒秦家的屋子倒了三分之一，砸死了幾個奴僕，勞氏和幾個女眷跑得不快也被砸傷了，不過沒有生命危險。

芳菲當然不會主動湊過去替這家人治傷，她又不是菩薩。當然如果人家求到她眼前，她也不至於冷血的不管就是了。

「春雨，雖然現在外頭情況不好……妳還是幫我去看看陸少爺怎麼樣了吧，看他家缺點什麼？還有，把這包碎銀子帶過去。」

春雨垂頭應了聲「是」，趕緊匆匆替芳菲辦事去了。

等她回來，卻給芳菲帶回一個奇怪的消息——

「陸哥哥在他家附近專門替人正骨……」

第一百零七章　妙法

陸寒拖著一身疲憊回到家裡，硯兒趕緊去給他燒水燙腳。

今天陸寒幫好些災民正了骨，處理了傷口，自己也累得半死。但他想著自己能替災民們盡一分力，心裡倒是痛快了些。

四嫂看陸寒回來了，趕緊給他擺飯。

陸寒看桌上只有一碟子醬菜、兩塊臘肉和一碗白飯，倒也沒說什麼。四嫂卻像是怕陸寒訓斥似的低下頭去。「少爺，外頭亂得很，什麼東西都買不到，這是家裡存下的……」

陸寒溫言道：「四嫂，辛苦妳了。」

四嫂見陸寒並沒有責怪她，反而更加過意不去了。當廚娘的不能把主人的飯食照料好，那算什麼稱職的廚娘呢？

陸寒剛坐下來用飯，卻聽見有人在外頭砰砰砰地敲著門。

四叔趕緊去問：「請問是哪位？」

進來的卻是陸月思夫婦。

陸寒看見他們夫妻一身襤褸，臉上手上破了好些口子，渾身都是塵土，略帶驚訝地說：「二叔、二嬸快請過來坐。」

昨天他就讓四叔去陸月思家打聽了，聽說他們家沒什麼大礙啊，怎麼現在反而成了這樣？

儘管他再不喜歡這個叔叔，那也是他的血親，該盡的禮數他是一樣不缺。當下他也不吃飯，先讓四嫂給打了兩盆熱水來請二人洗了頭臉，才再次請他們入座說話。

陸月思夫妻二人坐下之後，竟有些扭捏說不出話來，讓陸寒大感奇怪。

這二叔夫婦倆什麼時候也學會矜持了？

他只好主動問：「二叔、二嬸這傷……」

他不問還好，一問這兩人就更不自在了。

其實陸月思的屋子在地震最劇烈的時候倒沒怎麼遭殃，反而是他們的幾戶鄰居遭了劫。他們也是貪心，想趁著現在亂糟糟的沒人管，就偷偷溜進人家倒塌的屋子裡想翻翻看有什麼值錢東西。

結果也是運氣不好，一鑽進去碰上一場小餘震，本來如果在結實點的屋子裡是不會有問題的，但他們卻正好待在一堆廢墟中間——

於是就很倒楣地被埋在了瓦礫堆中。

要不是他們的兒女看父母這麼久沒回來，一起去找他們的話，他們就要死在那堆土石裡了。

但更倒楣的事情在後頭……

幾個兒女帶著家裡僅有的兩個傭人出門找陸月思和方氏的時候，就剩陸月思的小妾在家看那小兒子，順便燒火做飯。

那小妾從來都不是個善茬，現在看一家人都不在屋裡，她就悄悄去了方氏住的主屋想偷點值錢的首飾什麼的……

這也是極富陸月思特色的門風吧？

誰知那廚房沒人看著火，不知怎地就燒了起來。等那小妾發現的時候，已經來不及救火了。

陸月思和方氏才剛被救出來，卻發現自己的屋子被燒通了頂，只剩下那小妾抱著個小孩子站在院子外頭叫人救火——卻又哪有人來救呢？

陸月思差點氣昏了過去。沒事幹麼去圖謀別人家裡的餘財，結果自己的全部身家卻陰差陽錯的燒沒了。

他們把那小妾打了個半死捆了起來，這下子全家幾口人都傻掉了。該怎麼辦啊？

方氏第一時間就想起了陸寒。

當陸寒聽他們說屋子失火，全家無著的時候，就知道自己的麻煩大了。

平心而論，他一點都不想收留這叔叔一家……

可是這也輪不到他選擇。要走仕途之路的人，不可能擔上這虐待親族的名聲，不然以後根本連中舉都困難。

自古以來，文人出仕的理由首要一條就是「舉孝廉」。孝是對親長的孝順，廉是對才幹的肯定。如果不「孝」，那全天下人都會唾棄你的。

「那叔叔、嬸嬸，就搬過來住吧。」陸寒無奈地說出了這句話。

芳菲得知陸寒家裡出現的新情況之後，立刻想到要找他出來商量如何處理這陸月思一家——自從災後，她可是每天都讓人來問陸寒這邊情形的。

現在全城亂哄哄的，他們要見面反而容易得多。

正好芳菲要去探望在地震中被砸傷的方和，就跟陸寒約了在方和家中見面。方和是一直替他們辦事的，在他家裡見比較方便。

「陸哥哥，你近日是否過於憂慮了？」芳菲看著陸寒青青的眼圈和微鎖的眉頭，不禁有些擔心。「可是你那二叔一家喧擾你了？」

陸寒搖搖頭。「那都是小事，我是在為災民們擔心。」他嘆息一聲。「芳菲妹妹，妳知道我自幼的志願便是從醫。儘管如今棄了醫道，改考科舉，可是我總還是不自覺地把自己當成一個大夫，看著那些受傷的災民沒有得到及時的醫治，有些明明可以治好的傷口硬生生惡化下去，而我卻無能為力，這種感覺真不好受。」

芳菲只得寬慰他。「惠民藥局這兩天不是一直在城裡幫災民治傷嗎？你也別太累著了。」

陸寒還是搖頭，但並沒有再說什麼。

惠民藥局，已經不是他父親所在時那個簡單的官家藥堂了。現在的惠民藥局，變成了一幫醫官和藥吏中飽私囊的地方。他們截留上面撥下來的錢物和藥材，換上廉價的爛藥給病人使用……這些內情他也是偶然間發現的，可是他什麼都不能說。他還只是一個小小的書生，什麼都做不了。

陸寒從來沒有像今天這樣渴望權力。

但是他渴望權力，並不是為了自己。他渴望著能掌握更多的資源，替百姓做更多的事情……

以前他想著要做官，一來是想要不被人欺辱，能夠讓芳菲過上好日子。二來是想光耀門楣，完成父親未竟的心願——陸寒不是三頭六臂，他的想法很多時候也並未能超越世俗。

他只想著要好好考到好名次，做個高官，卻沒想到做官以後該有什麼目標。

可是這場地震，卻把他震醒了。

他終於明白自己身為一個讀書人應該肩負什麼樣的責任。

他身上負擔的，不僅僅是自己的榮辱，也不僅僅是芳菲的幸福……

先賢說「先天下之憂而憂」，便是這樣的情懷吧？

這段時間，陸寒腦中一直充溢著這些念頭，家中的繁瑣事務反而被他放到了腦後。

當然，並不是說陸月思一家沒有給他帶來煩惱。恰恰相反，這家極品的親戚在他屋子裡住下以後添了不少亂，每天都有新花樣。

剛來的時候，陸月思還有點抹不開臉。方氏和他的兩個堂弟、一個堂妹倒是很快就適應了住在他家裡的生活，還開始挑剔起伙食來──天知道這種世道能買到什麼菜蔬。

要不是因為顧忌太多，陸寒都想把二叔一家掃地出門了──可惜這也只能想想罷了。

「他們不是還有濟世堂的屋子可住嗎？」芳菲皺著眉頭說。

她雖然沒進過濟世堂裡頭，幼時在陸家住的時候，就常常見陸寒的父親陸月名有時住在濟世堂不回來的。

當時何氏還跟芳菲解釋過，濟世堂是他們的祖屋，裡頭有一進四間屋子能住人，也是用來放藥材的庫房。

陸寒苦笑道：「濟世堂早就歇業了。」

早在一、兩年前，濟世堂就被陸月思給搞垮了，每個月收支嚴重不平衡，到後來簡直是往裡貼錢。

掌櫃、坐堂大夫和夥計們紛紛辭去，濟世堂成了一個空殼。要不是因為濟世堂的屋子是祖產，屋契又在陸寒手裡，陸月思一家早就把它給賣出去了。

「這麼說，那濟世堂他們家拿在手裡也沒用了？」芳菲問。

陸寒說：「除非二叔再往裡投本錢，重新請掌櫃、大夫、夥計，買大批的藥材回來……他家都燒了，哪還有這個錢啊？」

芳菲腦中靈光一閃，又說：「你剛才說，屋契其實是在你手裡？」

陸寒點頭。「那本來就是祖父傳承給我父親的藥堂。我父親驟然過世，也沒對這藥堂做出什麼安排，二叔就說要替我管著……後頭妳都知道了。不過他多次跟我要那屋契，我也沒給他，再說上頭寫的也是我父親的名字，他要了也沒法子賣。」

官府對於屋舍買賣可比田地買賣還要嚴格，因為這是關係到城裡治安的大問題，容不得馬虎。

芳菲一邊聽著陸寒的話，一邊慢慢整理自己剛剛想到的一些事情。

半晌後，她的想法逐漸成形，才開口問陸寒。「陸哥哥，如果我說……我有法子可以一次解決你兩個煩惱，你會不會聽我的話去做啊？」

「我的兩個煩惱？」陸寒一臉疑惑。

芳菲用力地點頭，臉上露出近日來難得的笑容。「對呀，這個法子，既可以讓你不用再和那家討厭的親戚住在一起，還能實現你想救濟災民的願望。你肯不肯？」

「真的？」陸寒立時眼睛發亮。「芳菲妹妹，妳真有好辦法？」

「嗯，對呀。」芳菲笑道：「你認識我這麼多年，我可曾騙過你？」

陸寒當然知道芳菲從來不做沒有把握的事。

「到底是什麼辦法？」陸寒迫不及待地問。

第一百零八章　商機

這個正月對陽城人而言格外的寒冷。

原因不言自明，自然是因為這場不小的地震。

以往陽城這一帶也不是沒有過地震，但往往都是在偏遠的山裡，或者只是小小的晃動一番。連城裡年紀最大的那一輩老人家，也沒有親身經歷過這樣慘烈的地震。

所以絕對沒有任何一戶人家會對這場災難有所準備，比如家裡有些儲備糧什麼的。加上官府救助不力，本來就受了驚嚇又身上帶著傷的災民們，又凍傷餓壞了一批。因為天氣冷，屍體還好處理些，不至於造成極大的瘟疫，算是不幸中的萬幸。

但很快的，許多受傷的災民終於在這冷徹心扉的日子裡，得到了一絲溫暖的寬慰。那就是陽城老字號醫館「濟世堂」重新開張了，並且連續多日免費向災民們發送傷藥。

這個消息怎能不讓人振奮。

多少在地震中受傷的百姓正缺藥呢，濟世堂這樣的舉動絕對是「雪中送炭」。

一開始許多人都不相信這會是真事。藥堂免費送藥不是沒有過，可連著好幾天的送藥，就真是很少見了。

但濟世堂也是陽城的老字號，並不是新藥堂，這多多少少讓百姓們信服了一些。

前往領取傷藥的百姓看到站在濟世堂門口組織夥計發藥的那位書生，有街坊認出這是濟世堂原來的老闆陸月名的兒子陸寒，才恍然大悟。

「怪不得呢，原來是寒哥你在發藥啊！」一個老街坊有些激動地向陸寒打招呼。

陸寒雖然在百忙中，也抽空慰問了老街坊兩句。

「這寒哥是哪位？」旁邊有人不認識陸寒的，便圍著問那老人。

「寒哥你都不認識?!」那老人一挺胸脯，與有榮焉地說：「這是咱們陽城百年難遇的大才子，連中了『小三元』的那位文曲星啊！」

「哦——」眾人這才明白過來，頓時興致高漲，繼續追問：「他怎麼開起藥堂來了？」

那老人又是挺了挺胸脯，說道：「這你們就不知道了吧？這間濟世堂，原本就是陸家的祖業，後來由他爺爺傳給了他爹陸秀才——寒哥他爹也是個秀才呢，你們沒來找過那位陸大夫看病嗎？」

「哦……看過看過。」有人應和，又有人發出疑問說：「您老說的是那個黃瘦黃瘦的陸大夫？沒聽說他是個秀才啊。」

老人面露不屑，但想到陸寒就在附近，也不會說出什麼不中聽的話，只說：「那是寒哥的叔叔，並不是秀才。寒哥的父親四年前就沒了，這濟世堂就由他叔叔管著……然後就關門歇業了一些日子。」他沒直說倒閉。

「寒哥打小就是個善心孩子啊，我還聽說他前些日子在他家附近幫人正骨包紮什麼的，真是個難得的，眼看著這過幾個月就要考鄉試了，他卻還想著鄉親們，真是……」老人抹了抹淚。

眾人聽得老人這麼說，都齊聲說：「您老沒說錯，這樣的讀書人，確是太難得了。」

芳菲坐在濟世堂的大堂裡，身前拉了一道布簾，正看著兩個夥計在分藥。

外頭的喧譁時不時傳入她的耳中，芳菲嘴角露出一絲淺淺的笑意。

很好，要的就是這個效果……

那天她和陸寒提出，要陸寒把濟世堂拿回來。

「濟世堂？」陸寒一時有些懵了。

被叔叔奪走濟世堂後，陸寒不是沒想過要去爭回來，但最後還是沒有這麼做。和親叔叔奪產，說起來並不好聽，一不小心就會成為清流攻擊的藉口，得不償失。

儘管他也很可惜，幾輩人的心血就毀在貪婪的叔叔、嬸嬸手上了……

「對呀，你把現在的宅子給那家人住，你帶著四叔、四嫂和硯兒住到濟世堂去。這樣既可以不用和他們住在一塊兒，清清靜靜；又可以重開濟世堂，為百姓做點好事。」芳菲極力說服陸寒。她對於經濟尤其上心，這筆帳算得清清楚楚的。

陸寒那宅子是陸月名在世的時候買的兩進小院，地點偏僻，值不了多少錢——當然這個是相對而言的，對一般民眾來說還是一筆不小的數字。

而濟世堂卻是在大街上的房子，而且在這次地震中並沒有損傷多少，價值比起陸家的宅子來說還要更高一點。最重要的是，濟世堂的屋契可是在陸寒手上的，陸月思他們根本占不住理。

捨了一間偏院的小宅子，拿回濟世堂，這筆生意做得過。

而且……芳菲從這次地震中，看到了許多商機。

是的，商機。越是這種混亂的世道，就越容易發財——當然，這也得有本錢、有門路、有頭腦的人，才能發得了財。

普通的平頭百姓，那是沒這個條件的……

可是芳菲卻有。

她私房匣子裡的兩萬多兩銀子，只要拿出一小部分，就足夠支持重開濟世堂的費用了。

更關鍵的是，她腦中的資料庫裡有著許多秘方，將這些秘方藥丸做出來售賣，收益一定不錯。

以前她把佳茗居的生意收了，是因為佳茗居需要她出面去打理，而且這間人來人往的茶樓也容易惹起是非。

作為一個深閨女子，要管理茶樓的經營實在不方便，光是拋頭露面這一項，就足夠讓她被世人的口水淹沒。

但經營濟世堂，卻沒有這麼多顧慮——因為濟世堂是陸寒家的祖業。

讓陸寒出頭來振興祖業，還是一間濟世救人的藥堂，這無論從什麼方面說來都不會被人詬病。即使世人都認為讀書人不該做生意，但開醫館藥堂卻是不在其中的，不然怎麼會有那麼多落第文人從醫呢？

芳菲越想越覺得可行，這可是一箭數鵰的好計。

陸寒當時還有點遲疑。「二叔會那麼簡單的讓我們把濟世堂拿回去嗎？」

他可是太瞭解他這位叔叔了……還有那貪得無厭的嬸嬸。現在看來，他的堂弟、堂妹們極富接替叔叔、嬸嬸的潛質，一家子都吸血蛭似的令人生厭。

這些天和他們住在一塊，也確實夠陸寒心煩的了。

芳菲神秘地一笑。「陸哥哥，只要你贊成就行。所有的事情都交給我吧，你只要等著開張就好了。」

陸寒從沒懷疑過芳菲的能力，但這回他真的再一次被芳菲做事的效率震驚了。

她毫不畏懼地直接去和陸月思夫妻談判，當即就讓他們簽下了切結文書。證明陸月思這一房從此和濟世堂再無任何瓜葛，濟世堂全歸陸寒所有，他們從此不得再過問濟世堂的任何事情。

陸寒驚奇地問：「二叔他們怎麼肯……」

芳菲閒閒地說：「有一句話……叫做『有錢能使鬼推磨』。」

她現在最不缺的就是銀子。在她的銀彈攻勢面前，陸月思夫婦怎麼可能抵抗得住？在一張五百兩的銀票和陸家宅子的屋契面前，陸月思幾乎是沒有掙扎的就寫下了那份切結文書。

然後一切都在以讓陸寒目眩的速度進行著。

他不知道芳菲從哪裡找來了一位經驗老到的林掌櫃和一位姓尚的老大夫，又怎麼請到了這幾個熟練的藥堂夥計，更不知道她在什麼地方買到了一大批上好的藥材……不過十天的時間，濟世堂就從一間倒閉已久的廢醫館，變成了一間嶄新發亮的新藥堂。

她又寫出十幾張藥方，監督夥計們熬製大批的藥丸，邊熬製邊向災民發送。

當然她不是盲目的亂發，這個發藥的權力她交給了陸寒。

「陸哥哥，說真的，我方子還懂得幾個，看病卻是不會的。你陪著我們尚大夫給災民看看傷情，再酌情發藥好不好？」

她是要做宣傳，但不是要當冤大頭。可不能無限制地亂發藥，那成了什麼了？免費送藥，既是要重新打亮濟世堂的招牌，也是要給陸寒增添一些名氣。

但是對於陸寒來說，他的想法卻比較單純，只想著能夠給災民們減輕一些痛苦他就很開心了……

「芳菲妹妹，辛苦妳了。」

陸寒發完一圈藥，回到大堂看見芳菲帶著人在分藥，光潔的額上不住地往下淌著汗珠，不由得心疼起來。

芳菲掏出絹子抹了抹汗水，笑道：「我有什麼辛苦？光坐在這兒指手畫腳。」

陸寒動情地看著芳菲亮晶晶的眸子，沒有再多說什麼，但心裡卻是滿滿的感動。

尋常男子要開一間藥堂都很艱難，何況芳菲這麼一個姑娘？可是她為了他……卻能做到這樣，他怎麼能不感動呢？

其實芳菲固然是為了陸寒才會想著要把濟世堂拿回來，但是她卻不是不快樂的。她已經閒得太久了，在深閨裡蟄伏了好幾年，這回總算有了可以名正言順做點事情的機會，她怎麼肯放過？

這時候的女子，大概會認為什麼都不用做，在家裡等著吃喝就是福氣吧。

可惜芳菲從骨子裡就是一個工作狂，「上輩子」是這樣，「這輩子」也改不了。

說起來，她還真是有些感謝這場地震呢……

第一百零九章 買婢

濟世堂的藥一連發了半個月才停了下來。

按芳菲的財力，再發個幾天她也不是發不起，但凡事總有個限度。

說了是因為重新開張才發的善藥，總不能一直發下去，這樣醫藥界的同行會有大意見的——

「合著就你們濟世堂能耐，有善心，把我們這些醫館藥堂置於何地？藥堂開張要發一些免費湯藥那是常事，但不能過了吧，這樣下去咱們的醫館都不用開張了。」

還有就是，她重開濟世堂，還是為了賺錢，不是為了撒錢。前頭的免費藥丸只是開路的廣告，目的還是把病人傷員吸引到濟世堂來看病抓藥。

她從來不是慈善家——過去，現在，將來都不會是。她琢磨著，自己頂多能當個為富而仁的有良心生意人就不錯了……呃，和陸寒的思想境界確實沒法比，不過這就是實情。

她只對親近的人才會全心的付出，其餘芸芸眾生都要靠後。

不過芳菲沒想到，她自認為是個私心頗重的人，偏偏別人卻覺得她性情高潔。

比如繆一風……

就在濟世堂重開後，芳菲也讓人去給繆一風送過兩次傷藥。

繆一風的父親是當世大儒，他本人看起來也是斯文溫雅，可確是實打實的武進士出身。自幼學武的他受傷慣了，用過不少傷藥，但芳菲給他的傷藥卻真的是他多年來所見過最有效的。

想起她當時對他說是她自己的「獨門配方」，繆一風忍不住對這秦七小姐更添幾分佩服。

他本來只是過來調停幾位學派中大老們的糊塗爭端，想在陽城住兩天就走的。

這下子受了傷，陶學政是無論如何也不放他走了，一定要等他養好了傷才肯讓他離開。

陶學政家裡的屋子有一半遭了殃，好些個家人也都受傷了。繆一風本來不想在這個關口上給這位老師兄添麻煩的，但陶學政一直堅持。「我怎麼能讓你帶著傷一路奔波？萬一傷口惡化怎麼辦？」

不但如此，陶學政還想給繆一風請大夫到家裡來看傷。

繆一風知道這種時勢下請大夫有多難，便對陶學政說了自己有藥。後來芳菲的人到陶家來給繆一風送藥，陶學政才知道他是因為救人才受的傷。

「這秦家的七小姐是哪一位？莫非是師弟的心上人？」

陶學政是個方正的官兒，儘管隱約聽說過陸寒和他那位未婚妻的「佳話」，卻也沒認真去打聽過人家姑娘的名姓。

他知道這小師弟年紀不小了，卻一直不肯老實成家，老師溺愛幼子也拿他沒辦法。

難不成現在終於有了心上人了？這可是大好事，所以性子古板的他也難得開了一下師弟的玩笑。

繆一風忙正色道：「師兄，這話可說不得。秦七小姐是我敬重的一位奇女子，她可是早有婚配了——說起來她這夫婿倒是師兄的學生。」

「哦？」陶學政捋了捋頷下短鬚，奇道：「我的學生？」

繆一風說道：「就是陸寒。」

一聽到陸寒的名字，陶學政恍然大悟。

「是了，那就是陸家藥堂的藥。」陶學政向繆一風解釋說：「這陸寒祖上是開醫館的，現在他接過了長輩的醫館，在向災民們發善藥呢，這個年輕人倒是有心。」

陸家的藥？

繆一風微不可察地擰了擰眉頭，他分明記得芳菲說那藥是她秘制的……他相信她不會說謊。不過這也不是什麼大事，女子內斂本是美德，她盡力襄助夫家成就夫婿的名聲是再正常不過的事情。

繆一風感興趣的是芳菲的這些傷藥。

記得年前在京城，他的好友北信關總兵元海回京述職時和他見了一面，閒聊時說起軍中的傷藥，元海很是不滿。

「也不知這些軍醫官怎麼回事，做出的金創口藥總是效果平平，秋天時有小股胡人來襲，我上陣殺了幾個傷了胳膊，他們治了半個月也沒能治好。真是一群廢物！」他還叫繆一風幫他留意看看哪裡有好藥，給他弄一些回來。

元海是個粗人，但軍功卓著，據說今年考績期滿後可以升任將軍。繆一風身在武官系統，當然想和他打好關係。

這秦七小姐的藥是自己試用過有效的。看來離開陽城前，去那間濟世堂採購一批回京好了。

芳菲需要陸寒出頭來撐起濟世堂的招牌，但是她更清楚陸寒現在的首要任務是好好考試，所以在開業後一個月就勸陸寒儘量少到濟世堂裡去，多放時間到學業上才好。

陸寒也知道現在是自己的關鍵時刻，自然加倍用功。陽城府學在這次地震中倒塌了大半，學子們無法再去府學讀書，只能各自備考了。

這對於陸寒而言卻是求之不得的事情。他又搬回鄉下住了兩個月，跟在蘇老先生身邊繼續求學。

四月末，陸寒才回到了陽城，準備參加科考。

科考是鄉試前的一次選撥考試，所有的府學生員都必須通過科考，來取得考鄉試的資格——鄉試不是想考就能去考的……

本來根據大明的科舉制度規定，去年剛考上秀才的生員是沒有資格參加科考的，必須要在府學中學習兩到三年，通過兩次府學大考才能下場。

不過凡事總有例外，根據規定，成績特別優異者可以提前參加——像陸寒這種「小三元」的情況，那是絕對的成績優異，誰也說不了二話。

而且他在府學的歷次考試中，有八成的考試都是拿了第一名，這種近乎「恐怖」的成績在陽城府學歷史上也是空前的……估計後來人也很難超越他了。

五月初，科考開始。

芳菲對於陸寒在這次科考中的成績是一點都不擔心。全陽城一共要錄取一百多名考生參加鄉試呢，陸寒總不會排到一百名以外吧？

除了照料濟世堂那邊的生意，她還有別的事情要忙。

「姑娘，咱們這一大早的是去哪兒啊？」春雨見姑娘今兒起得挺早，估計是要到哪兒去辦事，順口問了一句。

芳菲說：「咱們去人市。」

春雨反應過來，姑娘這是要去給自己買陪嫁的丫鬟了……

說實話，本來送陪嫁丫鬟，那是娘家長輩應做的事。不過秦家這邊，不貪圖謀取芳菲的嫁妝都已經夠好了，還想要他們送丫鬟……實在是指望不上。

因為原來跟秦家大夫人勞氏說好了，她出閣不用麻煩家裡給送丫鬟，所以春雲、春月兩個她是不打算帶走的。

「我們早點過去，可以慢慢挑人……」芳菲知道現在災民多，賣兒女的人也多，想買兩、三個小丫頭並不費事。不過既然要買，就得買些能替她做事的才好。

到了人市上，春雨看見那黑壓壓的一片人頭卻是被嚇住了。

芳菲笑道：「妳看，我說要早點出來吧？看來咱們有得挑了呢！」她又說：「妳是跟慣了我，知道我脾氣的，給我幫幫眼。」

「是。姑娘，奴婢斗膽說一句，咱們屋裡得找個針線上的人才好。」

芳菲點點頭。原來她屋裡的針線是春芽在管的，現在只能讓她們三個湊合著做。春芽是個俐人……不過也太會打小算盤了。她可不需要這樣的丫頭。

芳菲心中已經有了主意，當下便帶著春雨一路看起來。

她先買了兩個做粗活的小丫鬟，看她們手上都有繭子，應該是自小做工做慣了的。會針線的丫鬟，卻也不是那麼容易找的。

看了半天，芳菲走得有些累了，春雨便擔心地說：「姑娘，要不咱們改天再來吧？」

芳菲點了點頭，說：「再看看咱們就走，沒有合適的話，改天再過來吧。」

她又看了兩個女孩兒，都不甚滿意。

忽然看見有個圓圓臉的小女孩跪在地上，頭上插著一根草標，身邊卻沒有大人。

芳菲打量了一下這十三、四歲的女孩兒，看她雖然穿著粗布衣裙，長得卻很甜淨，只是面上帶著淒苦的神色。

芳菲剛想過去，卻有個穿著紅錦綾羅的豔婦一個箭步竄到了她的前面，先和那女孩兒打起了招呼——

「小姑娘，妳這是自賣其身？要多少錢呀？」那豔婦笑咪咪的，看起來一團和氣。

那個小姑娘細聲說：「我……我只賣活契。」

「只賣活契？」那豔婦皺了皺眉頭。

所謂活契，是相對買斷終身的死契來說的。一般可以賣十年、十二年、十五年不等。

不過現在災民多，肯賣死契的人也多，所以這堅持賣活契的小姑娘至今無人問津就是了。

那豔婦很快又恢復了笑容。「活契也行，妳賣多少年？」

「十年，十二兩銀子。」聽那豔婦說願意買她，小姑娘頓時來了精神。

「行行行，就十二兩，來，我們去找那邊的中人寫文書。」豔婦還是滿臉堆笑，拉著小姑娘就要去人市邊上那官府設下的文書處寫賣身文書。

這人市是要受官府轄制的，買賣奴婢也要經過官府的小吏來辦理文書才能正式成立，私自買賣人口是被禁止的。

那小姑娘終於有了笑容，這位大娘真是好人。

「且慢。」

忽然有人攔在了她們面前。

第一百一十章 第一

那豔婦正喜孜孜地拉著小姑娘的手兒往文書登記處走去，卻被一對主僕攔住了去路。她正惱火向對方喊一聲讓開，卻被那攔路少女的麗色所懾。

這模樣，這身段……豔婦儘管見慣美人，依然覺得眼前這少女實在是容色傾城，要是到了自己手裡該多好……

不過那少女臉上的表情可不怎麼討喜，此時正面若寒霜地看著她，輕輕吐出一句。「柳娘子，怎麼大白天就出來找買賣？」

那豔婦驟然一驚。這少女看起來是個好人家的小姐，怎麼會認得自己這個春風樓的老鴇呢？難不成是個私窠子？這也不是沒可能……如今好些個私窠子都喜歡做良家打扮，招惹那些個文人墨客上門。

不過如果真是同行，像她這般姿容絕對是行中翹楚啊，自己怎會沒聽說過？

那個小姑娘也不是笨人，看見那豔婦臉色數變，心中不覺一驚，便把手從那豔婦手中抽了出來，站到一邊。

「小娘子是哪家的姑娘？請恕小婦人眼拙。」柳娘子臉上便有些戒備之色。

芳菲面色一凜，知道這女人心中定然將自己認作了她的同行，口氣便更冷淡了。「柳娘子，妳別管我是誰。這人市的規矩妳懂不懂？買良為娼，那是絕對禁止的。」

聽得「買良為娼」四個字，那小姑娘不由大吃一驚，脫口而出。「我不要當妓女！」她的聲音略大了些，周圍的人便都朝這邊看來。

柳娘子驚慌起來。「妳……妳別亂說，我什麼時候買良為娼了？」

芳菲冷笑道：「原來妳這位春風樓的好嬤嬤不是來買『女兒』的？那就算是我冤枉妳了吧。」

她故意提高了聲線，這時人們都聽清了「春風樓」三個字，便一齊怒目瞪著那柳娘子。

要知道這裡雖然是買賣人身自由的「人市」，卻是在官府的管轄之下的。雖然「買人賣人」聽起來很淒涼，但是官府為了避免這些被賣的百姓淪落到更慘的境地，對於人身買賣也是有諸多限制的。

其中一條，就是不許青樓妓館到人市來買人，最大限度的控制良家女子墮入風塵，青樓間的人身買賣只能在他們的「工作地點」中進行，還得到官府備案。

當然規矩是規矩，很多時候也會被人鑽了空子。

這柳娘子就是瞅著這個小姑娘身邊沒大人在，想哄著她先把人買進去再說，誰知卻被芳菲識破了。

芳菲當然沒有去過春風樓，可是卻曾在前些天見過這個柳娘子。這柳娘子明明沒病沒痛，也跟著人到濟世堂來領傷藥，被認得她的災民們在濟世堂門前奚落了一頓，芳菲在大堂裡也瞧得清清楚楚。

尤其是她那把妖妖調調的聲音，芳菲可是記憶猶新。

芳菲雖然自認不是什麼善心人士，但是眼看著一個小女孩被拐騙進青樓裡去，這種事她也做不出。

柳娘子見被人喝破了身分，周圍的人又對她虎視眈眈，心知今天是沒法子趁亂買幾個小姑娘回去了，只好狠狠地往地上吐了一口唾沫，灰溜溜地走了。

那小姑娘感激地看著芳菲。「這位小姐，多謝您了！」想到自己差點被騙入窯子，小姑娘身上就不住地冒著冷汗。

芳菲淡淡地說：「妳自己小心點。」說罷轉身就要走。

那小姑娘一著急，忙攔著芳菲說：「小姐，您家要不要買人？求您買我回去吧！」

對於一個奴僕來說，最大的願望不過是遇上一個善心的主人。這位小姐不但長得美，心地也好，要是她把自己買回去就好了。

芳菲搖搖頭說：「我只買死契的丫頭。」

她本來是對買這個小姑娘有點興趣的，可是剛才聽小姑娘說要賣活契，還只是十年，那就不必了。

從芳菲本心來說，她需要的是對自己忠心耿耿的丫鬟，更需要能夠幫助自己做事的屬下。所以像春雨這種賣身死契抓在自己手裡的忠僕，才是芳菲想要的丫鬟。當然也得聰明伶俐才行……簽活契，還只是十年，自己把她培養得精明能幹了，她卻走人了。那實在是不划算。

那個小姑娘還不死心。「好心的小姐，求求您買下我吧，我一定替您做牛做馬，什麼活兒都肯幹。」

站在一邊的春雨見芳菲臉色不太好看，便斥道：「妳這丫頭好不懂事，哪有纏著人買妳的道理？我們姑娘說了不買活契的丫頭，妳就等別人來買妳吧。」

「小姐，我不要十二兩了，只要十兩好不好？求您買我吧！」那小姑娘還在苦苦哀求。

芳菲輕嘆一口氣，好吧，其實她有點心軟了……

「妳能幹什麼活兒？」

那小姑娘聽芳菲開口了，眼睛一亮，迫不及待地說：「我會挑水、燒火、做飯，還會做針線。」

「嗯？針線？」聽到這兩個字，芳菲總算挑了挑眉毛。

那小姑娘還是挺機靈的，看到芳菲有了反應，忙從自己兜裡翻出兩個荷包。「這都是我做的。」

春雨接過來遞到芳菲眼前。

芳菲細看了一眼，還真被吸引住了。

這針腳，這用色……她不由得暗暗點頭。

怕是比春芽還要好些呢，如果真是她縫的，那這小姑娘倒還是有可取之處。

芳菲想到此處，放柔了聲音再問那小姑娘。「那妳識字嗎？」

她也沒抱什麼希望，這兩年連富紳家的小姐都不一定識字，這貧家女兒哪一個不是睜眼瞎？

誰知那小姑娘竟像小雞啄米般點著頭說：「會會會，我會寫字的，我還會打算盤。」

「哦？」這可太稀奇了。芳菲有些不敢相信地看著那小姑娘。

小姑娘怕她不信，從地上撿了根樹枝對芳菲說：「小姐您說幾個字，我試著寫寫看？」

芳菲對於她這個做事態度很滿意。用行動破解別人的懷疑，是最好的法子，而且她說的話也中聽。不說「我寫給您看」，也不說「我一定能寫出來」，而是說「我試著寫寫看」。在自信中又留有三分餘地，這樣就很好。

「妳寫一句『天地玄黃，宇宙洪荒』吧。」《千字文》開頭的這句話是幼童啟蒙必學的句子，她出這個題目表示她並不想難為這個小姑娘。

小姑娘就拿那樹枝在地上寫了起來。芳菲一看她果然是識字的，而且字寫得還不醜，心中對她的好感又多了幾分。

是個不錯的孩子……

「我給妳二十兩銀子。」芳菲是在心中斟酌了一下才說出這句話。

咦？那小姑娘一驚，怎麼……人家是往下砍價，這位小姐是往上添價？

「……但是我要買妳十五年。」芳菲說罷，看著那小姑娘說：「怎麼樣，妳能接受嗎？」

十五年……

那小姑娘權衡了一下，立刻俯身拜了下去。「奴婢小荷見過小姐。」

芳菲微微點了點頭。

去辦文書的時候，芳菲才大概瞭解了一下這三個小姑娘的身世。

那兩個十歲左右的小姑娘一個叫桃兒，一個叫青苗，都是貧民出身，家裡的屋子在這次地震中倒塌了，便被家人賣了出來。

這小荷的出身和她們卻並不相同。她父親是城中有名的繡莊裁雲軒的帳房先生，但去年就染了風寒故世了。剩下她和做繡娘的母親、妹妹相依為命，但近日因為地震震壞了屋子，母親又生了重病，她才不得已出來賣了自己，想替母親籌藥費的。

怪不得她能寫會算，還有一手好針線。說起來，也算是個技術性的人才，芳菲對她還挺滿意。

本來買了丫鬟該改改名兒，芳菲也不想再取什麼帶「春」字的名字了，免得嫁到陸家還像是住在秦家裡似的。

她把桃兒改了叫碧桃，青苗改了叫碧青，小荷改了叫碧荷。至於春雨，那是跟著她的老人了，沒必要改名字。

「唉，逛了半天也累了，我們回去吧。」芳菲本來還想買兩個小廝的，想想等她嫁到陸家再買也不遲。

春雨陪著她出了人市，那三個小丫頭就乖乖地跟在她們身後，大氣都不敢喘一聲。

才出了人市的入口，便看見成群結隊的士子朝府衙的方向走去——人市本來就離府衙不遠，當初這樣設立也是有方便官府督管的意思。

芳菲回頭問春雨。「怎麼這麼多人……啊，對了，今兒是初幾了？」

「姑娘，今天是初九。」

「那就是今天放榜。」芳菲微笑道：「反正也路過了，我們去看看陸少爺的名次吧。」

看榜這種事從來都是幾家歡喜幾家愁。一群群的學子們擠在府衙照壁前看著那一張張的紅榜，有人興奮地大叫，也有人沮喪地怒吼。

春雨擔心姑娘被這些人衝撞了，忙說：「要不讓奴婢去看吧，免得骯髒了姑娘。」

芳菲卻輕笑一聲，指著那一等的紅榜說道：「不用去了，已經看見了。」

那大紅榜上，第一行便寫著陸寒的名字。

竟然又是第一。

*陸哥哥果然不會讓我失望……*儘管芳菲早就料到陸寒能通過科考，但是親眼看到紅榜時還是有些激動。

既然過了科考，那就得好好替陸哥哥準備鄉試的事宜才是了。

第一百一十一章 報喜

這回芳菲可不敢再讓陸寒自己坐客船到江城了，上次的河盜事件實在是給她留下了太重的陰影，無論如何不想再經歷一遍。

因此芳菲便從鎮遠鏢局請了人陪陸寒一起到江城去。而且她可不僅僅是讓人送陸寒到江城就算了，還要求那兩位鏢師要負責保護陸寒這兩個月的人身安全，最後順利地護送他回來。

陸寒對芳菲這種呵護備至的做法有些哭笑不得。「芳菲妹妹，我一個大男人丟不了的，不至於要帶兩個保鏢吧？」

芳菲卻不和他說道理，只是柔情款款地看著陸寒說：「陸哥哥，你就當是為了我……想到你孤身一人在外地要過兩個月，你讓我怎麼吃得下，睡得好？若你不肯帶這兩個保鏢去，不如我把他們帶在我自己身邊，隨你一起去好了。」

在芳菲的溫柔攻勢下，陸寒不得不舉手投降，答應讓兩個保鏢跟在身邊。

鄉試要持續九天，分為三場，每場三天。從時間和場次上就可以看出鄉試的考試強度有多大……說實話，先不說才學不才學的，身體稍微差點的都頂不住。

因為在這九天裡，考生們就只能蹲在那狹窄矮小的號舍裡答題。至於吃喝，完全得自給自足，這對那些自小嬌生慣養的老少公子來說都是一個巨大的考驗——幸虧陸寒自理能力強，完全不怵這個。

因為一進考場就是九天，所以芳菲給陸寒準備了無比詳盡周到的考箱，從吃穿住用、文房四寶到救急藥丸都一應俱全。

陸寒知道芳菲素來體貼，因此對於她的好意自然也是欣然接納。直到他帶著硯兒和那兩個保鏢到了江城，才知道芳菲「周到」到了什麼樣的程度——

她居然早早就在靠近江城府學這種黃金地帶，給他租下了一個清靜的小院子，當做他備考這兩個月以來的住處，連廚娘和長工都給他找好了……當然這是他到江城後才發覺的。

離開陽城那日清晨，芳菲帶著春雨去給陸寒送行。

「陸哥哥，你這一去就要兩個多月，可得好好照顧自己。」芳菲還在不住地殷殷囑咐，又怕陸寒把自己當成了囉嗦的老太婆，只好說了兩句便停下來。

陸寒看著芳菲被江風吹動了一身翠綠衫裙，衣袂飛舞望之如神妃仙子，不覺看得癡了。

「嗯，妹妹妳也是。別太勞累了，藥堂裡的事情交給林掌櫃就好。」陸寒看芳菲老是在操心濟世堂的事，有些心疼她。

要是平時，芳菲也許會逞強說不要緊。不過此時此刻，她也不想讓陸寒擔心，便說：「好的，我都交給林掌櫃去辦就是了。」

天上本來就凝著濃雲，此際竟淅淅瀝瀝下起小雨來。芳菲忙從春雨手裡拿過一把油紙傘給陸寒撐上，催促陸寒快些上船。

陸寒儘管依依不捨，也知道現在不是兒女情長的時候，只得道了一聲「珍重」便轉身往客船邊走去。

芳菲正接過春雨為她撐起的另一把水紅紙傘，忽然見陸寒又匆匆折回，不由得問道：「陸哥哥還有什麼話要囑咐我的？」

陸寒走到芳菲面前，沒有一絲遲疑，定定地看著她說：「芳菲妹妹，等我從江城回來，我們就成親吧。」

啊？

「嗯，好。」芳菲從最初的驚愕中清醒過來，俏臉上露出一個甜美的笑容，輕輕應了一聲。

再過兩個月，她便能成為他的小妻子了……

想到這裡，芳菲心中浮起一絲淡淡的甜蜜。

雨漸漸下得大了。

陸寒站在甲板上，看著碼頭上那綠裙紅傘的倩影越離越遠，芳菲殷切的叮嚀彷彿又在耳邊響起。

「芳菲妹妹，等著我回來……」

因為買了三個新丫鬟，芳菲便讓春雲和春月回大宅那邊去了。兩人服侍芳菲幾年，都捨不得離開芳菲，跪在她跟前哭了小半天。

芳菲雖然也疼惜她們，但對她們到底不能和春雨相比，還是沒有把她們留下來。不過她也給每人包了一包銀錁子，還有把自己往年的舊衣服包了一些分給她們，甚至送了她們兩根珠釵。

「往後要是遇著什麼難處，也可以來找我商量。妳們怎麼說也是跟過我的人，別讓人欺負了，知不知道？」

春雲、春月再三拜謝才退了出去。

往後芳菲身邊就是春雨帶著三個新來的丫頭服侍了。芳菲不去管這些小事，便由春雨作主，讓碧桃負責做飯燒水，碧青負責灑掃雜務，而讓碧荷來負責芳菲的針線活計。至於梳頭淨臉、衣裳釵環這些貼身的活兒，暫時還是春雨在管著。

說到針線，芳菲屋裡的針線活兒還真不輕鬆，因為她很快就要出嫁了。

這些年來她雖然一直沒怎麼出門應酬在家裡做女紅，加上春雨、春芽的幫忙，基本上都把嫁妝該有的那些繡活準備好了——繡帳、被面、錦帕、四季衣裳……

可是有一樣東西她卻還沒準備，就是出嫁時要穿的鳳冠霞帔。

她沒做過這個，本來是打算讓外頭繡莊的人來做的。誰知道繡莊布行那條街在地震中損傷極為嚴重，一條街上所有的店鋪都震倒了，直到現在，陽城的繡莊還沒一家能重新開門的。

還以為只能自己將就著做了……誰知剛買回來的這個碧荷，在針線上確實是一把好手。

「姑娘看看這幾個樣子，喜歡哪一款？」碧荷將自己畫好的三、四款喜服的繡樣雙手呈到芳菲的面前。

芳菲接過來看了幾眼，不禁笑了起來。「妳這丫頭手倒是真巧，瞧這些花樣子，又新鮮又別致。」

她讓春雨過來幫她挑，春雨看了也說：「真是各有各的好，奴婢眼都看花了。」

三人商榷了許久，才定下了最終的花樣，便讓碧荷立刻趕製嫁衣。

春雨私下叮囑碧荷。「咱們姑娘大概再過兩個月就要出嫁了，這兩個月妳也不用給我幹別的，專心繡這套喜服就是了，缺什麼針線材料都儘管跟我要。」

碧荷忙不迭點頭應著，表示自己一定會全力以赴。

幸好做嫁衣的衣料和彩線、珠子都是早早備下了的，倒不用再去繡莊採購了。

那碧荷便沒日沒夜地繡起嫁衣來。

芳菲對這嫁衣也很是上心，每天幾乎都要過問一次碧荷看她繡得怎樣了。不過碧荷的繡功，卻真是讓芳菲大開眼界，因為實在是太過出色了。

芳菲自己雖然會針線，縫衣裳的針腳也算細密，可是繡起花樣來卻很一般。春雨比她強些，除了平面繡之外，還會彩繡，繡出來的活計鮮亮好看得多。

以前這屋裡針線最好的是春芽，她會平面繡、彩繡、絲繡、釘針繡，在秦家的丫鬟裡都是個拔尖的。但和這碧荷一比，春芽絕對是小巫見大巫。

「這是什麼繡法？」芳菲撫摸著大紅嫁衣裙子上的花邊，感受著那特殊的凸起紋理。

「回姑娘的話，這是奴婢家傳的雕繡。」

芳菲讚許地看了碧荷一眼。「妳的針法真好。用色也亮眼，看來讓妳做這個果然是對的。」

碧荷不敢露出得意的神色，輕聲說了一句。「姑娘謬讚了。」

嗯，沈得住氣，是個可以用的人。

「春雨，珠冠的事妳辦好了吧？」她側過頭去問春雨。

「是，金鋪的人說一個月內一定交貨。我已經告訴他們要用足金和南珠來做了，他們不敢馬虎的。」

「好。」這麼漂亮的嫁衣，是得配一頂精美的鳳冠才行。

芳菲再打量了幾眼那身嫁衣，想像著自己穿上它的情形，臉上不由得一紅。

待嫁的日子忙碌而充實，轉眼就到了八月中旬。

隨著鄉試放榜的日子逐漸逼近，已經慘淡了半年的陽城，總算有了一絲歡慶的氣氛。官府也有心借助這次的鄉試放榜遊街來振作一下民心，是以今年的放榜慶祝活動比往年要熱鬧得多。

放榜的日子總算到了。

天還沒亮，芳菲就聽春雨在屋裡走來走去，不由得笑她。「妳著急什麼？」

「姑娘，請您快起來擺香案吧，據說有考生的人家早上都得擺一個祈祈福呢。」

春雨也是昨兒才聽說了，結果一個晚上都沒睡著，大早晨就起來擺香案。

「這都什麼時候了，考也考完了還祈福啊。」

話是這麼說，芳菲還是很快起了身。她梳洗一番之後在春雨擺下的香案前虔誠地上了兩炷香，默默祈禱。「希望陸哥哥能夠金榜題名。」

天光大亮以後，街上就開始鬧騰起來了。鞭炮聲吵鬧聲不絕於耳，一隊一隊的報喜隊伍從城外一直開進來。

芳菲和陸寒又沒成親，所以人家只會去陸家報喜，不可能來秦家的。但芳菲早早就吩咐了四叔，一旦得了喜報趕緊來給她報信。

等到下午，還沒見四叔來通報，春雨不覺有些慌了。「怎麼這麼晚……」

碧荷倒是有些見識的。「我聽說，名次越高的報得越晚呢！」

「是這樣？」連芳菲都不知道有這麼一回事，不過碧荷說的話總算讓大家安心了一些。

「可是這也太晚了……都要到黃昏了呢……」碧青人小不懂事，嘀咕了一句，被碧桃硬生生捅了捅腰眼，才發現自己說錯了話。

芳菲本來挺輕鬆的，可是等了一整天下來，也開始有些緊張了……

第一百一十二章 中舉

芳菲主僕在那邊等得心焦，四叔在家裡也一樣著急。

自從陸寒把家安在了濟世堂，就把四叔、四嫂這對僕人帶了過來。陸寒本來就在陽城中小有名氣，如今又因為發放善藥而聲名大振，所以今天的濟世堂門前圍了許多百姓，全都等著看報子來陸家報喜。

從早晨開始，大家就等在這兒了。可是報喜的隊伍來了一隊又一隊，就是沒有誰在濟世堂門前停下來的。

隨著時間的推移，人們臉上的表情也變得很微妙……

雖然大家都不願意看到這位善心的陸秀才落榜，可是鄉試落榜這事情實在太常見了……陸寒才第一回考試是不是？就算他才名遠揚，也不一定能一擊即中啊。

四叔現在實際上就是陸寒的管家，他一面招呼著大夥兒，一面心急如焚地等待著報喜隊伍的到來。

這都過去幾十隊了，怎麼還沒到呢……

瞧瞧這天，再過一個時辰就到晚上了呀。

圍觀的人群終於不耐煩了，陸陸續續地有人走掉。四叔也不能拉著不讓人走，可是這種感覺真的很不好受……難道少爺真的沒中？

前面又來了一隊報喜的隊伍，四叔都有些麻木了。

誰知那隊人馬竟是徑直朝濟世堂走了過來，一路上敲鑼打鼓，聽著好像比前頭那些隊伍要更熱鬧許多。

準備離去的人們也一下子激動起來，紛紛往濟世堂這邊圍過來。

那隊人馬轉眼就來到了濟世堂大門前，報子們齊聲高喊道：「恭喜陽城陸老爺諱寒，高中第二名亞元，京報連登黃甲！」

中了……

還是三鼎甲之一……

人們立刻沸騰了起來，四叔趕緊拿出芳菲早就給他準備好了的紅包一個個給報子們送去。四嫂也連忙端起喜糖喜果請街坊們食用，讓大家沾沾新舉人的喜氣。

戲劇性的是，一天不見人影的陸月思一家，彷彿是從地底下鑽出來的一般，出現在人群中，毫不客氣地接受著人們的恭喜和祝福……

喧鬧了半天，天都快黑下來了，忙昏了頭的四叔、四嫂才想起要去給芳菲報信。

芳菲坐在屋裡，看著天邊最後一絲亮光慢慢消失，一顆心也直墜谷底。

難道真的沒中？

儘管她對陸寒有著絕對的信心，但考試這種事情還真是很難說的。

她上輩子帶過幾百個大考考生，那種平時成績優異，考完卻差得要命的情況，也不是沒見過，而且見得不少。

而鄉試這種一直持續九天的高強度考試，比後世所謂「千軍萬馬擠獨木橋」的大考，難了不知道多少倍。這樣的考試裡，些許的差池就能讓人一敗塗地。

算了……芳菲幾乎已經放棄了希望。沒什麼，陸寒也還年輕。大不了三年後再來一次，這次就當練手了。

春雨、碧荷等丫鬟看著芳菲在默默想著心事，誰也不敢說話，屋裡的氣氛壓抑到了極點。

就在這時，突然響起了「砰砰砰」的敲門聲。

「一定是四叔！」春雨立刻反應過來，疾步走到院子裡叫門子去答話。

芳菲坐姿不變，手上的絹子卻被她抓成了一團綯巴巴的布頭。這麼晚才來通報……是來告訴她陸寒沒中舉吧……

春雨的腳步聲急促地傳到她耳中，她還沒來得及問話，春雨已經搶著顫聲說：「姑娘，陸少爺中了，是第二名呢！」

第二名啊？

這個名次芳菲也有些意外。

儘管去年陸寒在院試中奪魁，但並不代表他就是江南道所有秀才裡的第一人了。要知道，去年的院試只考察了這一科的童生，而鄉試則是以前沒中舉的幾科、十幾科的秀才們一起參與的考試。

好多才學高絕的才子，也是考了幾次才中舉。陸寒一次就通過了，還力壓群雄奪得了三鼎甲之一，這個名次的含金量可不是去年的院試魁首能比得上的。

屋裡頓時笑聲一片，一掃方才的陰霾情緒。

新買的丫鬟雖然都沒見過這位未來的姑爺，可是想到姑娘很快就要成為舉人娘子了，就忍不住開心地笑起來。主人地位高，奴婢們也能跟著雞犬升天，這道理她們不會不懂得。

芳菲定了定神，吩咐春雨。「這兩天陸家那邊肯定要慶祝的，陸少爺又不在，我又不好出面，妳替我幫著陸家二老爺好好招待親朋。」

自從見識過芳菲的財力之後，陸月思一家對她可使勁的巴結著，可不敢惹這位財大氣粗的侄媳婦不高興。方氏更把多年來對芳菲的那刻薄勁兒全都丟開，在濟世堂裡見了她，一口一個「芳菲」叫得好不肉麻。

芳菲不介意他們想占她的小便宜，畢竟是陸寒的親族，反正也是丟不開的，就這麼處著也挺好，只要他們得了錢財後別給她惹太多麻煩就行。

能用錢解決的問題，那其實都算不上問題——對於芳菲而言是這樣。

接下來的幾天，不只是陸家那邊大肆慶祝，芳菲這兒也不得安寧。

她娘家的人們似乎打算在她出閣前這段有限的日子，和她建立起更「深厚」的感情，好歹這也是秦家難得的一個能嫁給舉人老爺的姑娘呀！

而且就憑陸寒那第二名亞元的成績，人們覺得他中進士當大官也是遲早的事情。現在不來巴結著芳菲，還等什麼時候呢？

於是這些日子，秦家出閣的姊妹們頻頻回來「探望」秦大老爺，「順便」過來找芳菲談心。

從前欺負、刻薄過她的芳苓、芳芷、芳芝、芳英……還有好些個隔房的姊妹，來了芳菲這兒都親親熱熱地拉著她的手敘舊情、說舊事，一個勁兒地說小時候大家感情如何的好……

芳菲還想著這些姑奶奶們是不是得了失憶症，集體忘記小時候她們是怎麼對自己的了。

不過她不會和她們計較這些，面上總是一團和氣地應酬著她們。人家帶了禮物來的，她也會回送同等價值的禮品，而且比人家送的還要精緻漂亮，絕不讓人看輕了去。

過了幾日，連孫氏、林氏這樣的長輩都來看她了……芳菲只覺得自己臉上的肉要笑僵了，可又不能缺了禮數，只能陪著。

這種應酬好無聊啊……芳菲看著對面的孫氏嘴唇一開一合，強忍著打呵欠的衝動，心想——

「陸哥哥什麼時候會回來呢？」

三天後，陸寒終於在兩位鏢師的保護下安然歸來，當夜陸家又是大大地慶祝了一番，整條街上的街坊鄰居們都前來祝賀。

「姑娘，陸少爺給您的信。」春雨捧著一封信箋，送到芳菲的眼前。

芳菲展開信箋，看著陸寒那熟悉的字跡，不知怎地卻想起多年前她在陸家寄居時的情形。

那時她剛去閨學讀書，閒暇的時候就和陸寒窩在陸家的書房裡練字。

她與陸寒一人占著書案的一邊，默默地臨摹著帖子，侍墨和春雨就在一旁給他們磨墨……

冬日嚴寒，書房裡卻烘得暖融融的。牆角的炭爐灑了蘇合香，屋子裡滿是清甜溫暖的氣息。

偶爾寫得累了，她抬起頭，陸寒便也抬頭對她展顏一笑。

他們彼此間很少說話，但那種寧靜而溫馨的感覺卻一直在芳菲心頭縈繞……

這些散落在記憶中的碎片，突然間被芳菲重新拾起，她才恍然發覺，和陸寒已經認識這麼多年了。

「憶昔花間初識面……」芳菲忽然想起自己以前很喜歡的句子，忍不住，低頭輕輕地笑了。

春雨不清楚陸少爺寫了什麼讓芳菲如此的高興，但猜想一定是好事。

當然，她很快也就知道是什麼事了——陸家二老爺來拜訪秦大老爺，準備給二人定下成親的日子。

去年沒能辦成親事，是因為秦家老夫人剛剛去世。現在過了一年，秦家的直系親屬雖然沒有除孝，但是給芳菲這個隔房孫女兒辦親事是不妨事的了。

秦家又何嘗不想趕緊把這婚事辦了？和舉人老爺結親，這說出去多有面子啊，雖然芳菲不是他家的親孫女，但一樣是從這個門口嫁出去的，那是一樣的體面。

「呵呵，親家叔爺……」秦大老爺甚至已經開始這樣稱呼陸月思了，陸月思也聽得理所當然。「依你家的意思，是選在什麼時候好？」

陸月思也哈哈笑道：「越快越好吧，親家公你也知道，現在已經快九月了，一般舉子們最遲十月底就要上京趕考，不然也趕不上明年的春闈，所以要快。」

這其實是陸寒的原話，他已經迫不及待想把芳菲娶進門了。

既然兩造都沒意見，而且對這樁親事很積極，婚禮的籌備也就緊鑼密鼓地忙了起來。

要辦好一樁婚禮，可不是那麼容易的事。雖然去年他們兩家已經把前面的三媒六禮基本辦通了，就剩下娶親拜堂這一關，但這最後的一道手續才是最麻煩的……

不過這種俗務是有章程的，大家都是活了半輩子的人，倒不至於連樁婚禮都不會辦，反正就是儘量往隆重、熱鬧、喜慶上去辦就好了。

在皇城裡，朱毓升的婚事也被提上了日程。

第一百一十三章 婚事

朱毓升畢恭畢敬地垂首站在紫寧宮的偏殿中，面前正坐著他那位威嚴而強勢的祖母詹太后。

詹太后年紀很大了，可外表看上去也不過是五十許人。她穿著一身較為隨意的秋裝，頭髮卻梳得一絲不亂，自然是珠翠滿頭，華貴異常，更襯得她鳳面生威。

這偏殿是詹太后日常居住作息之處。她朝朱毓升微微笑了一笑，說道：「毓升，你還是坐下慢慢陪哀家說話吧，也不要老是這麼站著了，這兒也沒外人。」

話說得很親熱，態度卻不見得有多綿軟，依然是那副發號施令硬邦邦的口氣。

早有宮女為朱毓升擺好了座位，朱毓升告罪一聲，坐了半邊椅子，卻依然微垂著頭。

「怎麼樣，哀家前些天給你看的那幾幅畫軸，你滿意哪一個？」太后慈和地笑著，身子卻微微前傾。

朱毓升像是沒有注意到太后的迫切，遲疑了一下才說：「如今皇上重病在床，孫兒實在無心娶妻……」

太后的臉嗖地冷了下來，說話的語氣也更疏離了。「你一推再推，莫非是根本不想娶妻？那可不成。早日娶妻，誕下健康的皇嗣，是關係到國之根本的大事。」

朱毓升面上一滯，依然不肯鬆口。「孫兒怎會不想娶妻？只是……我朝以孝立國，在皇上病危之時，孫兒怎能議親？這會讓天下人如何看待孫兒？」

「毓升此言差矣。」

太后撐著座椅的扶手站了起來，朱毓升也立刻起身恭立。

太后走到朱毓升面前，緊緊盯著他說：「百姓之家，猶有『沖喜』的說法，在家人重病時議親讓喜事沖一沖家中晦氣，誰敢說一聲不孝？這是至孝，何況又不是讓你立即成婚，只讓你擇定人選……你是不是對那幾位小姐不滿意？」

「孫兒怎敢。」朱毓升的頭垂得更低了。

太后讓他選擇的那幾個太子妃的人選，全是她詹家的或者是與詹家有關的人家的女兒。她想通過控制他的親事，達到掌控朝政的目的，朱毓升怎會不明白？

太后掌控六宮乃至插手朝政，實在是太久了……久到她全然忘記了自己垂垂老矣這個事實，還想著要把自己這個太子變成她的牽線木偶……

朱毓升的手在袖中暗暗攥緊，握成了拳頭。他絕不能讓任何人來操控他，即使是這位和他有著血緣關係的親祖母。

但太后已經數次暗示威脅，如果他不聽話，她或許就會把他從太子的位置上拉下去。

當然，他在宮中這麼多年也不是白混的……只是現在確實不是和太后撕破臉的良機。

該怎麼回答？

太后平時渾濁的老眼此刻變得極為銳利，一眨不眨地看著朱毓升。

突然一個內侍匆匆小步跑著進了偏殿，跪下稟報道：「太后娘娘，皇上又昏過去了。」

「真的？」朱毓升一個箭步衝到那內侍的面前，一臉驚慌地問：「皇上怎麼又昏倒了？」

太后畢竟和皇帝母子連心，平日裡雖然彼此交惡，但也不至於不在乎兒子的死活，當下便讓人擺駕要前往皇帝寢宮探視。

朱毓升暗中抹了一把冷汗。又混過去一次……但是，下一次該怎麼辦呢？

對他來說，他未來的太子妃──乃至皇后，是個什麼樣的女子，他是全然不放在心上的。只要別給他添麻煩就好，如果她的家族能夠給他提供什麼助力，自然也可以考慮。

感情？

對於一位未來的帝皇來說，感情是最無必要的東西。多年的深宮生涯，已經將他的心磨練得有如千年磐石，堅硬無比。

朱毓升收拾心情，跟在太后的鑾駕之後往皇帝寢宮而去。

「姑娘，嫁衣繡好了。」碧荷捧著那疊得整整齊齊的嫁衣走進內室。

正在清點嫁妝單子的芳菲忙放下手上的事情，驚喜地笑道：「這就好了？不是說還要兩天嗎？」

「奴婢想著早點做好了讓姑娘試穿穿看，有什麼不合身不恰當的地方再改一改。」碧荷把那套嫁衣在床上展開，請芳菲細看。

不只芳菲低頭去看那嫁衣，連春雨、碧桃、碧青幾個也圍了過來。

芳菲見大家都來了，便笑道：「妳們來看看，這套嫁衣做得如何？」

「好精巧的繡功啊！」碧桃忍不住出聲讚道：「我還沒見過這麼漂亮的嫁衣呢。」

「妳又見過多少個新娘子啊？」碧青比碧桃大一歲，兩人被芳菲買回來後住一個屋子，雖然相處的時間不長但卻已經很熟稔了。

就因為彼此感情好，所以碧青才會吐碧桃的槽。碧桃也不計較，嘻嘻一笑吐了吐舌頭說：「我是沒見過幾個新娘子，不過人家真的覺得這套嫁衣很好看嘛！」

「嗯，我也覺得好看。」芳菲顯然也很滿意。

春雨便說：「姑娘，那您就試試吧？」

芳菲其實早就躍躍欲試，當下便解開身上穿的外裳，將那身嫁衣穿戴起來。

哪個少女不懷春？誰不曾在夢中悄悄幻想過自己穿上嫁衣，風光出嫁的那一天呢？即使是兩世為人的芳菲，也同樣有著這般少女情懷。

「好美！」

等芳菲穿好了嫁衣，幾個丫頭禁不住異口同聲地讚嘆起來。

自家姑娘長得天仙也似，她們平時也已經看慣了——呃，碧荷等幾人依然在適應中。

可是「人要衣裝，佛要金裝」這話是絕對沒說錯的，姑娘平時穿一條家常的半舊裙子，看著清清雅雅，是個大家閨秀。

現在一穿上這大紅嫁衣，整個人頓時豔麗起來，臉上更添了幾分嫵媚，比那畫上摘下來的人兒還要好看許多呢。

「對了，姑娘，那頂珠冠昨兒就已經拿回來了，咱們現在來試戴一下吧？」春雨素日是個穩重的，現在也不禁有些興奮，攛掇著芳菲試戴珠冠。

「那得重新梳頭……」芳菲有些猶豫。

「我來、我來——」碧荷也在一邊說著。「姑娘，請讓奴婢給您梳頭吧？奴婢的母親教奴婢梳過一些髮式。」

這碧荷還真是個素質挺全面的人才啊……芳菲見大家都興致勃勃，她自己心裡也是想試試的，當下索性閉上眼任由幾個丫鬟擺弄了。

碧荷小心翼翼地給芳菲梳了個式樣繁複的美人髻，把那珠冠輕輕戴了上去，又請芳菲選三根金釵來讓她定髮。

春雨也開了脂粉匣子，替芳菲勻臉描眉，再抹上豔紅的口脂——平時芳菲可不喜歡這麼豔的顏色，可是新娘妝是一定要上大紅的口脂的，這樣才喜氣。

「好了。」

等碧青連芳菲的指甲都染好了，幾個丫頭才拍著手笑道：「新娘子打扮好了。」

芳菲睜開雙眼，看見鏡中映出一位顏如春花，穿紅戴金的嬌俏新娘，她差點就認不出這是自己了。

「這樣會不會太豔啊……」她很認真地舉著鏡子端詳著自己的妝扮。

「就是要豔才喜慶呢！」幾個丫鬟在這點上的認知驚人的一致。

芳菲看著鏡中那張梨渦淺笑的面孔，心想——原來我一直在笑著的呀，我都沒感覺……不過，是真的很開心呢。

還有十天，她就要嫁入陸家，成為陸寒的新娘了。

陸寒這邊也很忙碌。

既然要成親了，家裡不能光是四叔四嫂和硯兒這幾個下人，那可不夠用。所以他又去買了一個馬伕和一個男僕，讓四叔帶著這兩個人趕緊粉刷濟世堂後頭的屋子，一定要抓緊時間把新房給佈置好。

四叔人老實歸老實，幹活是一把好手。他利索地買齊了修葺新房需要的物品，帶著那兩人熱火朝天地忙了起來。

糊牆、刷漆、置辦新家具，一切都在有條不紊地進行著。

舉行婚禮前幾天，在方氏的主持下，請街坊上的四位全福娘子給新房定了床，然後那間新房便被鎖了起來。

在新房門上貼了大紅的「囍」字，這間房子就不能再進入了——在陸寒成親之前。

「還有什麼沒準備的嗎？」畢竟成親是人生大事，陸寒也很緊張，生怕有什麼不完善的地方委屈了芳菲。

四叔想了想，說：「該準備的都準備好了。請柬也全都發出去了。」

光是發請柬，就讓家裡這幾個下人足足發了四、五天。

但他們累是累了，心裡舒坦。因為陸寒中了舉，所以請客的名單上除了他的親戚和昔日府學的同窗，還有這次陽城同科中舉的同年舉子們，以及府學裡的教授，還有陶學政也在請客名單之列。

這可不是陸寒勢利，而是理應如此，要是不給人家發帖子，人家還要有意見的。這種人情往來陸寒雖然並不喜歡，但也不會刻意迴避就是了。

陸家、秦家的人全都動作起來，為了替陸寒和芳菲好好辦一場盛大的婚禮，人人都出了力，這對他們而言也是有面子的事情。

當然，城裡要辦婚禮的新舉子也不止陸寒一個。好多舉子家裡都是等著兒子中了舉，來一個大小齊登科的，這也是民間風俗了。

整座陽城彷彿終於擺脫了一點地震的陰影，從鄉試放榜歡慶遊街開始，城裡就一直洋溢著一股子喜氣……

直到陸寒和芳菲的婚禮前三天，一份邸報從京城以最快的速度發往了全國各地。

邸報上只寫了一件事，那就是——皇帝駕崩。

第一百一十四章 新皇

本朝開國之際，即弘孝道，對於喪葬守孝尤為重視。照理說，君臣如父子，父喪子守乃是常理，不過實際施行起來也很困難。前代幾位先皇都不愛擾民，是以制定國喪禮儀時，規定皇帝大行後一個月內民間不許嫁娶，其後便可自便。

但對於立刻就要啟程上京趕考的陸寒來說，卻是無論如何也來不及再籌備一場婚禮了……

芳菲看著床上攤開的那套紅豔豔的嫁衣，心裡有種說不出的滋味。

「姑娘，這也是無可奈何的事情……」春雨知道芳菲心裡不痛快，這事擱誰身上也痛快不了。

但這偏偏又是不能抱怨的，難道要說「先皇您死得真不是時候，為什麼不多撐個三、四天」……說這種話就等著被殺頭吧，誰敢這麼說。

「等明年新春陸少爺考上了進士，那時再辦婚禮，豈不是更有面子？」春雨只能這樣寬慰姑娘了。

「嗯，我知道的。」芳菲勉強露出一個笑容，對春雨說：「把這嫁衣先收起來吧。」

春雨和碧荷巴不得她這麼說，怕她越看這嫁衣越難過，忙不迭快手快腳地收了起來。

芳菲確實有些沮喪。從陸寒去江城後，她準備嫁衣開始，心裡就充滿了對這場婚禮的期待——然後卻在滿心歡喜時被告知婚禮要延期。

她就像吹漲了的皮球被戳破了一樣，整個人一下子軟了下來，懨懨地什麼都不想做。在別的事情上，她向來心志堅韌，不會輕易被壞消息影響情緒。但再強的女人在自己的婚事上，也忍不住患得患失……可是事已至此，也不可能再說什麼。

陸家那邊來了人，跟秦家說了婚禮延後的事情。這種事大家都必須理解，國喪嘛，而且也不是陸寒和芳菲的親事被耽擱了而已，城裡等著成親的舉子們多得是，大家都只好同樣把親事推遲到明年了。

芳菲在屋裡待了幾天，想著這麼頹廢也不是個辦法，還是出門到濟世堂裡去看看生意如何了吧，正好到了月中查帳本的日子。

「姑娘，天涼了，穿夾襖出門吧。」

春雨開了衣箱，把芳菲的秋裝都整出來，挑了一身夾衣給芳菲過目。

「行，就穿它吧。」芳菲隨意看了一眼，點頭同意穿這身衣裳。

她穿戴好了走出房門，臉上被秋風一吹，有些微微的冷意。

「果然是深秋了呀……」她輕輕嘆息了一句，扭頭出了院門。

被婚禮延期和秋意來襲的種種愁緒所感染，芳菲的心情依然說不上開朗。不過想到待會兒去了濟世堂，能和陸寒見上一面說說話，總算好過了一點。

雖說未婚男女要避嫌不能見面，但芳菲因為有時要打理濟世堂的事情，還是常常要到陸家這裡來。

因為她和陸寒這一對被傳為「佳話」的緣故，街坊們都對他們格外寬容，沒說出什麼難聽的閒言碎語。但芳菲前一個多月因為要在家待嫁，很久都沒有過來了。

那時還以為，自己很快就能成為濟世堂的女主人，堂堂正正的做個內當家的……卻原來還得等到明年。

縱是她不在乎自己的年紀，但在別人看來，她已經是個不折不扣的老姑娘了。

芳菲卻在想，自己都被人閒語年紀大，那比她還大上兩歲的春雨，也該早點成親才對。

本來以為自己出嫁後再給她辦婚事，看來還是早早把她給嫁了再招進來服侍吧。

「咦？」

芳菲在馬車裡聽到外頭鞭炮的聲音，不由得有些奇怪。現在還沒過國喪期，誰有這麼大的膽子放鞭炮？

「外頭放鞭炮的是哪一戶人家？」芳菲問陪她坐車的春雨。

春雨撩起簾子，看了一眼才回覆說：「啊，剛才路過府衙了。是府衙在放鞭炮呢，不知道是為什麼呀？」

「府衙放炮？」

芳菲恍然大悟。在這種時期，官府出面慶祝的那就只可能是一件事，那便是新君即位。

新君……應該是毓升吧。

她才意識到，自己多年前救助過的那個少年，竟然已經成為皇帝了。

這種感覺真是不可思議……

這麼些年過去，朱毓升的面目在芳菲記憶裡已經有些模糊。而且，他也有好幾個年頭沒傳什麼消息過來了，想必早就忘了她是誰了吧？

她努力地回想起上輩子在螢幕上看過的那些皇帝的樣子，始終無法將她記憶中那個冷傲少年的模樣代入進去。

「呵……這跟我又有什麼關係呢？」芳菲自嘲地笑了笑，也就不去想這些事情了。

大明順天三十二年九月二十一日夜，皇帝大行，後定廟號為文宗。

十月，國公、勛爵、文武百官、軍民耆老，一起在宮門外跪拜上本，勸太子朱毓升繼位大統。

三次之後，朱毓升終於接受民意，下旨擇日登基。命令禮部籌備新君即位大典，從速從簡——他向來不是個喜歡擺排場的人。他現在需要的，是盡快坐穩帝位。

欽天監的官兒們很能體會上意，知道太子急著登基，就把日子選在了十月底。

是日，司禮監、欽天監、尚寶司、鴻臚寺、教坊司一齊出動，為新君佈置好了他出場的華麗舞臺——奉天殿。

朱毓升穿著袞服，帶著冠冕，在無數宮女內侍的簇擁下在後宮緩緩走出，一級一級地走上奉天殿的臺階。

他走得很慢，很穩。

就像他在這深宮中走的每一步，都是這麼的慢，卻也穩穩當當。

秋日的豔陽照在他冠冕前垂下的珠簾上，蕩起一片晶光，他恍惚又看到了多年前的自己。

那時他十四歲。孤身一人，被一個乾枯黃瘦的老內侍，引著走進了皇帝的書房。那裡已經跪了兩個和他年齡相仿的堂兄弟。

當時已經是個中年人的皇帝，絕對不是一位和藹的長輩，默默在寫著一幅書法，看也不看他一眼就任由他們三個王子在地上跪著。

皇帝本心並不願意從宗室裡選擇後嗣，只是迫於太后的壓力，才會宣三人進宮。

他費了多少功夫，才能夠在三個人裡脫穎而出，同時得到了皇帝與太后的喜愛，被立為太子？

這其中的勾心鬥角、艱難挫折，實在不足與外人道。也不可能與外人道……

朱毓升走到了奉天殿中。

他先披上孝服，在供奉大行皇帝的香案前親自跪拜，禱告，表示受命完畢。再向宗廟的方向祭拜，又告知天地社稷，經過一連串極其繁瑣的儀式後，他登上了奉天殿的龍座。

詹太后被一群宮女眾星拱月般擁出，來到朱毓升面前，親手為他正了正衣冠，表示禮成。

這一對祖孫在這短短的一瞬間交換了一個眼神。朱毓升面上泛起誠懇而恭敬的微笑，似乎在告訴詹太后，自己一定會繼續尊敬她。

詹太后想起昨天晚上，朱毓升來求她出席大禮時跪在地上說，打算迎娶她親弟的嫡親孫女兒為皇后。

很好……看來他已經意識到，沒有自己這個太后的支持，他可不一定能在朝上站穩腳跟。

詹太后在皇帝寶座旁的鸞座上落坐。

之後百官進殿，一起跪下，行五拜三叩頭大禮，山呼萬歲。

朱毓升看著地上一溜黑壓壓的腦袋，心情極為複雜，輕輕吐出一句。「眾卿平身。」

自此之後，他便是這大明國的唯一至尊，千萬人之上的帝皇了。

詹太后回到紫寧宮，感到身子很是疲倦。畢竟年紀大了，經過那麼冗長的儀式，當然會覺得累。

幾個宮女伺候她換下那身華麗而沈重的宮裝，為她穿上輕便的衣裳，又熟練地給她捏肩捶腿。

詹太后接過宮女遞上來的茶盅，輕輕喝了一口香茶，吁出一口氣。

該找個時間，和弟弟商量一下選皇后的事情了。朱毓升肯在親事上妥協，證明他還是不敢和自己起正面衝突的……

本朝慣例，後宮之女出身不必顯赫，只要身家清白就好，就是為了防止外戚專權。但有些事情，是防不勝防的……

詹太后入宮時只不過是個「美人」，親父也只是個七品縣令。可她善逢迎，懂鑽營，逐漸升為貴妃，在陳皇后去世後又母憑子貴當上了皇后，乃至被尊為太后。

她扶持母族上位，三十多年來，詹家從地方上的小官一路狂飆，如今儼然成為京城豪族了。

叱吒後宮三十年的詹太后，對自己與家族的勢力都很有信心……

想著心事，她沈沈睡了過去，嘴角猶帶著一絲滿足的笑意。

三天後，百官接到聖旨，被尊為「太皇太后」的詹太后因為先帝大行，哀毀過度，積鬱成疾，病倒在紫寧宮中。

新皇朱毓升下旨，為了讓太后安心養病，紫寧宮嚴禁外人出入，更不許任何人前往探視，干擾了太后的休養。

詹太后發現一夜之間她身邊所有的宮女太監都被捆了帶走，卻給她換了一批新人來服侍，這才知道自己被軟禁了起來。

她這才明白，朱毓升是要騙她先幫他完成繼位大典，再慢慢地收拾她……

與此同時，朝中對詹家以及他們一黨勢力的清洗，漸漸拉開了帷幕。

這些事情普通人當然無從知曉。就在新君即位的這段日子裡，無數學子走上了前往京城趕考的路途，陸寒當然是其中之一……

第一百一十五章　進京

「滿腹文章，滿頭霜雪，滿面埃塵。
直至如今，別無收拾，只有清貧。
功名已是因循。
最懊恨，張巡李巡。
幾個明年，幾番好運，只是瞞人。」

這首〈柳梢青〉寥寥數語，卻寫盡自隋以降數百年來讀書人的辛酸。從一個開蒙幼童，到躊躇滿志的童生，再考秀才、過鄉試……這條漫漫科舉路，有的人一生都沒有走完。

但相對於許多白髮蒼蒼依然被攔在鄉試門檻上的老秀才來說，陸寒無疑是極其幸運的。第一次考鄉試就過關，而且是第二名亞元這樣的好成績，自然是多年才出一個的英才。

因此，雖然不能在上京前完婚這件事情給陸寒的心裡留下了極大的遺憾，但他的情緒依然昂揚高漲。

十一月十八，陸寒在兩個鎮遠鏢局的保鏢和書僮硯兒的陪同下，從陸路向京城方向進發。

芳菲自然前來送別。陸寒還以為他得好好安慰芳菲一番，卻發現芳菲的表情並不是太難過，他才放下心來。

只是常常跟在芳菲身邊的春雨居然沒出現，陸寒略感奇怪，不由得看了芳菲身後的碧荷一眼。

芳菲知道他在疑惑什麼，解釋說：「我給春雨選了個好日子成親，放了她幾天假。她丈夫就是她的遠方表哥，據說兩家小時候還有過口頭婚約的……就跟咱們倆一樣。」

聽到「咱們」這個詞，陸寒不覺心頭一甜。要不是顧忌著這五里亭內外人來人往，他真想握著芳菲的手好好溫存一番。

「陸哥哥，別的我也不多說了，」其實她之前就已經對陸寒的起居飲食千叮萬囑，這時只道：「別給自己太大壓力，就當上京遊玩一趟好了。會試這種事情，急不來的。無論你有沒有中進士……我都不在意。」

陸寒溫柔地看著芳菲，輕輕「嗯」了一聲。

要是他們已經成親，他一定要帶著芳菲上路的。現在計劃有變，只得自己上京了。也好，芳菲嬌滴滴的姑娘家，也不必要跟著自己旅途勞頓了。

陸寒一路上有書僮服侍，鏢師護送，兜裡又帶著芳菲給他準備好的幾百兩銀子的盤纏，走得不算辛苦。

過了臘八，還沒到小年，陸寒一行人就已經冒著風雪趕到了京城。

順天三十二年臘月，今年剛剛通過鄉試取得舉人資格的學子們，還有往年沒有考上進士的那些舉子，齊聚京城，準備參加來年二月的禮部會試。

三、四千名的考生，加上陪同他們而來的家人隨從，一下子就擠滿了整個京城。這種時候，就是各家客棧、旅店大肆斂財的好時機，平時只需一錢銀子就能住一晚上的客房，現在一兩銀子也訂不到。

和鄉試時的情況差不多，家境好的考生，會臨時租一個小院子來住下。畢竟從進京到成績發布，前後要經過差不多三個月的時間，自己帶家人住一個院子當然方便。

不過很多家境一般的人，就花不起這個錢了，只能住店。住店也得靠關係啊，沒關係可擠不進去。幸好還有一種地方，是專門容納家境稍差，或者沒什麼關係門路的考生的，那就是各省各道的「會館」。

每一個省、道，乃至比較富庶的大府城，都會在京城設立自己的會館，讓上京趕考的本地舉子們居住，這也是一種福利。

至於房費和伙食，都只收很少的成本價錢，絕對是貧寒學子們的福地。

像陽城這種大府，在京城就有一所規模不小的會館，那也是陸寒的目的地。

兩個鏢師將陸寒送到了陽城會館，看著會館的管理人員接待了陸寒，才放心地離去。

這裡的管理人員對前來投宿的學子們都很客氣，畢竟這些人都是舉人身分，而且極有可能過了這個春天就金榜題名，成為天子門生，所以是怠慢不得的。

當然舉子們也不會隨意使喚、呼呼喝喝這些管理人員。能考上舉人的考生，個個都是人尖子，哪會笨到在這種地方暴露出自己性格中不好的一面——不是等著被人告黑狀嗎？所以整個會館的氣氛，看起來是很祥和的……

陸寒來得不早不晚，分配到的房間也是不好不壞。

「少爺，您請歇著，我先把這兒打掃打掃。」

硯兒今年十二歲，是個勤快孩子，陸寒對他很滿意。不過陸寒見他這麼著急想打掃屋子，便笑著阻止他說：「你一路拿著咱們的行李，也累得慌。坐一會兒吧。人家這屋子想來是天天打掃的，乾淨得很。」

他的話音才落，便有人過來送熱水給他沖茶洗臉。陸寒讓硯兒給那人道了謝，自己好好抹了把臉，這才好好打量起這間屋子來。

屋子不大，沒有分內外兩間，只用屏風隔開了臥室和小廳。不過該有的家具一應俱全，雖然半新不舊，也看得出用料不差。

陸寒對自己住什麼樣的地方，自然是不在意的。他當年一個人到鄉下去，住在昏暗簡陋的農舍裡，一樣能寫出字字生花的好文章，現在住在這麼窗明几淨的地方還有什麼不滿意的呢？

何況住在會館裡，還有一個極大的好處，便是可以和這些舉子們切磋學問。舉子們在參加會試的一、兩個月裡，除了閉門苦讀之外，還要開大大小小的文會來彼此交流學習，以增進自己的學識。

規模大的文會，不但有舉子們參加，還會有已經考上進士的同鄉學長們——現在都在六部六科裡當著官——來看望大家，作為過來人給大家提出一些考試上的建議。

規格更高的聚會，則會邀請那些清貴的翰林學士們來講學，讓這些當年考試都在一等的前輩高人們來指點指點大家。

陸寒參加了兩次文會之後，就被陽城會館裡的舉子們公認為考上進士的熱門人選。原來大家還不大看得起這位年輕得過分的亞元。明擺著的嘛，這裡的舉子們幾乎都是三十以上的人了，可這小子嘴上的毛還沒長齊呢，居然是今年的江南道鄉試第二名，真是老天沒眼啊！

所以在文會上，各人或多或少都會對陸寒存了輕視和刁難之心……誰知陸寒對於眾人的提問，總是慢條斯理地說出自己的見解，偏偏又一針見血，令人不由得拍案叫絕。

幾次下來，大家才服了這個後生晚輩，心想人比人真是氣死人啊，這陸寒祖上燒了什麼高香，生出這麼聰明絕頂的一個子孫來……

將近除夕的一日，陸寒參加完文會回來，會館中的管理人員帶著一個穿著褐色布衣的青年男子來過和陸寒打招呼。

「陸老爺，這人是來找您的。」那管理的人指了指他身後的這青年男子。

這是規矩，不管陸寒年紀大小，反正中了舉人就是老爺了——就像一些人七、八十歲還是童生一樣……

「你是誰？」陸寒看那男子十分面生，不過看著像是江南人的面孔，應該也是老鄉。

聽陸寒問話，那人才行了個禮回答說：「小人塗七，奉我家主人之命前來請陸老爺過府一敘。」

「你家主人？」陸寒愣了愣。是他在文會上認識的哪位學長嗎？「請問貴主人是哪位？」陸寒彬彬有禮地問。

那塗七態度很恭敬，但卻說：「主人說，他想給陸老爺一個驚喜，所以小人現在還不能說出他的名字。」

陸寒皺了皺眉，說：「如此做法，非是君子所為。請恕陸某不能赴這樣鬼祟的約會，如果貴主人有誠意相邀，還是請直陳名姓的好。」

他又不是那十歲八歲的小孩子，難道還真會有什麼好奇心跟這種莫名其妙的人去赴約不成？

那塗七也不氣惱，像是早就料到陸寒會有這樣的反應。他說：「主人知道陸老爺一定會這麼說，是以早就囑咐小人，讓小人對陸老爺說『看在故去的陸老太爺，和何氏太夫人的分上，還請老爺移步』。」

陸寒心中一奇。這是什麼人，竟能抬出他父母來壓他？但聽這麼一說，這人應該是陽城中的故人才對。陸寒終於有一絲鬆動。

那塗七很會看人臉色，見陸寒似乎意動，忙說：「馬車就在門外等候。主人說，陸老爺來了絕不會後悔的。」

「好吧。」既然對方說到了自己的父母，又這麼有誠意的樣子，他就隨這塗七走一遭吧。反正如今是青天白日，自己又是個尋常書生，難不成還有人故意設這個局來綁票他不成？那這局設得也太蠢了，會館裡這麼多人看著呢。

他權衡一番，終於帶著硯兒上了那塗七帶來的馬車。

馬車在京城寬闊的大道上不疾不徐地行駛著，陸寒一直在猜這人到底是誰。想起一種可能，他不覺有些遲疑——莫非是那同安學派的門人們？

可是，要是同安學派的人要見他，大可堂堂正正和他在文會上相見啊，沒必要搞得這麼神秘。

馬車從官道一拐，進了小街，又拐進了一條小小的胡同。

陸寒正疑惑間，馬車停了下來。那塗七撩起簾子請陸寒下車，陸寒從車上下來，便看見眼前是一間白牆灰瓦的小院子。

這院子裡會有什麼人在等著他呢？

第一百一十六章　驚喜

北方的小院子和南方的格局並不相同。

相對於南方庭院的曲折幽深，北方的屋舍都是大開大闔的風格，陸寒一進這院子繞過一面照壁，就已經看到了客廳。

塗七請陸寒在客廳落坐，立刻就有一個梳著雙鬟頭的小丫頭來給陸寒上茶。看那模樣，也是江南水鄉的小姑娘。

看來此間主人真的是江南人。

塗七向陸寒告罪說：「請陸老爺稍坐，小人立刻去稟報主人您已經到了。」

陸寒面無表情地點點頭。

塗七下去以後，客廳裡就剩下那小丫頭在一邊站著伺候，還有就是一直跟著陸寒而來的硯兒。

陸寒沒有和這兩個下人說話，而是細細打量起這間屋子來。

看得出，這就是間二進的小院子，比他原來在陽城和父母同住的那處宅子還小許多。但是收拾得很乾淨，牆磚地面都弄得清清爽爽——應該說，乾淨得過頭了，像是最近幾天才徹底打掃過一樣……

這不是那人住久了的屋子，而是剛剛租下來整修過的。

看著客廳窗戶上剛剛糊上還沒乾透的雪白窗紙，陸寒心中已有了一個初步的猜測。

此間主人亦在客中……

會是什麼人呢？

反正等人無聊，他也隨意設想了一下各種可能。也許是陸家某個親戚，也許是陽城來的同窗，也許是同安學派的門人……

環珮叮噹。

陸寒聽見走廊上傳來細碎的腳步聲和釵環輕輕的碰觸聲，剛一愣神，鼻端便嗅到一股熟悉的幽香。一種不可置信的狂喜感覺在他心中升起，他霍地站了起來。

下一刻，芳菲那張巧笑倩兮、宜喜宜嗔的美麗面孔，便出現在他眼前。

芳菲抿嘴一笑，眼角眉梢帶著調皮和喜氣，輕聲說：「陸哥哥，驚喜嗎？」

陸寒顧不得周圍還有丫鬟書僮，一個箭步衝到芳菲面前，面上是掩飾不住的喜悅。

「芳菲妹妹，妳……妳怎麼也到京城來了？」

芳菲有些哀怨地掃了他一眼。「還不是為了你。」這一句就賽過了千言萬語。

陸寒素來在他所處的考生圈子裡有「少年老成」、「聰慧穩重」的評語，現在卻笑得像個孩子一樣，一雙眼只是巴巴地看著芳菲，眼睛不捨得眨一下。

芳菲也同樣含情脈脈地看著陸寒，白皙的臉上浮起兩團紅雲，越發顯得嬌俏可愛。

幾個下人都很有眼色地避了出去，站在門外守著，給這對未婚小夫妻留下一些空間好好敘敘情。

引陸寒過來的那個青年男子，是春雨的新婚丈夫——也是她的遠方表哥。奉茶的小丫頭是碧桃，這兩人陸寒以前都沒見過。

芳菲依然讓出嫁了的春雨在她身邊做事，只是近身服侍的大丫鬟換成了剛買來不久的碧荷。至於春雨，因為她已經是嫁了人的婦人，更加方便在外頭走動，芳菲打算以後讓她管一些生意上的事情。

塗七也是個老實肯幹的，最重要的是還有點小聰明。芳菲考察了一陣子後，就開了個高價給他簽了個十年的活契，讓他來給自己當個管事。畢竟如今出門在外的，沒個男傭人怎麼行？

這趟出門，並不在芳菲的計劃之內。

按照原來的設想，他們本該在九月底成親，然後一起上京的。

芳菲都已經細細想好了上京後的行程，她得先替陸寒安排好衣食住行，讓他以最佳的狀態去考試。

更關鍵的，是她想先走走關係，等陸寒考下進士在京候官的時候，爭取替他找個好位置——同樣是進士，有關係的和沒關係的分到的地區都不一樣，有些人甚至考上進士好幾年都補不上官缺。但是計劃趕不上變化，突如其來的國喪打亂了她的陣腳，讓她沒法子和陸寒一起上京。

可是芳菲不是常人，她決定的事情，不是那麼容易改變的。所以才會有了她追隨陸寒而來的這景況……

「妳要上京，和我一起走便好了，為什麼要自己走？」陸寒心疼地看著芳菲。

芳菲笑道：「我們還沒正式成親，一起上路總會有閒言傳出來的，我可不希望影響到你的考試。」

儘管和未婚妻共處算不上什麼風流韻事，但總會給人一種不夠穩重的感覺，芳菲不願意因為自己的事情對陸寒的考試造成什麼不良影響。

「而且我也請了好幾位鏢師護送著我，你也知道我不缺錢財，這一路上走得安心住得舒服，沒吃什麼苦頭呀。」

「那妳也可以私下和我先商量商量嘛。」陸寒還是很不贊同。

「人家……這不是想給你一個驚喜嗎？」芳菲狡黠地笑了笑。

「還驚喜呢，我現在很生氣。」陸寒佯怒瞪了芳菲一眼，忽然湊到芳菲耳邊說：「我真想……真想打妳的屁股。」

這還是陸寒第一次跟她說這麼露骨的情話，芳菲的臉唰地紅透了，眼睛裡卻是媚意更濃，那亮汪汪的眸子像是要滴出水來一般。

還以為他是個老實人，原來也會口花花……

「壞鬼書生！」芳菲嘟起嘴兒捶了陸寒胸口一下。「怪不得人家都說什麼『風流才子』的，果然書生都是一肚子壞水。」

陸寒笑嘻嘻地乘機握住了芳菲的小粉拳，悄聲道：「我風不風流，娘子還不清楚嗎？」

「誰是你娘子。」芳菲的臉更紅了，一下子把手抽回來，故意把頭扭開去不看陸寒。

陸寒一本正經地說：「嗯，對，現在還不是，馬上就要是了。就讓為夫先叫叫妳嘛，娘子，多叫幾聲就順口了。」

天哪……芳菲都不敢相信這是那個溫潤斯文的陸寒了，他難道是驚喜過頭受了刺激，也開始調皮起來了？

「呵呵，」陸寒自然知道芳菲在想什麼，便說：「其實我小時候挺搗蛋的，一天到晚不好好上學……這個妳知道，不過妳一定不知道我不到學堂幹什麼去了。」

「幹什麼？」芳菲好奇地追問。

「到學堂後山去掏鳥蛋啊，挖樹根啊，摘各種野草藥回來種在自己院子裡啊，或者抓蜈蚣曬乾來磨粉什麼的……常常被父親用戒尺打手心。」陸寒攤了攤手。

芳菲仔細回想，好像她認識陸寒的時候，陸寒就已經是個早慧的少年郎了，想不到他兒時也是個問題兒童。不過想想也是，當年陸家後院裡好像就種著很多雜七雜八的藥材，貌似就是陸寒的傑作。

她開始重新審視她的未婚夫婿，才發現他的性格中原來還深藏著這樣一面。

這算是……彼此再次深入瞭解嗎？

芳菲隱隱覺得，這次和陸寒的「打情罵俏」，有些像是後世的普通年輕人們談戀愛的感覺了。

很多年前，她就知道自己會和陸寒成親。那時的她，對陸寒自然也是有好感的，只是以為……他們會成為一對尋常的，相敬如賓的夫婦……

現在這種相處的感覺，對芳菲而言，未嘗不是一種驚喜。

陸寒離開那處小院的時候，心中仍然充盈著滿滿的甜蜜和歡喜，彷彿還能聞到芳菲那淡淡的香氣。

能夠和這樣好的女子共結連理，他今生還有什麼遺憾呢？

芳菲在那小院裡歇了一天，便準備開始出門訪友。

她的兩個最要好的閨密——龔惠如和張端妍，可都是嫁到了京城，而且夫家也都是六部高官。

聽說她們都當了母親，不知道生了男孩還是女孩？

芳菲讓碧荷給自己換上一件稍顯華麗的錦緞襖子，又穿上一條繡滿百花的秋香色銷金羅裙，披上用紫貂做內襯的大紅披風，再插了一支鑲紅瑪瑙的足金釵子，這才抱著小手爐款款出門去了。

春雨讚道：「姑娘這一打扮真好看。以前就該這麼穿，可惜姑娘老是不肯。」

芳菲微微一笑，轉頭說：「以前我們是在老家，不需要擺這個排場，反而是低調點好。現在是到京城官宦人家作客，不穿戴正式點，沒來由教那起沒眼色的小人看輕了去，要是平白受氣，豈不是自找不痛快。」

這就叫因地制宜。她本性不喜奢華，可是也不是愛清高的人。穿得太窮酸被人家看不起是小事，給惠如和端妍丟臉就不好了。這也是上門作客應該有的態度。

塗七雇了馬車，一路往惠如的夫家，戶部侍郎孟瑾的家中駛去。

春雨在馬車的另一邊坐著，手邊是三個描金嵌銀的大漆盒，裡頭滿滿當當裝著芳菲從陽城帶來的「土產」。

「惠如姊姊不知道現在什麼樣兒了……」芳菲靠在車壁上，回想起很久以前頭一回見到那個可愛小女孩的情形。

那時的惠如是知府家裡最受寵的三小姐，卻沒有一點傲氣，嬌憨得像個小娃娃一樣惹人憐愛。她對自己這個平民出身的小姊妹，一直都是真心真意，有好吃的、好玩的，從來都不忘記給自己帶一份。在閨學裡，她生怕別人欺負芳菲，總是把芳菲帶在身邊……一轉眼，這麼多年就過去了。

馬車猛地一頓。侍郎府已到。

第一百一十七章　訪友

芳菲在孟府前下車，讓塗七去門房前呈上她的名帖，說是求見府上的大夫人。

這些高官府邸，也不像是老百姓們傳說的那麼難進，下人們的態度也很恭敬。

其實官位越高，敵人越多，行事就越發要收斂。免得無緣無故被人參了一本「馭下不嚴」，那才是啞巴吃黃連，有苦沒處說呢。

不一會兒，孟家的門子就匆匆過來請芳菲主僕進去。和他一起到門外來迎接芳菲的，還有一個叫枝紅的丫鬟，一看那打扮就是個有體面的大丫頭。

她向芳菲福了福身，笑容滿面地將芳菲迎進了府中。

「大夫人聽說秦小姐來了，歡喜得跟什麼似的，立刻催著奴婢來將您請進來。」

枝紅果然是惠如身邊得意的大丫頭，說話行事總給人一種十分溫和得體的感覺。雖說是個下人，但容貌氣質卻勝過一般的富家小姐。

芳菲看得暗暗點頭，由此可知惠如調理下人還是有一手的。聽說她夫婿是孟家下一任的家主，身為未來的宗婦，她自然得學著好好理家了。

當年那個天真得有些單純的小女孩，如今也成了持家有道的主婦。不知道她的長相有沒有變呢？

芳菲和碧荷被枝紅引到一處偏廳，隨即便有小丫頭奉上茶水點心。

芳菲一路過來，看見這孟府從庭院到廳堂都不顯得如何富麗堂皇，並沒有傳說中的「天上神仙府，人家宰相家」的那種富貴氣息——當然一個侍郎和宰相的等級差別還是很大的。

可是細細觀察，才能看出其中主人的品味。庭中的花樹修剪得整整齊齊，而且都是珍貴的花木……芳菲在辨認植物方面有著天然的優勢。廳堂裡的家具用料都很名貴，多寶格上擺著的幾件古董也有了一定的年頭。

而掛在廳上的那兩幅略舊的字畫，也是前代名家手筆。

這就是大家氣象了……像芳菲所熟悉的唐老太爺，家財萬貫，他那座豪宅也裝點得金碧輝煌，可就是有一股子濃重的暴發戶氣息，絕對不能和這些書香人家比肩。

她正一邊喝茶一邊欣賞著牆上的字畫，忽然聽得外頭有人聲傳來。

才剛抬起頭來，芳菲便看見惠如疾步走進了小廳，身後還跟著一大群丫頭媳婦。

「芳菲妹妹……」惠如看見芳菲在座位上盈盈起身，忍不住快步走到她跟前拉住了她的手，眼角一下子就濕潤了。

芳菲感受到惠如手心冒出的微汗，心情也有些激動。

算起來，她們已經分開四、五年了。

「妳這丫頭，越長越水靈了。」兩人坐下後，惠如心情稍稍平復了一點，才和芳菲說起話來。「怎麼看著還是跟幾年前那樣嬌嫩纖細？真是氣死我了，妳看看我這胖的喲。」她甚至懊惱地拍拍自己的臉頰。

惠如還是這麼直爽。芳菲噗哧一聲笑了，便說：「妳這是福氣，我求也求不來的。」其實惠如雖然圓潤了些，但這圓潤反而給她增添了幾分動人的少婦風韻，就像一朵盛開的牡丹那麼雍容美麗。

「說起來……」惠如看著芳菲一身姑娘打扮，想起她今年就滿二十歲了，不由得有些遲疑。「妳的親事如何了？」

芳菲知道惠如是擔心自己的終身，也不隱瞞，便把親事因為國喪而延期的事情交代了一遍，順便就說出了她上京的原因。

惠如恍然大悟，遂安慰芳菲說：「這樣也沒什麼，等妳家那位中了進士，成親的時候更體面些。」

實際上，現在芳菲已經不介意婚期延後的事情了。她甚至還覺得，如果沒有這次的延期，她和陸寒也不會有一段婚前「戀愛」的甜蜜經歷。日後回想起來，一定倍感溫馨吧。

兩人像是回到了無憂無慮的少女時代，說起離別後的情形來，一說就是半天。過了好久，惠如才想起一事，忙把枝紅招過來說：「去把小少爺帶來給他姨媽見見。」

芳菲這才知道惠如生的是個男孩。

一說起自己的孩子，惠如更是笑得開懷。她告訴芳菲，這孩子已經三歲了，因為是夏天生的，小名就叫夏兒。

芳菲打趣惠如怎麼給孩子取個姑娘般的小名。

惠如得意地笑了笑，說：「這妳就不懂了吧？男孩子小的時候當女孩兒養，才能沒病沒災，快高快大。等妳當娘就知道了。」

這種風俗，芳菲倒也是知道的。說是鬼神特別喜歡招惹男孩子，所以很多大富人家就愛把男孩當女孩來嬌養。

對於這種做法，芳菲殊不認同，心想這樣養出來的豈不是賈寶玉一流的「偽娘」嘛……不過她自然不會干涉人家如何教養孩子，只笑著說：「惠如姊姊妳真壞，這是在提前給我外甥掏我的壓歲錢呢。」

兩人說笑了一陣，枝紅回來了。

她身後跟了一個穿戴體面的媳婦，看來是個奶娘，正牽著一個粉團兒似的小少爺走進小廳。芳菲一看就愛得不得了。「天啊，惠如姊姊妳也太會生了，這孩子長得好俊！」

等這個叫夏兒的小少爺被奶娘教著，規規矩矩地向芳菲施了一個禮，芳菲更是喜得把那孩子拉了過來看個不停。

惠如臉上掛著「賊兮兮」的笑容，湊在芳菲耳邊說：「怎樣，看了我家娃娃，自己也想快點生一個了吧？」

還真被惠如給說中心事了，芳菲的臉微微一紅，嗔道：「姊姊再說，我可要惱了。」

惠如抿嘴嘻嘻笑著，她已經好久沒有如此放鬆地和密友說話了，這種感覺實在太好。

芳菲從身上取出一個大紅包，裡頭包的是十二個打上了「平安康樂」、「福壽綿長」字樣的金錁子。那孩子居然奶聲奶氣地說了聲「多謝姨媽」，把芳菲高興得笑個不停。

等奶娘把夏兒帶走以後，惠如才說：「妳還沒看到端妍姊姊家的那個小妞兒呢，那才是真的俊，我這夏兒和人家的一比，都成草雞了。」

「有妳這麼當母親的嘛，這樣說自己的孩子。」芳菲瞪了惠如一樣，笑道：「人家不是說，瘌痢頭兒子自己的好？」

惠如好一會兒才反應過來，芳菲是拐著彎兒罵她是「瘌痢頭」，又好氣又好笑，輕輕捶了芳菲一下。「妳從哪兒學得這麼壞！」

雖然和好友相聚讓她們都感到十分的開心，但芳菲知道惠如作為當家主母，應該也是很忙的，就不多打擾了。只說她還要在京城裡待幾個月，改明兒等她去看了張端妍，再約惠如出來三個人好好聚一聚。

惠如戀戀不捨地把芳菲送到二門外，一直目送著她的背影漸漸走遠。芳菲也回頭看了惠如一眼，鼻子無端一酸，竟有些想落下淚來。

最是純真少年時。幼時結下的朋友，才是最珍貴的，這是多少黃金白銀也換不來的真摯情誼……

過了兩天，她又去拜訪了張端妍。二人相見，自然也是一番唏噓，說了好半晌的話。張端妍的女兒跟惠如的兒子年紀差不多，果然如惠如所說，長得玉雪可愛，芳菲一看就喜歡上了。

再過一日，她又去探望了一位故人——她的老師，湛先生。

湛先生幾年前離開陽城回到京城來，撫養著一個從家族中過繼來的小男孩，過著與世無爭的清靜日子。

乍一見芳菲，湛先生也很是驚奇。師徒倆多年來也是情意深重，芳菲見湛先生的鬢邊竟多出了幾絲白髮，不由得有些傷感。

湛先生才四十多歲……要是在她原來生活的那個世界，還只是一位成熟女性而已，如今無論是打扮和心境，都如同老嫗一般了。

芳菲給湛先生帶來許多好茶，這讓湛先生更是歡喜。她教過的學生很多，唯獨只有芳菲一個，是真正把她當做「恩師」來看待的，所以兩人的感情自然特別深厚。

結束了訪友的行程，芳菲才發現明兒就是除夕了。今年的除夕……該怎麼安排呢？

她雙頰上的笑渦漸漸深了，一絲甜笑出現在她的俏臉上。

「芳菲來了京城？」蕭卓看著坐在他對面的張端妍，一時間竟驚訝地喊了出來。

張端妍沒有察覺到蕭卓的異樣，笑道：「是呀，她那天來的時候我都驚呆了。這丫頭真是……」

蕭卓今天是過來找張端妍的丈夫靳迅議事的，沒想到居然聽到了這樣一個驚人的消息。他被巨大的歡喜填滿了胸腔，心臟完全不受控制地瘋狂跳動起來。

她就在這座城裡，他可以再見到她了……

想到芳菲那動人的眼波，蕭卓心中一熱，幾乎就想立刻去找芳菲。

只是，他聽張端妍說了芳菲上京的理由，一顆火熱的心漸漸涼了下來。

是為了他……

蕭卓臉上的笑容變成了苦笑。

是呢，這不是理所當然的嗎？

自己不是一直希望芳菲過得好嗎？她和那陸寒如果琴瑟和諧，不是最讓人高興的嗎……

為什麼……自己一點都高興不起來呢……

第一百一十八章 初吻

除夕夜，陽城會館天井裡擺下了幾十桌酒席，為離鄉趕考的學子們辦起了一場隆重的團圓宴。

當然，有些人在京中有親戚的，便會提前給會館打招呼說不在這兒吃了。團圓飯嘛，始終是和親人一起吃更有團圓的感覺啊。

「子昌，你也不在會館裡吃飯了？」一個和陸寒平時關係不錯的三十出頭的舉子，叫宋運亨的，看到陸寒帶著書僮從會館大門出來，便跟他打了個招呼。

陸寒面上總是掛著溫和的笑容，此時也停下來和宋運亨說：「是呀，不能和宋兄痛飲一場，委實遺憾。下回再補上吧！」

「好的、好的。」宋運亨沒有多問什麼，朝陸寒拱了拱手就往會館裡走。

一般人看見陸寒氣質偏於清冷，有時會懷疑他是那種過於清高自傲、不擅長和人溝通來往的書呆子。不過一旦和陸寒相處下來，便能發現這個年輕人在待人接物方面，一點都不比那種看起來很圓滑的人差，反而讓人覺得他十分真誠。

有人在背後議論說過，與陸子昌相處，可以用「如沐春風」四字來形容。此評一出，大家都覺得極為貼切——陸寒就是給人這樣的感覺。

在這個飄雪的除夕午後，陸寒帶著他的書僮硯兒坐上租來的馬車，來到了芳菲租下的小院子。

這是他們在一起過的，第一個除夕。

雖然是在客中，芳菲一樣把這年過得有模有樣。院子內外灑掃得乾淨整齊，大門重新上過一趟漆，門前的大紅燈籠也是新做的。門外貼著一副新寫的春聯，陸寒認得那是芳菲清秀的字跡，欣賞了好一會兒才拍門進去。

這家中唯一的男家人塗七充當了門房，聽見拍門聲，趕緊來把陸寒請進去。

「姑娘帶著春雨、碧荷她們在小廳裡包餃子呢。」塗七把陸寒請到偏廳。

陸寒一路走，一路隨口問問塗七多大了，家裡還有什麼人，幾句話就讓塗七對這位未來姑爺大生好感。姑爺和姑娘一樣，都是隨和人，自己真是有福，攤上這麼一戶主家。

還沒走到偏廳，女孩子們銀鈴般的笑聲就傳了過來。

「唉喲，碧桃妳包的這個是餃子還是包子啊？大得和拳頭似的。」一個少女笑著說道。

另一個女孩應了一句。「我包的餃子大是因為妳擀的餃子皮太大，好好擀妳的麵皮吧！」這應該就是那碧桃了，他記得她似乎給他捧過茶，很機靈的小姑娘。

這時他聽見了芳菲的聲音，一樣是帶著笑意。「妳們是五十步笑百步。」

「姑娘啊……」幾個女孩子一起撒起嬌來。

陸寒走進了小廳，果然看見芳菲和幾個丫頭圍坐在一張圓桌子前包餃子。

「陸少爺好。」幾個丫頭都站起來向他行禮。

「好、好，妳們別管我，繼續包吧。」陸寒嘴裡應著她們的問好，眼睛卻只瞧著芳菲。「芳菲妹妹好興致，怎麼想起親手包起餃子來？」

芳菲顯然心情極好，揚了揚手上那包好的餃子說：「讓你見識見識我的手藝呀，今兒年夜飯，咱們也弄些新鮮玩意兒來吃著玩著好不好？」

陸寒笑咪咪的，芳菲說什麼他都覺得好。

自從父親去世以後，他再也沒有和別人在一起吃過年夜飯。

雖然還有個親叔叔，可關係早就鬧僵了——現在才稍微緩和了點。他是有家等於沒家，幾乎都忘記了家的感覺是怎樣的。

可是……看到眼前的情形，久違的「家」的味道，彷彿又回來了……

一處小小的院落，一個能幹的女主人，充盈著歡聲笑語的生活……要是，再有一群跑來跑去的寧馨兒，就很完美了。

「陸哥哥你傻笑什麼呀？」芳菲最近和陸寒說話很隨意了，嬌嗔道：「請先在那邊坐吧。」

「不忙，我看看妳們包餃子。」他看著芳菲一手托著放了餡料的餃子皮，一手飛快地把它捏合在一起，手指舞動很快就把一個花邊餃子給包好了。

「對了，去年妳讓春雨給我送的也是這花邊餃子，她說這叫什麼『狀元餃子』來著？」

「嗯，」芳菲點點頭。「所以你要多吃幾個喔！」

坐在芳菲下首，已經換了婦人裝束的春雨插嘴說：「陸少爺，您看去年您吃了這狀元餃子，就中了個鄉試亞元。今年狠狠地吃上一頓，保管靈驗。」

一屋子人都嘻嘻哈哈地笑了起來。

包好了餃子，芳菲指揮幾個小丫頭把餃子端下去廚房煮了——她臨時請了位廚娘來做飯，但是今天她打算親自下廚弄兩道菜給陸寒嚐嚐。

這時候，天也快黑下來了。

煮好的餃子和熱騰騰的菜餚都上了桌。芳菲站在一邊讓人擺碗筷，一邊向陸寒介紹自己做的那幾道菜。

「這一湯一菜是同一條魚做的……這頭，做了魚頭豆腐湯；身子呢，就做了菊花魚……」她又指向另一道菜。「這是上湯菜心，用的高湯可是我昨天就開始熬的，足足熬了一個白天才出了味兒呢……」

陸寒看著那些並不奢侈，但卻很精緻的小菜，笑著在芳菲耳畔悄聲說：「辛苦賢妻了。」

芳菲臉上染了紅暈，真想捶一頓陸寒。滿屋子的丫頭小廝，他怎麼突然這麼說嘛……真讓人……真讓人開心。呃，好吧，她承認她開始愛上聽陸寒說情話了。

菜全上完了，芳菲請陸寒落坐，自己卻還沒坐下。

「等一會兒，還有一個菜——」隨著芳菲的話剛剛落音，在後頭服侍的廚娘便捧著一個泥乎乎的大泥塊出來，而塗七則帶著兩個小丫頭在小廳前的小院子裡架起了柴火。

陸寒奇道：「這是什麼？」

「待會兒你就知道了。」芳菲神秘地一笑。

陸寒見芳菲要賣個關子，也就順著她的意先不問，反正一會兒就能知道究竟。

塗七把火堆生起來，等火旺了，再把那個泥團塞進火堆裡去。

「好吧，陸哥哥，咱們這就吃飯吧？」

芳菲和陸寒在小廳上吃飯，她把傭人們全趕到隔壁耳房裡去了，那裡也擺了一桌豐盛的飯菜。「頓頓飯都讓你們服侍，現在是年夜飯，你們就好好吃一頓吧，這邊有我就行了。」

春雨不肯，非要留下來服侍，還是被芳菲硬生生攆了過去。「妳是不是出嫁了就不聽我的話了？」

廳裡只剩了芳菲和陸寒，二人用飯時就隨意多了，推杯換盞喝了不少的酒。雖然陸寒也沒有太逾矩，偷偷拉著芳菲小手的事情還是沒少幹，讓芳菲心裡更是甜蜜。

那火堆漸漸滅了，芳菲這才喊人把那泥塊取了出來。

「砸開吧。」芳菲吩咐塗七把泥塊砸開。

已經烤乾了的濕泥塊輕輕一棍子下去便四分五裂，露出裡頭用荷葉包著的一個大包。

「這個呀，叫『叫花雞』……」芳菲一邊讓人把那荷葉中包著的雞取出來當場切塊擺盤，一邊對陸寒說：「這是現宰了上好的肥雞，清空內臟，用調料和黃酒醃製一個時辰，再在裡頭填上鮮香的火腿丁、蘑菇丁、豆腐丁……然後把這雞全身都抹上香料，拿荷葉包了，再裹上濕泥塊烤熟。你嚐嚐香不香？」

陸寒果真被那新鮮出爐的叫花雞吸引住了，一口氣吃了好幾塊，倒引得芳菲說讓他慢點吃別燙了嘴。

「好吃，真好吃——」陸寒不住點頭稱讚。「娘子做的菜真是一道比一道好吃。」說話的語氣就像是他們已經成親多時了一般。

芳菲現在估計已經聽慣他這麼說話了，也沒有再為此羞紅了臉，只是沒好氣地瞪了他一眼。這人臉皮原來是這麼厚的，以前都沒發現。

吃完了團圓飯，幾個丫頭忙過來收拾碗筷。芳菲興致極高，早就讓塗七買了煙花炮仗放在院子裡。

「你們幾個愛玩的，就放焰火去吧，也讓我看個熱鬧。」

碧荷十三歲，碧青十一歲，碧桃還只有十歲——還有個十二歲的硯兒。這幾個孩子平時很乖巧，但孩子愛玩的天性還沒有泯滅，這時聽芳菲讓他們去點焰火，哪有不肯的？

於是幾人便笑著在小院裡放起煙花來。京城的煙花製作水平果然比陽城要高得許多，什麼花樣都有，放出的煙花不僅僅有金光、銀光，還有紫光、綠光的，一時間小院裡被映得星火燦爛，十分賞心悅目。

連春雨兩口子，都被芳菲催著出去放焰火了。陸寒坐在芳菲身邊遠遠看著院子裡笑鬧的丫鬟小廝，一種滿足感再次湧上心頭。

「芳菲妹妹……」

「嗯？怎麼了？」芳菲轉過頭去，看見陸寒的臉上有一種說不出的複雜神情，似乎是高興的，但又帶著一絲感傷……也許是喝得太多了的緣故？

「我覺得好幸福、好幸福，幸福得……就像是夢裡一樣……」陸寒的聲音如同呢喃般在她耳邊響起。

「母親過世的時候，我真的很傷心。可是，直到父親也突然離開了我，我才真的痛不欲生……因為我知道，從那以後我就沒有家了……可是，現在妳又給了我一個家。我真是好幸福好幸福……如果這是美夢的話，那就永遠都不要醒……」

芳菲專注地看著陸寒說話，忽然發現他的臉在眼前迅速放大，下一刻，嘴唇傳來柔軟的觸覺——

她瞪大了眼睛，不可置信地看著重新坐回座上的陸寒。

他居然……吻了她……

第一百一十九章 春宴

春風春醞透人懷。春宴排，齊唱喜春來。

正月裡，京城的公侯府第、官宦人家，都以舉行春宴為樂。

按照本朝舊例，正月初一至初三是百官進宮陪同皇帝祭天、祭廟的日子。餘下的時間，直到過了正月十五，都是官員的沐休假日。

這種時候，正是官員和王公貴族們四出拜訪同僚與親屬的好時候。所以從初四到上元，幾乎天天都會有宴會。

只是，一般品級稍低點的官員，也不會在自家開宴會的。道理很簡單，他們作東，還沒資格請那些高級官員和皇親國戚來赴宴。

能開春宴的，大都是一品大員和得勢的王公。

這種高規格的宴會，參加的官員們自然要絞盡腦汁地盡情利用，來拓展自己在官場上的關係網。而陪同參加的女眷們，同樣把這些宴會看得很重很重……

這樣的宴會，她們既要爭妍鬥豔，又可以聯絡感情，還能交流一下豪門秘辛、宮廷八卦，更加是相親的最佳場合。

而能夠獲得一些高門貴族的邀請，對於這些閒得發神經，一心只撲在宅鬥上的女人們來說，那可是炫耀的資本……

正月初七，禮部尚書靳錄家中設下春宴，邀請京中各位同僚攜眷參加。

禮部為六部之首，而禮部尚書，事實上距離內閣大學士也就是一步之遙。新君繼位才幾個月，便已經清洗了一大批文宗時期的老臣，可是原任禮部侍郎的靳錄卻被提擢為尚書。

連瞎子都看得出這位靳大人就是本朝的新貴，所以他一發請帖，人人都爽快地應下了。

而且有人在暗中說，靳大人能夠被提拔，和他家三公子的妻子張氏有極大的關係。誰都知道，這位張氏夫人是皇上的親表妹，而且關係極為密切……

但是誰都不敢當著靳錄的面說出這種話，畢竟靠著女人，而且是兒媳婦上位，簡直是一種恥辱。

實際上靳錄能夠順利當上尚書，和張端妍也確實沒有什麼太大的關係，而是因為他是朱毓升還沒當上太子的時候，就暗中拉攏好的重臣……只能說人家靳大人賭運好，押對了寶。

初七這天，位於槐花胡同的靳府門前車水馬龍，來人川流不息。

一輛輛寶馬香車依次駛入靳府，接待的小廝和家丁忙得是不可開交，府上可是從來都沒這麼熱鬧過。

靳府把後花園用重重錦屏隔開，靠近山石樓臺的一面，用作大人們賞春飲酒的場地；而花木繁盛的另一邊，則是女眷們聚集的地方。

此時雖然春寒料峭，冰雪未消，但靳府的花木依然有其可觀之處。那幾片梅林都是種了許多年的老樹林，上頭的臘梅開得正好，女眷們間雜其中，三五成群地站在一處賞梅說話，不亦樂乎。

現在在場地位最高貴的，自然是靳尚書的原配妻子，剛剛得了一品誥命的夫人江氏。

靳尚書的夫人江氏穿著一身喜氣洋洋的紅色襖子，其實相對她的年紀來說，有些豔得過了……不過大家當然不會說出來，只是一味地奉承她「好福氣」、「顯年輕」，這江夫人也都欣然受落，沒有半點心理障礙。

不過靳家還有兩位沒出閣的小姐，都是庶出，只是江夫人對庶出的子女還算寬厚，所以對她們的教養和栽培也沒少下功夫。

一般的庶出女兒總是難說親。但既然靳大人上了一品，說不定什麼時候就能入閣成為閣老，而且這兩位小姐的人品相貌、言語談吐都不差——大家都是貴婦，自然能看出這兩位小姐穿的戴的都是上品，證明並不是那等不受寵的庶女。

於是也有人圍著這兩位小姐作起了文章，對江夫人旁敲側擊，想問問能不能求娶這兩位小姐當媳婦。

江氏一張圓臉笑咪咪的，看了兩個庶女一眼，便說：「她們還小呢，我捨不得這麼快讓她們離了我身邊。」

但她還是露了口風，隱約有想給這兩個庶女找個門戶高些的婆家的意思。

江氏的大兒媳和二兒媳都隨著兩個做地方官的兒子在外地上任。現在在這府裡主事的，其實就是她的小兒媳婦張端妍。

這些女眷們其實早就等張端妍等得不耐煩了，個個都巴不得能第一時間巴結上她。尤其是那些準備送女兒入宮選妃的人家，心情更是迫切——

皇上剛剛登基，不但沒迎娶皇后，連有封秩的嬪妃都沒一個。甚至還聽說，皇上十分勤政，連宮女都沒寵幸過……總之，現在一個空虛的後宮就呈現在眾人的眼前，如此多的崗位等待著各家千金前去競爭，怎能不讓人熱血沸騰？

越是官位低的人家，就越是覺得自己有希望……

現在皇上清洗詹家呢，明擺著就是不喜歡外戚專權。這樣的皇上，怎麼可能去求娶一位高門千金？而且那些高官家裡也在掂量著，如果自己送女兒進宮，那自己的仕途可能也就到了頭，皇上是不可能允許第二個詹家出現的……起碼現在不允許。

終於有人忍不住問江氏。「怎麼不見您家三夫人？前些日子聽說三夫人請太醫，不知道如今身子如何了……」

江氏聽到「請太醫」，不但沒有著惱，反而笑著說：「哦，是這樣的，我那兒媳婦又有了身孕，所以請太醫院的那位金太醫來開副安胎的藥。」

「真的呀？」

「恭喜恭喜啊！」

「太夫人您家真是喜氣盈門……」

「這回一定是個極聰穎的小公子了……」

又是一陣洶湧而至的阿諛之聲，不過江氏很是受用，一直樂呵呵的笑個不停。

「咦，那不是戶部孟大人家的大夫人嗎？」

有人看見一個穿著棗紅披風的女子在丫鬟的引領下走進了後花園的月洞門，隨口說了一聲。

又有人說：「是那位孟大人的夫人龔氏。輪起來，京城裡這些人家娶的媳婦裡，這位夫人的相貌也是數一數二的了。」

眾人一齊點頭表示贊同——當然，這都是因為她們全是四十歲以上中年婦人的緣故，對於年輕一輩就寬容得多。要是和惠如同齡的那些貴夫人們，可不會承認別人比自己長得好看……

「她身邊跟著的那位姑娘，是哪家的小姐？」

其實大家在看到龔惠如時，就立刻被她身邊的那個美貌少女吸引了過去。

這少女穿得沒什麼特別，和園子裡大多數的閨秀們打扮得差不多。如今天氣還冷著，大家都是穿棉襖夾裙，偏偏這些衣裳穿在她身上顯得就是特別的婀娜，走起路來如同弱柳扶風，窈窕動人。

「好面生啊……這麼漂亮的姑娘家，我怎麼一點印象都沒有？」兵部一位郎中的夫人說。

其他幾人也都紛紛表示沒見過這女子。

此時龔惠如已經帶著那少女來到了江夫人的面前向她請安。江氏知道她是張端妍的閨中密友，同時也是孟家的長媳，對她的態度也很和藹。「惠如啊，有些日子沒來看我了。這位是？」她把目光移向龔惠如身邊的少女。

「這是我老家的一位姊妹，姓秦，如今上京省親的。」惠如向江氏簡單介紹了一下芳菲。芳菲向太夫人江氏斂衽行禮，態度恭敬卻並不顯得過分討好。

眾人都精明得很，一聽惠如向江氏介紹芳菲時沒說她的家庭，可見這姑娘家境並不怎麼樣。

如果只是一個普通的親友，家裡又不是做官的，為什麼龔惠如會帶著她來參加這種規格的宴會？

作為孟家未來的宗婦，龔惠如在京城貴婦們的口中一向是以「行事極有分寸」而著稱的——如果她的母親盧氏能聽到這個評價，一定會老懷大慰。她不可能無緣無故帶一個普通人家的姑娘來宴會上閒逛啊？

眾人正疑惑間，忽然看見穿著一身寬鬆襖裙的張端妍被丫鬟扶了出來。幾個女眷立刻圍了上去。「三夫人，妳身子要緊，可別太操勞了。」「是呀，現在幾個月的身子了？要好好保養啊！」

她們論起來還都是張端妍的長輩們，但卻沒什麼人敢在她面前端起長輩的架子，反而一個個刻意親近她，討好她。

張端妍做姑娘的時候，就是一個很穩重妥貼的女子，現在當了人家的媳婦管著家務，自然在待人接物上更上一層樓。她和眾人閒話幾句，話雖不多，卻讓這幾個人都覺得她對她們很是親熱，不由得都笑開了花。

「母親，請恕媳婦來遲了。」張端妍趕緊先給江夫人行禮。

江氏本來就對這個媳婦很滿意，如今因為她和皇上有親戚關係，對她就更為看重了。她連忙讓丫鬟們把張端妍扶起來，說：「不是讓妳先喝了藥歇一歇再出來嗎？」

張端妍又告罪一聲，看到站在一邊的惠如和芳菲，不覺眼前一亮。

她走過去拉著芳菲的手說：「妳們可算來了，走，我們到那邊坐下吃些點心，慢慢說話。妳送我的那些花茶真好喝……」

園中的女人們都注意到了張端妍對那新來的美麗少女特別親切。

很多人心中有了一種奇怪的念頭。這個美貌得過火的姑娘突然出現在京城的社交圈裡，家裡估計並不顯貴，和張端妍的關係又這麼好……

莫非……張端妍想自己送人進宮嗎？

想到這裡，一些人看著芳菲的眼神便變得古怪起來。

第一百二十章 傾心

本來芳菲今天是不想來的。

同樣接到邀請的惠如卻勸她來逛逛，反正她閒在家裡也沒什麼事要做。

「一來又可以和端妍聚聚，二來妳家那位陸公子往後要是中了進士放了官，那妳也少不得要出來和這些貴夫人們應酬的，現在先適應適應嘛。」

不得不承認，惠如嫁人以後，整個人成熟了很多，以前的惠如才不會跟她講道理。那時的惠如只會杏眼一瞪，嘟著嘴兒說：「反正我就是想要妳陪我去啦，去嘛去嘛……」

想起來，還是比較懷念那個不講理的小惠如呢。

最終還是被惠如說動了。

她倒不是想著先適應這種官太太的生活，即使陸寒中了進士補了實缺，也必然是六、七品的小官，離這種高規格的應酬還遠著呢。

只是她想著，來看看也好，說不定就此能和各家女眷認識認識，給陸寒跑官的時候也多條門路。

跑官的事情，她暫時不會和陸寒說，他現在最重要的就是考試。這些俗務，就讓她來替他分擔一下吧。

至於怕身分不高，出場露怯什麼之類的想法，芳菲是沒有的。

她對於自己在外人面前的表現很有自信，從不覺得自己真有什麼不如人的地方，又怎麼會怯場。

當她還是個小女孩的時候，面對龔知府家的盧氏一樣能談笑自若。如今她已年近雙十，閱歷比起當年更加豐富，自然信心也就更足了。

這也是芳菲在陽城閨學中能博得許多人好感的原因之一。她不像那些小門小戶出來的姑娘那樣，扭扭捏捏，膽怯自卑，和誰交往都很淡定從容，自有一番風骨。

江氏聽下人稟報說客人都來得差不多了，就讓人招呼女眷們入席。

這種宴會，座席的安排極有講究，往往從發帖子前就要考慮各人的座位。

原則上來說，首先是按照夫人們的誥命等級高低來排座位，誥命高、年紀大的夫人們坐首席。而公侯夫人，又比誥命夫人們要高一等。

但還不能這麼死板地安排，要看這家男人在朝上的位置，比如突然被聖上冷淡的某些高官家眷，在這種場合也要有被人冷落的準備了……

芳菲被安排和一群低級官員的女兒們坐一席，還是張端妍親自把她送到席上來的。

「芳菲妹妹，待會兒我再過來找妳。」張端妍抱歉地說了一句，她身為這家的主人之一，沒法子一直陪著芳菲，只能先讓芳菲落單了。

「端妍姊姊妳先忙去吧，可別累壞了身子呢。」芳菲拍拍張端妍的手，目送她轉身離開。

這席上坐著的都是未嫁的小姐。從芳菲一進園子開始，就有人注意到她和張端妍關係親密了。現在看張端妍送她入座，而她也一副理所當然的樣子，大家心裡都打起了鼓。

這美人是個什麼來歷？不會真的像母親、嬸娘她們剛才私底下議論的那樣，是張端妍準備送進宮去的吧……

小姐們裡頭也有好幾個沒訂親的，家裡都存著把她們送進宮去的心思。她們見芳菲與張端妍親厚，本身又是姿容脫俗，心想讓這麼一個美人兒進了宮，可真是一大威脅啊，不行，得打聽清楚她的底細才好。

「秦小姐也是陽城人嗎？」一位給事中家的小姐先開口問道。

芳菲微笑著點了點頭。接下來幾人便狀若無意地紛紛和她搭話，話題都圍繞著她的家世、來歷進行，還有旁敲側擊地想問她和張端妍的關係。

「哦，我和端妍姊姊是閨學中的同窗。」芳菲實話實說，不過又加上一句。「她出閣前，我們倒是常常在一處玩耍的。」輕描淡寫地說出自己和張端妍交情不淺。

她對於問她家庭背景的問話一概忽略過去，要嘛便用四兩撥千斤的手法轉移話題。這裡頭人人都是官家女眷，她才不會如實吐露自己本家是個鄉下地主而已，沒事招人白眼幹什麼？

幾人問不出什麼東西來，越發著急，問題也更加露骨。芳菲依然應對自如，面上笑容可掬，答得卻是滴水不漏，讓這幾位小姐好生鬱悶。

芳菲卻好整以暇地端起茶杯喝了一口，轉而問起她身邊那位君小姐的衣裳來。

「這回來京城，看到京城的小姐們衣裳上繡的花樣子比陽城真是漂亮得多了。君小姐您這裙子上的百花圖是自己繡的？好精緻的釘針繡！」芳菲對君小姐的裙子讚不絕口。

那君小姐被人一誇，心情也很好，當下便被芳菲引導著聊起京城最近流行的繡花樣子來。

芳菲專注地傾聽了一陣，又問在座諸位小姐哪家繡莊的繡娘手工好，她準備要做幾身春裝。她又問京城仕女們都喜歡戴什麼首飾，還很好奇地詢問對面那位魏小姐頭上的珠花是什麼珠子串的……

年輕的女孩子們對於穿戴當然有著無窮的興致，於是大家便在芳菲有意識的引領下開始熱烈討論起京城各家繡莊、綢緞莊、首飾店的優劣來……

說到酣處，大家便都一齊笑了起來，芳菲也在一邊淡淡地笑著，做出認真聆聽的模樣。現在已經不需要她引導，她們也都忘記原來的話題了。

芳菲眼中露出一絲戲謔的笑意。這些姑娘們小的十三、四歲，大的也就十六歲，論起心智之成熟、行事之縝密，絕對無法和芳菲比肩，一桌子人加起來都不會是芳菲的對手。

那君小姐正說著近日她家中一位長輩打的珠冠。「也不知怎麼做出來的，大大小小的粉彩南珠穿成一朵牡丹的式樣，還貼了金箔……」

也許是她太過激動，右手一揮竟不小心把杯中的熱茶潑到了芳菲手上，連芳菲的臉上都被濺上了一點兒。

「哎呀，秦小姐，實在抱歉。」那君小姐倒不是個有心使壞的，看到自己失禮把茶潑了人，心裡也有些發慌。

芳菲輕輕搖了搖頭。「不妨事的，不過是一點茶水。」她拿出絹子把手上的茶水漬抹了一把，又印了印臉上的水痕，才招手讓附近的一個丫鬟過來。

「我想去洗個手，可不可以帶我去一趟淨房？」其實她主要還是要找面鏡子補補臉上的粉。

那丫鬟忙應了聲是，帶著芳菲走了。

「君小姐請不必介懷，我去去就回來。」芳菲特意對君小姐笑了笑，這才跟著丫鬟走了。

等她走遠，那幾人才開始議論起來。

「看她的談吐儀態，不像是普通人家的女兒啊……怎麼就是不肯說自己的來歷？」

「難道是大家族裡頭外室養的庶女？不對不對，庶女哪能受到這麼好的教育，她可是靳三夫人的同窗……」

「我也覺得她不可能是庶女，」君小姐有點喜歡芳菲，為她辯解說：「她那種氣度，絕對是位大家閨秀啊。性子挺好的……」

「啊，可能是某個被貶謫官員的家眷，所以她才不肯說家裡大人的事。」魏小姐拍手說。

這個猜測一出來，大家都覺得極有可能。原來是位家道中落的千金小姐啊……

如果芳菲在場聽到這些小姑娘們天馬行空的議論，一定會覺得很好笑。不過她現在卻只想著去補個妝，沒想太多別的事。

被小丫頭領著到女賓用的淨房裡去，她把自己的要求一說，自然有另一個小丫頭捧著水盆、毛巾和銅鏡過來伺候她理妝。

理妝完畢，芳菲跟著方才帶她走過來的那個小丫頭，穿過一條開滿紅梅的小徑準備走回後花園去。

「世子，這下你詞窮了吧，寫首好春詞可不容易啊……」

前方忽然傳來一陣男聲。

芳菲一愣，剛想讓那小丫頭帶著她避開，便看見一群男子從對面走了過來。
芳菲避之不及，只能側過頭去。那小丫頭也是大家子出來的，知道規矩，立刻擋在芳菲面前低下頭向眾人行禮。
那些人看到這兒有位女眷也是一愣，紛紛想起非禮勿視，也都打算偏著頭走過去。
其中一個穿著錦緞團雲長衫、頭上束著金環的貴公子，眼角留意到這位姑娘打扮的女眷背影婀娜動人，不由得腳下一滯，停住了步子。
芳菲以為他們已經全都走過去了，便緩緩轉過頭來，正好和那貴公子的視線相對。
那貴公子一見芳菲的容貌，霎時間呆立當場，腳底下竟像是生了根似的走也走不動了。
世間竟有如此絕色……
芳菲沒想到還有人沒走，迅速轉回臉來，兩道黛眉緊緊皺在一起，心想這人好沒規矩。
貴公子的同伴們發現他沒跟上來，忙回頭喊他。「世子。」
「喔……喔……」那貴公子雖然還想多留一會兒，可是畢竟是受過嚴格教育的世家子弟，知道自己現在已經太孟浪了，只得加快腳步趕上他那群同伴。
「秦小姐，我們走吧。」那小丫頭見那行人走開了，才鬆了一口氣。
貴公子走了幾步，又忍不住回頭去看芳菲，卻只見到了一個模糊遠去的倩影……
這位姑娘，到底是誰家的小姐呢？他一定要打聽出來。

第一百二十一章 落水

蕭卓和繆一風站在靳府後花園的一座假山旁，有一搭沒一搭地說著話。

「老蕭，你最近怎麼老是精神恍惚的，難道是病了？」繆一風見蕭卓望著不遠處的小湖發呆，覺得老友最近很不對勁。

蕭卓搖搖頭，吁了一口氣說：「沒什麼。」

他不想和人談論自己的心事，事實上……談了也沒用。

繆一風皺著眉頭說：「怎麼會沒什麼？我看你不對勁得很。」

蕭卓不欲在這個話題上糾纏下去，正想和繆一風談談今年過年後朝廷的京察情況，忽然聽到假山的另一邊傳來人聲。

「真是那樣的美人？世子，你也太不厚道了，也不叫上我們一塊兒看看。」

一個青年男子嘿嘿笑了一聲說：「你們走得那麼快，我怎麼叫得住。」

繆一風的眉頭皺得更緊了，看著蕭卓用唇語說了三個字。「林成威。」

蕭卓明白過來，假山後這人是定國公世子林成威。

開國時的上百個勛爵門第，經過這麼多年的代代更迭，能保全到如今的已經不多。現在京城的國公、侯爵、伯爵府不到二十家，而且人才凋敝，幾乎沒有什麼特別傑出的子弟，好吃懶做的紈袴倒是不少。

這個林成威，是定國公的長子，早兩年剛剛請封了世子。他平時也沒什麼顯著的劣跡，頂多就是去年和另一家勛爵的公子爭一個名，然後把人打傷了這件小小的風流韻事。不過和他打架的那人也不是什麼好鳥，和林成威算是半斤八兩。

蕭卓、繆一風和林成威都有過來往，不過他們這種實打實考上來的武官，和林成威這種靠蔭庇過活的貴族子弟說不到一塊兒去，只能算點頭之交。

兩人聽那邊說話不好聽，正想離開，忽然蕭卓聽到林成威得意洋洋地說了一句。「聽說這位小姐是從外地來省親的，還是靳三夫人的同鄉。」

蕭卓立刻停住了步子。

美人？端妍的同鄉？莫非是……

只聽林成威繼續往下說：「唉，你們是沒看見她的模樣……滿京城裡的千金閨秀，我看沒一個能比得上她的十分之一。」

「你就吹吧，我們才不信呢……」他身邊的幾個同伴一陣發笑。

林成威嗤地笑了一聲。「愛信不信。」

「當然不信，有本事你把她找出來給我們看看呀……」

「找就找，讓你們見識見識本世子的魅力……」林成威也嘻嘻笑著，他們之間早對這種事情習以為常。不過是一位外地進京的小姐嘛，他們有得是辦法……

繆一風見蕭卓臉色黑得嚇人，不由得有些奇怪。他雖然也不高興聽到這些話，可是……像蕭卓這樣的反應是不是太過了啊？

難道是蕭卓認識的人……很有可能，蕭卓和張端妍本來就是表兄妹嘛。

繆一風又聽到林成威說：「連香雪樓的寧寧，也比不上她臉蛋滑嫩……」

「唉喲，難道你剛才已經輕薄過人家了？怎麼知道人家的臉滑不滑。」

「呵呵，我一眼就能看出來……還有她唇邊的美人痣，真是……」

真是越說越不像話了。繆一風正對這幾個公子哥兒腹誹不已，耳中卻聽見「咯咯」聲響，仔細一看才發現是蕭卓握緊了拳頭。

他剛開口想問蕭卓怎麼回事，便看見剛才的幾個人轉過了假山。

對方看見他們也是一愣，隨即笑著走過來和他們打招呼。

雖然說他們剛才說的話十分荒唐，可是繆一風也不能因此和他們翻臉，那也太幼稚了。他淡淡地朝他們幾個點了點頭，有些擔心地轉過頭去看了看蕭卓，卻發覺蕭卓已經恢復了平時的臉色。

蕭卓竟還主動走上前去和林成威說話。「世子，好久不見，剛才聽說你不是和古大人他們寫春詞去了嗎？」

林成威見一向不怎麼和他來往的蕭卓突然跟他親熱起來，也很高興。

要是擱在以前，蕭卓這麼個小官他是不會放在眼裡的。可是今非昔比啊，蕭卓可是當今皇上的親表哥，也是大家公認的新貴。不然為什麼新君一即位，立刻把他從保護京城的防衛軍，調動到了錦衣衛裡去？錦衣衛可是直屬皇上的特殊機構……

這不是明擺著的事嗎？這位蕭大人，雖然官職不高，卻是真真正正的皇帝心腹啊！所以無論如何，這個人是絕對不能得罪的。而且和他的關係越好，你的地位就越有保障。
林成威樂呵呵地對蕭卓說：「寫了一首，差勁得很。蕭大人也寫了嗎？」
蕭卓笑著搖搖頭，說：「我們這種粗人，哪裡會寫詩？」
「蕭大人過謙了，誰不知道蕭大人文武全才？」林成威興致勃勃地說：「要不蕭大人現在就給我們寫一首吧？」
「這個嘛……」蕭卓很親熱地摟上了林成威的肩膀，帶著他往湖邊走去。「那可得請世子好好教我怎麼寫了。不如就以眼前的湖光水色為題，寫一首『春水』如何？」
林成威簡直受寵若驚，什麼時候見過蕭卓對人這般親熱？連他周圍的同伴，也都露出了羨慕的神色。這小子什麼時候搭上了蕭卓這條線的，怎麼都沒和我們說過？
繆一風在後面看著蕭卓帶著林成威走到湖邊，兩人對著水面風光指指點點，時不時發出爽朗的笑聲。
他大概猜到蕭卓想幹點什麼了……
繆一風扶住了額頭，有點想笑，但又有點擔心。
別鬧得太大啊，老蕭！
他才想到這裡，便聽見林成威驚恐的尖叫，緊接著「撲通」一聲水響。
天，這傢伙真的動手了。
繆一風趕到湖邊，只見林成威在冰冷的湖水裡不斷掙扎、驚叫，岸上已經圍了一圈聞聲趕來的人們，連女賓那邊都開始騷動。

在一片「救人」聲中，蕭卓無辜地站在一邊，彷彿整件事和他沒有半點關係。有靳家的家丁護院在，林成威肯定死不了，只是受了大罪。現在什麼天氣？湖水簡直冷得入骨。他在裡頭載沈載浮好一會兒，又喝飽了一肚子冷水，被撈上來的時候就剩半條命。

靳大人親自出動，讓家人把林成威抬下去休養。這時蕭卓才跟周圍的人說：「這世子也太不小心了……站得離岸那麼近，本來就很危險……我們剛剛都勸過他，讓他別往前走了對吧？」

林成威的幾個同伴頻頻點頭表示贊同。當時只有林成威站在最靠近湖邊的位子，他們都和蕭卓站在一塊兒說話。誰知道林成威自己會失足跌下去呢？

他們當然沒有看見，蕭卓從袖中用指力直接彈出的那枚小小的彈子——那彈子擊中了林成威的腿彎，使得他重心不穩一個倒栽蔥就扎進了水裡。

作為一個從上萬名武人中脫穎而出，考中武進士的武官，蕭卓總有那麼點真功夫的……儘管比繆一風要差多了，也比普通人強上百倍。

林成威帶來的插曲，大家喧鬧一陣也就拋諸腦後了。畢竟對於眾多的朝廷官員來說，一個勛爵子弟並不能列入他們關心的名單之內……

繆一風拉著蕭卓走到無人處，才嘆息說：「你這樣破綻很多啊。」

「我知道。」蕭卓的語氣還是淡淡的，但態度卻無比堅決。「他該死。」

「你可以日後再……唉，算了，我知道事情只要一沾上你那位心上人，你就失了分寸。」

蕭卓沈默了。他知道繆一風也猜到了他為什麼出手。

「老蕭啊老蕭，你說你是圖什麼呢？」繆一風再次嘆氣，他覺得自己今天嘆的氣比過去一年的量都要多。

「她也上京城了啊……對了，我也要找她。」他注意到蕭卓目光瞬間銳利起來，忙不迭解釋說：「你別誤會啊，我對她完全沒有想法，一點都沒有，天地可鑑啊兄弟。」

蕭卓的目光並沒有柔和起來，還是緊盯著繆一風說：「你到底要找她幹什麼？」

「別這樣看著我啊……」繆一風骨碌吞了口口水，雖然打起架來從來都是自己勝，但誰知道這瘋子會不會為了那女人變成怪物啊？「我就是要找她買藥的。上回在她那兒買的金創藥，元海那傢伙說好用得很，叫我聯繫那家藥店大量採購呢。可我又沒空去陽城……她來了倒方便。」

「哦。」蕭卓終於沒有死死盯著繆一風了，眼神又變得有些飄忽，不知道在想什麼心事。

繆一風嘀嘀咕咕地說：「紅顏禍水啊……」

這邊發生了什麼事，芳菲並不清楚。過了好一陣子，才聽說是有個公子哥兒落水了，大家也沒在意。

宴會進行到一半，張端妍終於過來找芳菲了。

「端妍姊姊，妳吃過了嗎？」芳菲擔心張端妍沒空吃東西。

「嗯，吃了一點。對了，妳跟我來一趟，有幾位夫人想見見妳……」張端妍說著就把芳菲帶到首席上去了。

和芳菲同席的小姐們都有些吃驚。難道，這位秦小姐真是要入宮的人？

第一百二十二章　出彩

女賓這邊的首席上，做的自然是和江氏一輩的一品、二品誥命夫人，還有幾位勛爵夫人。這些夫人們都是人老成精的人物，在公眾場合基本上都不會有太失禮的表現。所以這一桌上的氣氛實在是相當融洽，融洽得——有些假。

起碼芳菲就是這麼感覺的。

她隨著張端妍來到首席前，眼角的餘光看見每一位夫人的臉上都掛著恰到好處的笑容，連說話的聲調都是柔和而親切，心下不由得腹誹——這是一群可以獲得終生成就獎的老戲骨在飆戲嗎？不知這些夫人們讓端妍叫自己過來是幹什麼？

「母親，秦妹妹來了。」端妍走到江氏身邊輕輕向她俯身行禮，芳菲自然更要深深地拜下去。

江氏面對著端妍的時候，笑容卻是一直深到了眼底，芳菲看在眼裡也知道端妍姊姊是江氏心上的人。也許是愛屋及烏，江氏對著芳菲說話也很和顏悅色。

「秦小姐，剛剛我才聽端妍說，她給我喝的那些花茶都是妳送的呀？」

哦……原來是這麼一回事。既然明白江氏要問什麼，芳菲也能從容作答了。「是的，夫人。」

「花茶？什麼花茶？」幾位夫人聽到這有趣的字眼，便好奇地追問起來。

坐在江氏身邊的是內閣大學士王惲的夫人寧氏，她和江氏關係一向不錯，便說：「是不是我上回來看妳，妳給我喝的那種有花苞的香茶？」

江氏微笑著點頭。其他幾位夫人笑道：「到底是什麼好東西，居然藏著掖著不給我們嚐嚐？只請了王夫人一個，我們是不依的。」

以她們的眼界見識，未必就把這所謂的花茶放在眼裡，只不過是借題說笑罷了。

江氏呵呵笑著說：「誰讓妳們幾位老姊妹不常常來看看我？上回去慶寧寺上香，也沒叫上我，我還在生妳們的氣呢！」

她這話是笑著說的，但眾人卻都嗅到了一絲淡淡的不滿。上回她們陪護國太妃去慶寧寺上香，沒有叫上江氏，顯然講究體面的江氏將這事記在心裡呢，現在找到了時機就暗暗敲打她們一下。

大家都有些訕訕的，但很快又都恢復了常態，為了解開這尷尬局面，也都紛紛問起花茶的事情來。

其實是芳菲託人帶了幾次花茶給張端妍，後來想到她家裡還有婆婆，也配了幾個適合老年人的茶方給她送去。這一回她上京，前些天來看端妍的時候還帶了些過來。

端妍在信裡說了些她婆婆的病症，事實上也都是些老年病，比如失眠、氣虛、便秘什麼的。芳菲對症開方，想著應該也能起點養生的作用。沒想到效果確實很好，江夫人喝了芳菲開的花茶藥茶，以後各方面的毛病都減輕了許多。

說起來，並不是花茶和藥茶就比真正的吃藥要更有效，要治病的話肯定要吃藥的。但這些花茶和藥茶，味道又香，滋味又好，江氏常常喜歡喝上一點，慢慢地就把身體調理到好了一些。

剛剛惠如向江夫人介紹芳菲的時候，江氏還不知道這就是給端妍送花茶的那位秦小姐。後來聽端妍說起，江氏才對芳菲產生了興趣，讓端妍把芳菲請過來說話。

「來來來，妳們倆也別站著了，坐下來說話吧。」江氏身為主人，自然是她說什麼就是什麼了。當下便在首席上又騰出了兩個位子——本來也沒坐滿，丫鬟們取了繡墩過來，請端妍和芳菲坐下。

江氏曾聽端妍說過芳菲對養生食療很有一套，找她過來也是想和她聊聊這些。畢竟今天是較為隨意的春宴，而不是很正式的壽宴之類的宴會，找兩個小輩過來陪一桌貴夫人們說話也是很尋常的事情。

一開始只是江氏在問芳菲，她配的各種花茶的藥理啊、療效啊什麼，又提到自己最近有些食慾不振，問芳菲可有什麼好法子。

「夫人何不先請太醫院的太醫們開些方子呢？芳菲對於養生，也只是略懂皮毛，可不敢貽笑大方。」

這是芳菲的高明處，絕對不要在人前把自己拔得太高。先謙虛一點總是沒錯的，本民族向來以謙遜內斂為美德，尤其是受過良好教育的女子，更不能驕傲自矜，這樣的人即使再有本事也會被人看輕了去。

當然，道理誰都懂，但事到臨頭的時候能不能忍得住又是另一個問題。芳菲心智成熟，遇事冷靜，和人每說一句話之前都要在腦子裡過三遍才出口，自然能給別人留下好印象。

江氏說：「太醫開的方子好是好，不過他們也說，我們這種上了年紀的人，能不吃藥還是少吃點藥。如果能從日常飲食來調理下，那就更理想了。」

「那不知太醫給開了什麼食療的方子沒有？」芳菲輕輕問江氏。

「開了，什麼黃魚燉枸杞，薏苡仁燉老鴨，都是些油油膩膩的東西。」江氏嘆了一口氣，說：「我光是看著上面那層浮油，就夠反胃了，還說什麼開胃呢！」

有幾位年紀比江氏還大一些的貴夫人也深有同感，紛紛說太醫院的太醫開的那些食療方子都是魚啊肉啊什麼的，看了就煩。

要是不知內情的人，肯定會覺得奇怪，太醫們不是醫術極高的嗎，怎麼開出的這些東西卻讓貴夫人們吃不下呢？

芳菲卻明白，這是因為太醫們是「太醫」的緣故。他們是專門給皇上和貴人們看病的醫生，怎麼能開些不值錢的尋常藥方？要是告訴貴婦們，只要吃一碗涼拌水蘿蔔就能開胃，那他們這「太醫」不是太廉價了嗎？

所以無論如何，太醫開出的方子都要用到金貴的藥材，和各種值錢的東西……食療方子最起碼也得是雞鴨魚肉吧，難道只給開一個粳米加綠豆的綠豆粥就算了——雖然後者可能對於食慾不振更管用。

通過和江氏以及幾位夫人的談話，瞭解到大概的情況之後，芳菲才說：「其實呢，有許多開胃的方子，夫人們可以偶爾試一試……」

「比如梨粥，用三個鴨梨切塊煎水，再用這梨子水來熬粥，趁熱服下。梨粥可以生津開胃，味道清淡可口，做早膳、宵夜也可以……

「也可以用炒熟的大麥來泡水喝，這大麥茶也是對腸胃很好。

「還有把核桃肉、黑芝麻和桑葉搗成泥狀做丸子，每天吃一丸，不但可以治療沒有食慾的病狀，還可以治療失眠、多夢、健忘……」她的語調總是輕輕柔柔，話說得也不快，但是卻不知不覺把一桌人都吸引了過來。

這些身分高貴的夫人們專心聽著芳菲把一道道藥方娓娓道來，覺得大開眼界。到了她們這個年紀，誥命也到手了，兒女也成家了，最關心的問題不是丈夫的寵愛——也爭不過那些小狐狸精了，而是自己的健康。

芳菲精擅談話之道，當年做那麼多年的學生導師可不是白做的，她對著方才同桌的那些幼稚小姑娘們，就跟她們說衣裳、首飾、髮型，對著這些貴夫人，則是大談養生經，而且還專門說一些特別容易堅持下去的小竅門。

芳菲的談話藝術，簡單說啦就是那句「見人說人話，見鬼說鬼話」……雖然人人都知道這個法子，但能像芳菲一樣，無論去到哪裡都能成功牽引著群體中話題的，還是極少數。

有位敬國公夫人見芳菲說得很有意思，便問她。「秦小姐，我最近總是睡不好，有什麼好法子嗎？」

芳菲向她介紹了吃百合粥和睡菊花枕的法子，又說：「還有個更簡單的法子，就是泡三七花水。」

「三七花水？」

「嗯。一般說來，失眠多夢，是由於心、肝、脾太過活躍……而三七花是有很好的平肝的效果。同時，它還能疏理經絡，有助氣血運行，平和精神……」

「這麼好？那怎麼泡啊？」敬國公夫人來了興致。

芳菲笑道：「很簡單的，就是把乾燥的三七花用滾燙的沸水沖泡，第一趟先不要喝，倒掉以後泡第二趟，再加些蜂蜜……三七花水清澈透亮，黃中帶綠，有些像是茶湯的色澤，還略帶草香。它的滋味甘苦回甜，清爽宜人，平時當茶來喝就好了。」

這一席話把眾人說得心神往之，恨不得馬上就弄壺來喝喝看。芳菲的口才實在太好，把她們的心都給說動了。

而芳菲故意要提起這三七花水也是有原因的，因為她荷包裡就有一包三七花的乾花……

當下她便提出現場為眾人沖泡一壺三七花水。江氏即刻讓人取來茶具、熱水和蜂蜜，芳菲伸出一雙素手，不疾不徐地泡了一壺三七花水，待水溫略低時便請眾人品嚐。

她泡茶時的動作優美動人，盡顯閨秀風範，在座的夫人們都暗中讚許，覺得這個陽城來的小姑娘不愧是張端妍的密友，不是那種小家子氣的鄉下丫頭。

「味道果然很特別……好像還有點蔘茶的味？」江氏輕輕呷了口，覺得這味道確實不錯。

眾人一邊品嚐，一邊又紛紛向芳菲提出各種養生問題，芳菲逐一作答，無不令人信服。

這場春宴，對於某些人而言是慘劇，比如林成威……

對於芳菲而言，卻是她嶄露頭角的時刻。

第一百二十三章 驚變

從靳家春宴歸來，秦芳菲的名字在許多人家的閨閣中默默傳揚開來。她在京城社交圈裡的第一次亮相，可謂驚豔，連惠如和端妍都沒料到她會成為話題人物……當然這都是後話了。

而芳菲在春宴後，回到自己寄寓的小院裡，便取出她帶上京來的許多花茶，分成一份一份的，給那日首席上的所有貴夫人都送了過去。

她倒還沒想著要做她們的生意，畢竟京城這邊不是她的地頭，生意不是想做就能做得起來的。只是藉著送花茶這個由頭，先走走這些夫人們的門路，指不定什麼時候就能用得上呢？

她並不知道在那天的春宴上，有一個登徒子因為在背後說了幾句輕薄她的話被人整落水，回去後整整發了三天的高燒，差點去了半條命。

她也不知道，有一個人為了她的到來既歡喜，又神傷。

那天過後，蕭卓收到了芳菲託端妍送來的一些上好的茶葉和陽城的土產。禮物不多，蕭卓卻珍而重之的把那禮盒用錦緞包起來，放到自己書房的密格裡收好。

就像他把對芳菲的感情秘密地珍藏起來一樣……

正月初八，京城開始放燈，幾個燈市都熱鬧得不得了。陸寒和同窗們去看了一次燈市，真是大開眼界。

整條長街上像是銀河倒落，燈火輝煌，光華燦爛，美不勝收。一家家的燈棚密密麻麻排滿了街道，每家棚子上都掛滿了新紮的宮燈、走馬燈、魚兒燈、牡丹燈、美人燈……圖案之精彩，手工之精緻，那是在陽城和各地都難得一見的。

陸寒給芳菲買了一盞美人燈，親自送了過去，順便邀她和他一起去看正月初十的廟會。

芳菲有些心動，但又擔心會耽擱了陸寒的功課。「這樣沒關係嗎？」

「沒事，」陸寒灑脫地笑笑。「總是在屋裡看書也悶，學習之道，貴在張弛有度嘛。」

這個觀點芳菲是認同的，因此便決定和陸寒一起去逛街了。對於和未婚夫逛街這種事情，芳菲一個女孩子怎麼會不高興呢？

平常日子裡，女兒家是不好出門的，不過正月廟會和燈會卻是例外。

儘管如此，芳菲還是聽從了春雨的建議，戴了一頂既可以防風雪，又能夠遮住容貌的帷帽出門。

春雨嫁人以後，做事更加穩重了，而且比起原來當她丫頭的時候更敢管事了。芳菲覺得這樣很好，打算回了陽城以後，讓他們兩夫妻替她把濟世堂那攤子事情給管起來。

因為是去逛街，當然不能帶太多的人。芳菲就只帶著碧荷出了門，陸寒身邊當然還是帶著硯兒。

塗七駕駛著租來的馬車把四人送到城東廟會街上。芳菲扶著碧荷的肩下了馬車，立刻就被眼前的人山人海給震懾住了。

在人口相對稀少的時代裡，同時見到這麼多人，芳菲一瞬間有種又穿回去了的感覺……就是「上輩子」在火車站候車室裡的那種感覺。

此時正是午後，京城的百姓們都吃過了午飯，拖家帶口地出來逛廟會了。整個廟會街上，到處都是各種店鋪和棚子。不但有賣高雅的字畫、古董、珠寶、玉器，也有賣便宜的剪紙、泥人、風箏……所以逛廟會的人品級夾雜，有穿著華貴衣裳的員外郎，同樣有布衣短打的平頭百姓。

芳菲和陸寒穿梭在這人流之中，被擁擠的人群擠得差點就挨在一起了。雖然這樣逛起來不太舒服，可是兩人又都暗暗喜歡上了這種奇妙的親密感，因此也不覺得有什麼不便……

「陸哥哥，我想吃那個糖葫蘆。你買給我好不好？」芳菲本來不是太想吃小食的人，但是吃東西也是要看環境和心情的。在這種「情侶逛街」的溫情時刻，芳菲的小女兒心態驟然倍增，流露出些平時沒有的嬌癡來。

何況，那老人在賣的糖葫蘆個大紅潤，一層均勻的糖油亮晶晶的煞是惹人喜歡，底下圍了一圈小孩子全都仰著頭朝那插糖葫蘆的草垛上看，一個個都流著口水……

陸寒對芳菲的要求向來無有不應的，況且買串糖葫蘆算什麼呢？

陸寒掏出幾個銅板跟賣糖葫蘆的老人要了一串最大的糖葫蘆，一眼就看到了旁邊那捏泥人的小攤子。

捏泥人也是京城廟會的特色，陸寒等人以前在老家都沒見過——當然芳菲是例外，便都興致勃勃地走到捏泥人攤子前觀看起來。

只見那匠人取了一團軟泥在手，十指上下翻飛，東捏一角、西掐一把，不到一會兒就捏好了一個胖乎乎的泥娃兒。他又取了枝細細的毛筆，在臺子上的彩盒裡沾了顏料，轉眼間就把泥娃兒的五官勾勒得唯妙唯肖，還給畫了件大紅肚兜。

「好了。」匠人給那泥人吹了幾口氣，便一手托著遞給了在攤子前等著的一個婦人，那婦人手裡正牽著一個不到十歲的小男孩，那泥娃娃看起來和這男孩還真有點神似。

「太好嘍！我也有泥人玩嘍！」小男孩歡天喜地的從母親手裡接過泥娃娃，一蹦一跳地走了。

陸寒看得有趣，突然說：「老師傅，給我捏兩個泥人好不好？」

「行啊，客人您稍等。」那匠人隨即取出兩團軟泥來。

芳菲疑惑地看了看陸寒，他也喜歡這種小孩子的玩意兒？

「師傅，就捏一男一女兩個泥人吧。」陸寒說。

那匠人跑慣江湖，看到陸寒身邊還跟著個小娘子，有什麼不明白的？嘴裡連聲應著說：「好咧，那我就給客人您捏一對新郎新娘的泥娃娃，怎麼樣？」

陸寒有些驚喜地說：「還有這等款式？」

芳菲卻一下子紅了臉，又喜又羞，輕聲說了句「我先去別處逛逛」就離開了那泥人攤子。她怎麼好意思在那兒跟陸寒一起等著人家捏泥人嘛，不過還真是挺期待的啊……

等陸寒手裡托著兩個泥人，和硯兒在不遠處的攤子找到芳菲主僕的時候，見到她正在挑選風箏。

「芳菲妹妹想買風箏？」

芳菲一手拿了個燕子風箏，另一邊拿的是個鳳凰，正在琢磨著買哪一個。

「嗯，我剛剛聽人家老闆說了，現在應考的舉子們都要買幾個風箏來放放的。預祝高升嘛！」

同為生意人，芳菲知道這也是賣風箏老闆的「行銷策略」。不過人的心理就是這樣，明知人家是要賺你的錢，可是為了個好兆頭，還是願意掏錢來買。

碧荷是個手巧的，對這些小玩意兒也特別注意，便提議說：「姑娘，這個鳳凰風箏的竹篾條黏得結實，可以飛得更高。」

「那就買這個鳳凰吧。」芳菲一聽碧荷這麼說，立刻爽快地買下了這個風箏。

近來碧荷在芳菲跟前越發受到看重，她確實是個很機靈聰明的女孩子，最大的優點就是懂事。

芳菲對丫鬟的要求，也就是重視這一點——不懂事的，比如春草，比如春芽，她可是不想留在身邊的。

碧荷抱了那風箏，跟在芳菲身後陪她繼續逛。

芳菲和陸寒走在前面，她接過那兩個小泥人看了看，果然是栩栩如生，精巧可愛，新郎新娘的造型更是別致。

「好漂亮呢……」芳菲看看「新郎」又看看「新娘」，愛不釋手，兩個都不捨得放下。

「送妳的。」陸寒溫柔地看著芳菲。雖然隔了帷帽的紗簾，她臉上隱約可見的甜笑讓他看了簡直移不開眼。

「全給我？你留一個好了。」芳菲自己拿了個新娘的娃娃，把新郎那個遞給陸寒。

陸寒本想說「兩個妳都留著吧」，忽然心念一動，欣然接了過來。

這算不算定情信物呢……陸寒癡癡地想。

芳菲看著自己手上那個泥娃娃，卻想起了管道升的那首〈我儂詞〉——

「你儂我儂，忒煞情多；情多處，熱如火。把一塊泥，捻一個你，塑一個我。將咱兩個一起打破，用水調和；再捻一個你，再塑一個我。我泥中有你，你泥中有我。我與你生同一個衾，死同一個椁……」

想著想著，她托著小泥人的手心便有些微微的發燙，臉上也漸漸燒了起來。

逛完了廟會，幾人找了個空曠地方把那鳳凰風箏放上了天。令人意外的是，幾人裡最會放風箏的竟是硯兒，最不會放風箏的卻是芳菲——她還是頭一回放風箏呢。

見硯兒放得好，她索性就把繩子給硯兒了。碧荷也在一邊對硯兒指點著手法，她屬於那種放得一般，理論卻很多的理論派……硯兒有事不服，和碧荷爭論起來，被比他大一歲的碧荷敲了一下腦袋就傻笑著不說話了。

最後把線軸放到盡頭的時候，風箏飛得好高好高，已經看不見了，陸寒便接過繩子來把風箏放走了。

「嗯，少爺一定能夠高中的！」硯兒很大聲地說，他對自家少爺可是自豪著呢。鄉試亞元第二名呀，整個江南道數一數二的才子呢！

「好好好，承你吉言了。」陸寒溫和地笑了笑，幾人也都有些累了，便分頭回了家。

過了春節，二月很快就到了，馬上就是禮部會試的日子。

這天芳菲正在家裡坐著，忽然聽見有人拍門。塗七開門一開，滿臉發白的硯兒就滾了進來，嘶啞著聲音說：「秦小姐不好了，少爺讓官府抓走了！」

第一百二十四章　遇帝

大明興安元年二月，京中暗流湧動。

躊躇滿志的新帝朱毓升，不甘交出權柄的得勢舊臣，想取而代之的眾多帝黨……在清洗詹家殘餘勢力的過程中，各方集團不知在暗中交過了幾次手，各有輸贏。

朱毓升不願被老臣拿捏，而既得利益者們又怎麼會主動交權。自從朱毓升登基以來，各種小磨擦日日不斷，朝中氣氛壓抑，大家都知道一場大戰勢必難免。

終於在二月的春闈前，矛盾激化，一場驚天大案突然爆發。

那就是興安元年震驚全國的會試科場舞弊案。

而陸寒，便是被這場大案波及的無辜舉子之一……

芳菲沒想過陸寒竟會被官府抓去。

硯兒說，那天早晨會館還沒開大門，就有一群如狼似虎的官差衝了進來，拿著花名冊抓人。陽城會館被抓走了三十多個舉子，陸寒就在其中。

剩下的人們也惶恐不安，到處打聽消息，只是他一個小小書僮卻沒處可打聽。驚恐之下，他只好衝到芳菲這邊來求援。

硯兒跟著陸寒的時間雖然不長，卻也知道這位未來的少夫人是個不尋常的女子，或許有辦法可以救救少爺。

芳菲儘管十分情急，還是振作起精神，穿戴好了出門的衣裳到端妍家中去找她。

端妍這些日子在家安胎，不知外面的動靜。聽芳菲說了事情的始末，身為禮部尚書的兒媳、翰林院編修的妻子，她當然明白這下子真是事態嚴重。

會試是由禮部主考的，端妍本來是很適合打探這件事的人。可惜靳尚書家教很嚴，向來是不喜婦人干政，所以她也不能直接向公爹打聽。

她先安慰了芳菲一番，讓芳菲回去等消息。次日一早，端妍才派了個心腹人送了封信過來。

芳菲看了信，心裡一下子涼了一半。

陸寒居然是因為牽涉到科場舞弊案被抓進去的……這件事情實在太可怕了。

她上輩子記憶中印象最深刻的兩場科場舞弊案，結果都是極慘的。

一個是著名的風流才子唐伯虎。他曾是鄉試解元，可謂才絕當代，又是大學士李東陽的門生，按照一般人的看法，那是才華和後臺都很硬的人物。

可就是這麼一個大才子，無辜被人牽連到所謂的「會試洩題案」中，因為自己的卷子寫得太好，而被認為他早早就得到了試題。

更巧的是，和他同路趕考的江陰巨富之子徐經，還真的是暗中賄賂了主考官的家僮，事先得到了試題。徐經被捕下獄後，唐伯虎也悲劇的被剝奪了考試資格。

最終，被證實是無辜的唐伯虎得到了皇帝的「平反」，可是卻被貶謫到浙江當一個小官。他感到極度恥辱，拒絕上任，從此漂泊江湖，最終落魄而死。

另一樁舞弊案的主人公，則是芳菲教書時常常要講到的一位後世文豪魯迅的祖父……

過程芳菲也記不清了，只記得魯迅的祖父，那位進士出身又點過翰林的周大人，因為想替親戚的孩子和魯迅的父親買試題，被捲入舞弊案中，深陷囹圄。一個龐大的家族，就此走上了沒落的道路。

可見科場舞弊案，是一件多麼讓人恐懼的事情。即使你在朝中有後臺、即使你有大家族的支持、即使你是出名的才子……只要沾上這個，不死也要脫層皮。

她已經探出了一些消息，陸寒和那位唐伯虎唐解元一樣，都是被無辜殃及的池魚。

有人密報，這次參考的舉子中個別人買通了「字眼」——所謂「買字眼」，就是跟考官事先打好招呼，商量好一、兩個特別的字詞，到時候在考卷裡用上。考官見到這個字眼，就會心領神會，知道這是「關係戶」，放手讓他的卷子過關。

於是一大批涉嫌「買字眼」的舉子都被抓了。陸寒因為參加過一次那些嫌疑人舉辦的文會，也被認為是同黨抓了起來。

朝廷抓人，從來是寧可錯抓，不能錯放的。

芳菲已經被嚇得眼淚都流不出來了。

是的，她有著超越一般女子的心智與智慧，但她始終只是個普通人。無論前世還是今生，她都只是一個尋常的百姓。如果不是因為陸寒要考科舉，她根本就不會接觸到這些政治上的東西……

在朝廷的黨爭，新帝與舊臣的較量中，她一個弱質女子，能夠做什麼呢？

她明白，即使是端妍，或是惠如，在這種事情上也是幫不了她的。

如果陸寒順利考上了進士，並且在殿試中得到了不錯的名次，她們或許可以幫著她去跑通關節，讓陸寒快些補上官職。因為這是錦上添花的好事，反而容易做到。

但去大牢裡撈人？讓陸寒恢復考試資格？

深宅婦人的手，伸不了這麼長。可是她也不能就這麼算了。

「芳菲，妳現在打算怎麼辦？」端妍有些擔心地看著芳菲。這才短短兩天，芳菲的眼窩就深深陷了下去，可見她受到了多大的壓力。

「端妍姊姊，請告訴我蕭大哥的家在哪兒好嗎？」她想去找蕭卓。

這兩天裡，她也不是什麼都沒做。起碼她知道，陸寒這批人，是被關在承天府的大牢裡，而不是刑部的牢房。

本來大規模的科場舞弊案，是要大理寺卿、刑部尚書、都察院御史三法司會審的，而人犯應該關押在刑部牢房。

現在出面抓人、關人的卻是承天府的衙役們，情況有些耐人尋味。

是不是可以理解成，刑部並不情願被牽扯到這件事裡，在這事情上，承天府的官員們更加主動……

芳菲想，這是承天府官員們的頂頭上司——或者是後臺們，想藉著這事在朝廷上掀起一股風浪來吧……在政治上，所有的事情都不會是單純發生的，人們所能看見的永遠是冰山一角。

芳菲不關心這事情有什麼黑幕，她只想把陸寒救出來。

前些日子，她便從端妍口中得知，蕭卓已經從五城兵馬指揮的任上，被調動到錦衣衛中擔任千戶之職。
錦衣衛的人……在芳菲心目中，總該會有點能量的。
她一個小女子，不指望能對這件案子起什麼重大的影響，也不去想別人的死活，她只在乎她的陸寒能不能平安出來——至於考試，那還是次要的了。
只要人平安，就比什麼都好……

蕭卓從宮中出來，從隨從手中接過馬韁，翻身上馬便走。
朱毓升剛才說的那些話還在他的耳邊迴響——
「這些混蛋居然想要挾我！
「科舉是國家的掄才大典，國之重器，居然被這些蠹蟲當成工具來利用……
「朕要是在這一仗默認了他們的做法，以後就別想再從他們手中掏出一點權力來。戶部、工部的那些人……還有那個……」
朱毓升憤怒得摔碎了一塊上好的端硯。
他對蕭卓說：「朕要反擊。你現在，立刻按照朕的吩咐去搜集證據，朕要讓他們看看，這個天下到底是誰在作主。」
蕭卓跪下磕頭，鄭重地說：「臣遵旨。微臣一定會竭盡所能，為陛下分憂。」
朱毓升有些傷感地看著蕭卓，輕嘆一聲說：「朕現在最信任的，也只有你了……」
蕭卓一邊想著心事，一邊騎著馬往家中駛去。

剛剛到家，便聽得門房迎出來報告說，有位單身女客來訪。

單身女客？蕭卓很是疑惑。

這年頭，一個單身女子上門拜訪，總是讓人感到奇怪的。何況是蕭卓這種全家只有他一個主人的光棍家庭，從沒有來過一個女客。

「是什麼人？」

門子垂首說：「那位小姐說她姓秦……」

一個「秦」字，讓蕭卓驟然跳了起來。他快步流星地往廳堂上走，一面走一面大聲呼喝著下人。「你們把客人招待在哪裡？」

「偏廳……」一個家丁吶吶地說。

「上茶了沒有？」蕭卓越走越快，擔心家人怠慢了她。

可是走到偏廳門口的時候，蕭卓卻猛地止住了腳，呼吸有些混亂。

好緊張……蕭卓你緊張什麼啊，不過是故人而已，不要緊張，不要讓她看出來你的窘態，要像原來一樣，像原來一樣……

他一步一步地邁進小廳，一眼便看見了那背對他站著的佳人倩影。

真的是她……

芳菲聽見腳步聲轉過頭來，看到蕭卓熟悉的面孔，忽然一下子鼻端酸酸的流下淚來。她這是怎麼了？這些日子來，在人前人後，她都沒有哭過一次，為什麼見到了蕭卓她就忍不住哭了起來？她的眼淚越流越多，很快便濕透了手上的帕子。

也許是因為，她一直將蕭卓視為一位可以依靠的兄長……這些年裡，唯一能夠給她這樣感覺的男子，只有蕭卓一人……

蕭卓手足無措地看著芳菲無聲地抽泣，想像不出是什麼樣的事情讓這個堅強的女孩子淚濕衣襟。他只知道，現在無論她要他去做什麼，他都會義無反顧，為她赴湯蹈火。

好不容易等芳菲止住了哭泣，斷斷續續地說明來意，蕭卓才明白過來。

他想了半日，正要開口，忽然聽到家人匆匆來報——

「老爺、老爺，皇上駕到！」

第一百二十五章　十年

皇帝？

蕭卓和芳菲同時一愣。

「蕭林你過來，把這位小姐和她的下人請到內堂休息，讓和大娘跟奇蘭、珠影去伺候著。」

蕭卓快速吩咐完下人，給了芳菲一個抱歉的笑容，轉身匆匆迎了出去。

蕭卓在京城的這處宅子是祖產，內外院子都相當寬敞，朱毓升在當太子之前還常常過來。被立為太子後，為了避嫌，只來過一次。

不過朱毓升登基之後，又來得更頻繁了些，大多是來散散心中的悶氣。

別以為當了皇帝就輕鬆，尤其是大明的皇帝，君權其實相當受限制，當皇帝的常常需要和重臣們掰腕子。

蕭卓帶著下人們去把朱毓升迎進來以後，看見朱毓升的臉色黑如鍋底，知道肯定又有大事發生。

朱毓升對於蕭宅也是熟門熟路了，一路沈著個臉疾步前行。到了書房，朱毓升冷喝一聲。

「除了蕭卿家，其他人給朕滾出去！」

跟隨朱毓升而來的內侍、護衛，還有蕭家伺候的下人們，趕緊都施禮彎腰退了下去。誰都知道皇上現在來找蕭大人肯定是有大事，而且向來喜怒不形於色的皇上，居然一臉馬上要發飆的表情，誰敢這種時候撞上去啊？

等人都退下了，朱毓升才壓低了聲音說：「你可知你方才走後，他們通過內閣遞上了什麼摺子嗎？」

蕭卓只能搖頭，不祥的預感卻越來越濃。

「全是要求查辦禮部尚書靳錄的摺子。」朱毓升終於忍不住怒意，爆發出來了。「說是試題已經送到了禮部，只有禮部的幾個堂官有可能看到試題，而身為尚書的靳錄嫌疑最大。朕就知道，他們是想折去朕的股肱之臣啊！」

蕭卓神色更加凝重了，良久才說出一句。「項莊舞劍，意在沛公。」

禮部尚書靳錄只會是第一個被攻擊的帝黨。只要衝開了這個突破口，接下來的攻勢一定會綿綿不絕……

朱毓升面上凝著一層寒霜，眼中殺氣畢現。

「他們小瞧朕了……」他咬牙切齒地說出這句話，已經動了殺機。

原來還想慢慢來磨合，看來不放點雷霆手段出來，他們都不知道死活。真以為自己就像已經駕崩的老皇帝那樣，會跟他們這群權臣、勛爵妥協嗎？

他又悄聲吩咐了蕭卓許多事情。兩人談了小半個時辰，朱毓升的怒氣才漸漸消去。

「行了，再耽擱下去就要鎖宮門了。朕現在就回宮，你立刻給朕辦好這幾樁事情。原來安插下的棋子，現在都可以動了……」

蕭卓下拜行禮，卻是欲言又止。

朱毓升和蕭卓向來情若兄弟，對他十分瞭解。看他這個模樣，知道他有些話想說，便說道：「阿卓……」沒人在場的時候，他偶爾會這樣叫蕭卓。「有話就說吧，這裡又沒外人。」

蕭卓考慮了一下，才毅然脫口而出。「陛下，有位故人正在微臣家中作客……此人也是陛下的故人。」

「也是朕的故人？」朱毓升想了想，說：「是安宜老家來人了嗎？」

「不。」蕭卓也不繞圈子了，直說道：「是秦芳菲。」

秦芳菲。

朱毓升聽到這個名字，面上閃過一絲激動，急急問道：「她就在這裡？」

蕭卓便簡單幾句，交代了芳菲來找他的緣故。

朱毓升聽得居然她也和這件案子有關，更是驚奇。

「她的未婚夫啊……」朱毓升輕輕吐出這句話，心中不知道是什麼滋味。

他看了看蕭卓，略略有些遲疑，但最終還是下了決心。「既然是故人，這裡又是宮外，沒那麼多規矩……阿卓你就……就幫朕請她來見上一面吧。」

蕭卓心中一震，皇上果然還是對芳菲……身為九五之尊，不知不覺中朱毓升竟用了個「請」字，足見他下意識中對芳菲的重視。

看著蕭卓領命而去，朱毓升緩緩在書房的椅子上坐了下來，心中思緒萬千。

往事一幕幕在心頭掠過，被塵封的記憶突然間排山倒海地湧了上來，朱毓升已經鍛鍊得無比堅韌的心臟開始不受控制的瘋狂跳動。

「你受傷了？」
這是她對他說的第一句話。
那時他是個任性而傲慢的藩王之子，面對她的關懷視若無睹，應都不應一聲。
她要給他療傷，他冷淡地拒絕。她卻怒斥他。「你以為我想管！再耽誤下去別說你的腿可能廢掉，能不能保命還是個問題！」
沒有人會像她一樣對他說話。他再也沒有遇上一個像她這樣，無條件地對他好的姑娘。
她請他吃野山楂，給他講故事，聽他說心事。她做糖藕給他吃，寫詩鼓勵他……
還有，他臨別前送她一枝桂花，後來又託蕭卓帶給她一個錦盒……
每一個片段都是那樣的珍貴。他小心翼翼地把屬於芳菲的所有回憶放在記憶的深處，默默珍藏起來。
宮中服侍他慣了的老人都知道，他所有衣裳只薰桂花香，他愛吃的點心只有糖藕，他的書房裡一定要掛著她當年送他的那幅畫。
內侍和宮女們只當這是皇上的怪癖，卻不知他是在用這樣的方式在紀念一段心情。
是的，紀念。朱毓升沒想過會再見到芳菲，正如芳菲更加想不到朱毓升會召見她一樣。
他們都以為彼此是今生再也見不到的，活在追憶中的影子，卻還是被命運推動著再次發生了交集。
腳步聲輕輕在門外響起，間雜著釵環碰撞的聲音。
她就要來了。

朱毓升的呼吸開始不穩。

他突然很怕見到芳菲，很想大喊一聲讓蕭卓不要帶她進來。

他所喜歡的，是他所記得的芳菲，那個美麗、堅強、聰慧、早熟的小姑娘。

萬一長大後的芳菲變成了一個庸俗的女子……

他不敢想像這種事。可是，這是很有可能的啊……她不是在經商嗎？會不會沾染上了商人的市儈之氣，變得精於算計？他從沒問過蕭卓芳菲現在長得是什麼模樣，也許她小時候的靈氣已經隨著年齡的增長消失不見？

朱毓升的心很糾結，甚至比剛才來找蕭卓的時候還要糾結。

記憶總是最美。他害怕自己心中的聖殿被無情的現實擊潰，那是他關於一個女子唯一的，最美好的回憶。

來不及了，在他遲疑的時候，蕭卓已經在外稟報著。「皇上，民女秦氏帶到。」

他下意識地說了一句。「進來。」

門外的內侍和護衛們，疑惑地看著蕭卓帶著一個美貌的女子走進了書房。蕭大人是打算進獻一位美人來開解皇上嗎？這倒是個好主意啊，皇上也太勤政了，是該鬆弛一下。蕭大人不愧是皇上的親表哥，就是懂得皇上的心。

芳菲低著頭隨著蕭卓進了書房，按照蕭卓方才教她的那樣下跪行禮。「民女秦氏叩見皇上。」

這就是她嗎？朱毓升看著地上跪著的這個女子，以他自己都沒察覺到的帶著激動的口氣說了一句。「平身吧……妳抬起頭來。」

芳菲慢慢地，慢慢地仰起了頭。

她見到了一個面容威嚴，甚至是帶著一絲煞氣的青年皇帝。雖然在他的眉宇間，還是依稀看見當年那個冷傲少年的影子，可是氣質卻已經完全是兩個人了。

她忽然覺得眼前這個人很陌生——這真的是她當年救過的，教訓過的，談笑過的那個毓升哥哥嗎？

朱毓升的感覺卻和芳菲截然不同。

當芳菲抬起頭來那一刻，她的面容霎時間和他想像中，她成年後的樣子重合在一起。他感到自己剛才的糾結、緊張，真有點可笑。

他怎麼會認為，芳菲長大後就不是芳菲了呢？

十年前她是個極出色的小姑娘，十年後的她，只有比當年更加動人……她楚楚動人的眼波，讓他有片刻的愣神。

「十年……」朱毓升輕嘆一聲。「芳菲妹妹，我們已經十年沒見面了。」

芳菲很驚訝——他竟會這樣稱呼她，還說了一句不合規矩的「我們」。

可以說，她之前完全不認為當了皇帝的朱毓升還會記得她這麼一個人。不過是少年時萍水相逢的朋友，即使彼此有那麼一絲好感，也該泯滅在歲月的長河中了不是嗎？

所以她會想到找蕭卓幫忙，卻沒想過去求這位至高無上的皇帝陛下。

但他真的還記得她。不但記得，還對她如此親切，好像這十年的時間沒有流走，他還是那個小王爺，她也還是那個小丫頭。

他們在寒冷的秋夜裡，藏在一個隱密的山洞中，躲避著隨時可能出現的追殺者。

「芳菲妹妹……」朱毓升還是這樣稱呼她，他看著芳菲已經又垂下去的螓首，柔聲說：「妳的事，朕已經知道了。放心吧，妳要救的人……會沒事的。」

這是皇帝的承諾。金口一開，重若千斤。

芳菲想起一句詩——「春風桃李一杯酒，江湖夜雨十年燈。」

已經十年了……

第一百二十六章 渴望

二月春闈，在京城一片極度緊張的氣氛中拉開了帷幕。

禮部尚書靳錄，儘管屢遭彈劾，但是在皇帝的強勢保護下，依然擔任了這次春闈的主考官。

朱毓升是一個非常強硬的人，雖然他性格上的這一面，以前並沒有多少人知道。

他在深宮中隱忍得太久，把本性藏得太好，以至於大多數的朝臣都有一種錯覺——這個年輕的新帝是可以拿捏的。只要他們向他展露出權臣的實力，他一定會像先皇一樣，對他們下面的行為睜一隻眼閉一隻眼。

可惜他們料錯了朱毓升，他從來就不是個善茬。

要真是那麼好欺負，他能夠在三個候選人中脫穎而出嗎？早被人陰了不知道多少回了。

就在春闈前幾天，朱毓升發動雷霆攻勢，對這次利用會考來要挾他的權臣們展開了反擊。

朝廷中鬥爭的過程，芳菲並不清楚，她也不會多嘴去問。

她每天心心念念的，就是陸寒什麼時候能放出來。

春闈之前一天，所有被關押的無辜學子，終於被放出了承天府大牢。並且，皇帝讓人對他們下旨，說他們可以繼續參加會試，錄取的成績不會受到這次事件的影響。

被關在大牢裡將近十天的數百學子們，不敢相信自己竟然還能參加考試。

他們大多是些養尊處優的富家子弟，在大牢裡這些天雖然沒受什麼身體上的虐待，但那差勁到極點的關押環境也夠他們受的了。

這還是其次，主要是心理上的恐懼壓倒了一切。對於一個讀書人來說，被懷疑舞弊，終生的前途就此葬送。多少人寒窗苦讀十年二十年，就是為了金榜題名，如今數載苦學一朝喪盡，怎能不讓他們痛苦？

所以很多人沒能熬到出來，就在獄中病倒了。

但陸寒沒有。

他每天在牢房中席地而坐，也不和人交談，只是靜靜地閉上眼睛休息。其他人的抱怨、痛哭、尖叫、打滾，他全都視若無睹。

經歷過河盜船上真正的生死之劫，已經把陸寒的心志鍛鍊得極為堅強。

他也不是不怕失去科舉的資格。可事情既然沒有到絕望的時刻，就不要過早的放棄自己……這是他在遭遇河盜後得出的最大心得。

當芳菲看到從承天府大牢門口走出來的陸寒，發現他雖然渾身狼狽，精神卻還很好的時候，禁不住欣慰的哭了出來。

只要他沒事就好……

蕭卓身分特別，不好陪芳菲來承天府大獄，便派自己的管家蕭林來接陸寒。

芳菲自知失態，忙抹乾眼淚，向陸寒介紹了蕭林的身分。

蕭林是個非常穩妥的中年漢子，是蕭家的老家人了，對蕭卓極為忠心。他畢恭畢敬地向陸寒行禮，說明了自己的來意——蕭卓邀請陸寒到他家中居住，直到春闈結束。

本來芳菲內心是很想讓陸寒住到自己租的那個院子裡的，這樣才方便自己照顧他。但考慮到社會輿論問題……未成親的一對男女住在一個家裡，無論如何都不合禮法，除非是主僕關係。

所以既然蕭卓主動提出讓陸寒到蕭家去住，芳菲自然極為感激。

陸寒從出來以後，一直很沈默。

除了向芳菲笑了一陣，跟她說了幾句話，告訴她自己身上絲毫無損讓她不必擔心之外，陸寒就一直沒開過口。

芳菲覺得他可能還沒從這場無妄之災中徹底走出來，善解人意的默默陪他坐在馬車上也不說話。

她不知道，陸寒的心裡此刻平靜無波，並沒有她所想像的那樣激動和憤怒。

他也氣過，也恨過。但是走出大牢的那一刻，陸寒看見外面的滿天陽光，忽然覺得很多事情不需要去計較。

氣憤，惱恨，對事情有什麼幫助嗎？

他如今只想著一件事——儘量平靜下來，用最好的狀態，去迎接明天的大考。

山窮水盡疑無路，柳暗花明又一村。雖然他現在還不太清楚，自己為什麼會突然遭此厄運，但這不是追究真相的時候。

他比以前任何時候，都更渴望力量……

陸寒的渴望，在一定程度上也是朱毓升的渴望。

此刻，他坐在御書房中看著奏摺，薄薄的唇上有一絲冷酷的笑意。

這群人，現在想跟他和解？

太晚了。

他們以為他會什麼準備都沒有就對他們出手嗎？只是在等待一個恰當的時機罷了。

這幾個權臣背後的大家族、大集團，盤根錯節，息息相關。他們以為朱毓升不敢下手對付他們的……

畢竟如果這些人倒下了，朝廷中空缺出這麼大的一塊勢力範圍來，到時候朝廷亂象一生，內政紊亂，北疆的胡人可不會輕易放過這個逐鹿中原的良機。

但朱毓升偏偏就做了。

他以迅雷不及掩耳之勢，用從下往上的攻擊，暗中指揮言官發動雪片般的彈劾攻擊，讓這些人在道義上陷於不義之地。

再由他來親自出手，嚴懲了幾個「帶頭大哥」，讓蕭卓以及錦衣衛的一千人等連夜抄家——還出動了東廠番子、五城兵馬來封了京城，用最快的速度把這些在朝廷裡呼風喚雨了多年的老臣們一下子給擊倒了。

當陸寒走出大牢的這一刻，朱毓升已經收到了這些老臣們送來「乞骸骨」致仕的奏摺。

他心情很好。

儘管這次出擊，他傷敵一千，自損八百，朝廷元氣大傷，可是他依然很高興。

如果要簡單描述他的心理，那就是——「寧可讓朝廷毀在我的手上，也絕不能苟活在別人的手裡。」

他就是這樣強勢的一個皇帝——現在大家終於知道這一點了。

即位半年以後，朱毓升終於在朝廷上確立了自己的威望。誰都不敢再小窺他……當然，這對於一直依附著他的帝黨來說，卻是一個好消息。

一朝天子一朝臣，早該是我們這群人上位的時候了，老傢伙們，滾蛋吧！

當時的陸寒，還沒意識到，自己就是在這樣一個微妙的時機，踏入了大明朝的朝廷鬥爭之中……

「皇上，夜深了。」

御書房裡，朱毓升的近身太監惠周，輕聲提醒了一句。

他是朱毓升入宮以後一直用著的舊人，也是朱毓升的心腹。朱毓升即位後，立刻提升他為司禮太監之一，讓他繼續在自己身邊服侍。

從這一點可以看出來，其實朱毓升的內心，是一個很念舊的人……對許多人，許多事。只要他認定了，就很難改變。

「嗯，把這幾份奏摺給朕整理好。」朱毓升放下朱筆，從御座上站了起來。那幾份請求致仕歸去的奏摺上，赫然都用朱筆寫著一個「准」字。

惠周和幾個小太監、小宮女們服侍朱毓升在甘露殿睡下後，走到走廊外去審查那些值班的侍衛。

他一面走，一面想。「是不是該問問皇上，什麼時候選秀女入宮呢……這後宮也太空虛了，皇上連個看得上眼的宮女都沒有……」先皇的妃嬪們，生育過子女的都住在冷宮裡，沒生育過的統統送到皇廟去修行，後宮現在不是一般的空，也難怪這麼多人想把女兒送進來了。

「不知道皇上喜歡什麼樣的女子……嗯，也不是很難知道。」他想起今天朱毓升一時興起，在御書房畫下的那幅美人圖。

朱毓升的丹青，是他親生母親安王妃所授。他在宮中生活多年，閒來無事之時也請宮廷畫師來教過一陣子，繪畫人物倒是很有一手。

「皇上畫的那幅美人圖倒真是有些仙氣。」惠周百無聊賴地想著，他自然不知道，那幅美人圖還真是有原型的……

朱毓升躺在床上，看著頭頂的明黃帳子，並無一絲睡意。

自從見過芳菲以後，她的倩影便時時在他眼前出現。

他已經很久沒有動過畫筆了，可是今天不知道為什麼，突然就想著要畫畫……

畫了一張，又一張，朱毓升總是不甚滿意。為什麼總是畫不出她獨有的美態呢？要是她真人在眼前就好畫多了吧？

要是她真人在眼前……

朱毓升不願意再深想下去。再想下去，他怕……他會克制不住自己的心情……

那天他和她，只是匆匆見了一面，說了幾句話。可只是短短的一刻，卻不停地在他腦中反覆回放。

她尖尖的下巴，晶瑩的雙眸，淺粉色的嘴唇……還有那不盈一握的纖腰……每一處都是那樣美。他努力地畫，也畫不出她一半的美麗，儘管身邊的惠周和內侍們都對他的丹青讚不絕口，他卻越發煩躁了。

不想了。

他是皇帝，不應該被兒女私情所纏繞，處理政務才是正理。

朱毓升在床上翻來覆去，忽然就聽到四更天的鼓響了起來。

貢院那邊，應該已經開門了吧。

大明興安元年禮部會試，正式開始——

第一百二十七章　進場

儘管有諸多風波，但是會試依然能夠如期舉行。
直到陸寒順順利利進了場，芳菲懸在半空的一顆心才稍稍放了下來。
無論這次考試的結果如何，對她而言，都已經不再重要。
雖然她很能理解，男人家渴望鵬程萬里的決心，而自己也是一名不折不扣的工作狂。但究其本性，她也還是個傳統的小女人。
在成就與平安之間，她會毫不猶豫地選擇後者。
她愛工作，是因為她不喜歡無所事事的感覺，卻並非存了什麼富貴野心。錦衣華服，珠寶首飾，她並非不喜歡，可卻沒有刻意追求過。
會試要持續數天，考生嚴禁進出貢院，只能蹲在自己的號舍裡寫卷子。
陸寒進場的次日，端妍便讓人來請芳菲過府一敘。
芳菲坐上她派來的馬車，往靳家而去。
端妍在內室招待她，顯然沒把她當成外人。
「芳菲妹妹，看妳氣色好起來，我就安心了。」
端妍拉著芳菲的手一起在羅漢床上坐下，認認真真打量著芳菲的模樣。見她雖然還有些憔悴，但眼中的神采卻已經恢復得七七八八，不由得輕輕吁出了一口氣。

芳菲對於端妍對她的關心十分感動。從蕭卓口中，她聽說了端妍的夫家這一次也差點遭到大難，很慚愧自己在她如此煩心的時候還給她找麻煩。

「姊姊，前些日子……我老是來麻煩妳，真對不起。妳如今正在安胎，不該如此勞神的。」芳菲臉上閃過一絲愧疚。

端妍臉上始終掛著溫和的笑容，輕聲說：「妳我多年姊妹，就不要說這些見外的話，何況我也沒幫得上妳什麼忙。」

「姊姊怎麼能這麼說呢？我……」

端妍伸手輕輕捂住了芳菲的嘴巴。「再說我可要生氣了。」

芳菲只好把沒說完的話嚥了回去，心中對端妍卻更加感激。

「好了好了，咱們就別說這些事了。我找妳來，是想讓妳給我寫些安胎、開胃的菜譜，也不知道怎麼了，上次懷女兒的時候一點事都沒有，現在卻天天都反胃想吐呢！」

端妍這個人說話永遠是那麼讓人舒服。明明是因為擔心芳菲才找她過來，看看她的情況，卻說成是要芳菲來幫她的忙，完全不提自己對芳菲的恩情。

芳菲知道端妍的用意，但是端妍孕吐也是實情，她便啟動資料庫搜索起一些適合孕婦吃的食譜來。

早有小丫鬟拿過筆墨來，伺候芳菲寫食譜。端妍看著芳菲優雅地執筆寫下一道道食譜，拿過一頁來，還沒看內容就笑道：「妳真是要羞煞姊姊我了，字越發寫得好了呀。」

「我哪能和姊姊比？」芳菲這話不是謙虛，端妍的字在閨學裡向來也是數一數二的。

端妍輕搖螓首，嘆道：「我啊，都多久沒正經寫過字了。」這也是實話，她自從管了家務，每天忙得足不沾地，這陣子要不是因為要安胎才不會有空陪芳菲閒坐這麼久呢。

說到寫字，芳菲不由得又想起恩師湛先生來。該找個時間再去探望一下恩師才對……

「薑絲煎蛋？」端妍生在富貴之家，又嫁入高官府邸，對於飲食自然是講究的。不過這道菜，她可從沒聽過。

芳菲笑道：「薑絲有益脾胃、散風寒的功效，想吐的時候嚼一嚼薑絲便能祛風暖胃。姊姊妳現在就該吃點簡單又清淡的東西……其實妳常常想吐呀，也許是因為油膩菜吃多了的緣故，太補了也不好喔。」

古時婦女生育，便是一隻腳踏進了鬼門關，因此在傳統觀念中就該拚命進補，覺得那樣才能在可怕的生產中撐下來。

「也對，我確實也想吃清淡些……只是這樣對孩子沒妨礙吧？」端妍想到自己越是沒胃口，廚子就越是做些好肉好菜來給自己吃。結果自己看到那層油就飽了……

「嗯，現在姊姊妳還是吃蛋最好。」芳菲笑笑。「蛋是最補的喔。」她想起自己給陸寒做了好些個煎蛋餅子帶到考場裡去吃，不知道他現在吃了沒有呢……

陸寒這批臨考獲釋的舉子，是趕在最後時刻到達禮部貢院外簽到，拿到考號的，所以無一例外都被分配到了最後的考舍裡——在這裡，「最後」等同於「最差」。

窄、小、髒，這些不是重點，重點是……這些號舍都是朝著風口的。

二月春風似剪刀，但絕不是溫柔一刀，而是刮骨鋼刀……

這批舉子本來就在承天府的大牢裡受到了極大的折磨——當然主要是精神上的，有舉人身分在身，承天府的官員也沒那個膽子對他們用大刑。

他們中有些人，雖然獲得了自由，但也病倒了，沒能來參加考試。來了的一個、兩個都是病病歪歪的，在寒風中瑟瑟發抖地看著卷子，心裡都已經料定自己將會名落孫山。

不過陸寒身子雖然不比眾人強健，卻有一點是他們所比不上的，那就是對惡劣環境的適應和忍耐。

加上芳菲早有準備，給他穿上了最名貴暖和的薄貂皮做裡子的絲棉襖，又親手給他縫製了又薄又保暖的露指頭的貂皮手套——這種沒有指頭的手套，別說陸寒是頭一回看見，就連碧荷這種做慣了手工的丫頭都沒見識過。

陸寒驚喜地問芳菲是怎麼想出做這種手套的，芳菲只能回答說靈機一動，難道直說是她「上輩子」常常戴的不成……

他將外界的各種影響儘量摒除出腦外，專心地看著眼前的卷子。

最前面的三道四書題，從來都是皇帝親自出的題目。這是規矩，是為了體現皇帝對科舉的重視，同時也讓考生們從側面瞭解到皇帝的一些喜好。

陸寒看著那三道題目，心中對這位年輕的帝王有了一點自己的看法。

興安帝，絕對不是個甘於守成的，秉持「中庸之道」的皇帝——上一任的老皇帝倒是如此。

這三道題目，一道是關於革除朝政弊端，一道是關於國家的邊防，還有一道……是如何為國庫開源的問題。

每一道都很犀利，顯示出這位新帝對於中興國本的決心。是一個很有銳氣的人呀！陸寒有些大逆不道地想著。

既然大致揣測出皇帝是個什麼樣的性格，那就好辦了。陸寒本來就不是那種酸腐的呆儒，對於治國，他雖然沒有什麼從政經驗，卻也有著自己獨到的看法。

埋頭寫卷子，時間過得很快。當陸寒和同窗們離開貢院的那一刻，他回頭看了一眼那在夕陽中顯得格外巍峨莊嚴的貢院大門，心裡對自己的成績也有了一定的估計。

中個進士大概是沒什麼問題的……不過，自己是不是寫得太激進了一點呢？

同樣是中進士，也有一二三等的區別。如果考得平平，落到二等後或者三等裡頭，那將來的政治道路就很坎坷了。

因為名次低的進士，直接候官外放，沒有考庶吉士的資格。不能考庶吉士，進不了翰林院，那就基本上等同於與朝廷的最高部門──內閣絕緣了……

但既然已經考完了，陸寒也不再去想自己能做到哪一步。剩下的，就聽天由命吧……

剩下的這段時間，就是各位考官們評卷的時間，沒考生們什麼事了。

他們需要做的就是等待、等待，再等待……

許多人覺得空等著無聊，便三五成群，去那秦樓楚館見識北地胭脂。又有人拉上幾個好友，去郊外踏青，紓解一下因為備考而壓抑了好長一段時間的心情。

陸寒已經又搬回陽城會館去等消息了，總是住在蕭家，也怪不好意思的。蕭卓根本沒回過家，他先是擔任考試的監考官，又要負責監督考官們評點卷子。

朱毓升容不得這次考試再出差錯，所以才把這重任放到了蕭卓的身上。陸寒跟蕭家管家蕭林打了個招呼，託他表達自己對蕭卓的感謝，就帶著硯兒回了會館。

本來有些同窗約他去喝酒、郊遊、看戲，陸寒都一一推辭了。同窗們還以為陸寒是遭了大難以後心灰意冷懶得出門，結果又發現他早出晚歸，真是百思不得其解……

其實這些日子以來，陸寒只做了一件事，就是專心陪著芳菲。

「因為我的事情，讓芳菲妹妹擔驚受怕……現在我也考完了，可得好好補償妹妹才是。」

芳菲聽陸寒這麼說，也不矯情，便笑道：「那我要你陪我去哪兒，你都要陪喔。」

陸寒理所當然地點頭。「就算是天涯海角我也陪妳去。」

「什麼天涯海角——」芳菲見陸寒心情好起來，又開始說俏皮話了，心裡也是快活的。「你不嫌累，我還嫌累呢，我只要你陪我去京城附近那幾處著名的經典看看風景就好了。」

於是他們租了馬車，今天去京郊桃花塢裡看初綻的桃花，明兒又去碧溪上泛舟垂釣，後天便到京城下麵的小縣城裡吃最地道的炸醬麵……

真是只羨鴛鴦不羨仙的美好生活，連跟著去的碧荷、硯兒等也玩得很開心。

比起那些表面上裝瀟灑，心裡急得要瘋掉的在京城裡等著放榜的同窗，陸寒的心情真是好得不得了。

有美作伴，不亦樂乎。

快樂的日子總是轉瞬即逝，立刻就到了京城中萬眾矚目的放榜時間。

第一百二十八章 捷報

讓時間稍稍倒退一些，回到一天前，靳錄帶著這次會試考官們公認前十名的卷子來到御書房面聖中的那一刻。

會試最後幾名的排名，可以由考官來定，但皇帝要插手也不是不可以的……尤其這次，是興安朝的第一次會試，朱毓升還是很在意的。

靳錄垂首恭立一旁，靜候朱毓升閱卷。

「今科的才子確是不少……」朱毓升淡淡地說。「不過文章不是辭藻華麗就夠了。」

靳錄聽到這話，汗一下子就下來了。

他選的這些卷子，好像還真的大部分都是些文采斐然的錦繡文章……

以為皇帝年輕，自然更愛才子，誰知竟沒有體察聖意。

「朕出這三道四書題，」朱毓升面無表情地說：「是為了選出能夠真正為朝廷做事的人才。光會寫些華美句子，而不能提出真正的治國方略，這種人最多也只能做詞臣，不可能擔當重任。」

靳錄一下子就跪倒在地。「微臣知錯，請陛下給予微臣一個改過的機會吧。」意思就是回去重審卷子。

朱毓升見把靳錄教訓夠了，這才露出了一絲微笑，輕聲說：「卿家也不必矯枉過正，這些卷子還是好的。不過，在排名上還是要以那幾份針對國之弊端提出對策的卷子為先。」

靳錄心悅誠服，表示一切聽從陛下安排。

不一會兒，朱毓升便定下這十份卷子的名次。

惠周為朱毓升奉上黃燦燦的金剪刀，朱毓升手持剪刀把這幾份卷子上的彌封——也就是糊住姓名的地方輕輕剪開，慢慢將這十個今年最出色的考生的名字記在心中。

看到第一名的時候，朱毓升平靜的面容上閃過一絲波動。

次日放榜，禮部便在貢院前黏貼好紅榜，公布新科進士名單。

但大多數的舉子們，卻都喜歡坐在會館、客棧、酒樓裡等待消息……

因為中了進士，是會有報子來報喜的。

那種在眾所矚目的情況下，接到捷報的快樂，是任何事情都難以替代的……對於大明的讀書人來說，多少年的辛苦，就是為了這一刻的榮耀，怎麼能放棄這個在人前露臉的機會呢？

儘管會試之後，還有最終的決戰——殿試，但是殿試只是排名試，不會淘汰人。只要會試過了關，就是十拿九穩的進士了，多年媳婦熬成婆，能不讓人高興嗎？

陸寒和同窗們坐在會館大堂中，和大家一樣等待著報喜隊伍的到來。

昨天他告別芳菲回來的時候，芳菲對他說：「陸哥哥，若能高中自然是好，要是這次沒中，我們再等三年好了。別往心裡去。」

本來在放榜前說「沒中」是大忌，不過陸寒當然不會在意。他只對芳菲笑了笑，說：「謀事在人，成事在天，無所謂了。不管怎樣……這裡的事情一了結，我們……我們就回鄉辦事吧。」

他們的「辦事」，自然就是指成親。

芳菲心裡甜絲絲的，輕輕「嗯」了一聲。

此時，會館裡的舉子們其實人人都像熱鍋裡的螞蟻一樣坐立難安。陸寒就看著同窗們走走站站，站站又坐坐，甚至有人昨晚通宵睡不著，現在又頂著兩個黑眼圈回去睡回籠覺了。

反正在今天這種日子裡，他們有什麼出格的舉動都很少會被別人注意到，因為大家都只在想著自己能不能考中。

有些年紀大的考生，更是患得患失，甚至莫名其妙的用嫉妒的眼神看著陸寒這些較為年輕的考生。

忽然之間，聽得鞭炮聲響，一隊報喜的人馬很快地跑進了會館。陸寒循聲望去，只見一個四十歲左右的老鄉被人簇擁著站出來，接受眾人的祝福。

別人的祝福啊……陸寒默默地看著那個歡喜得有些傻了的同鄉，心裡想的卻是：「我只要有芳菲妹妹的祝福，就已經很快活很快活了。」

他想起和芳菲一起去桃花塢的那天。他們在開滿了桃花的山谷中慢慢踱步，忽然芳菲不知是不是踩到了一塊突出的石頭，腳下一滑，他不假思索地伸手一攬，用力地摟住了她柳條般纖細柔韌的小蠻腰。

芳菲也下意識地抓著他的袖子，好不容易才站穩。

等到芳菲站定下來，他們才發現兩人之間的姿勢實在太曖昧了……她被他的臂膀摟在胸前，他只覺得自己的胸口抵著兩團軟綿綿的柔軟，而他的臉上也感覺到了她輕柔的呼吸……

後方的硯兒看到這一幕差點嚇得叫出聲來，被眼疾手快的碧荷一把捂住嘴巴，有多遠拖了多遠。

「呃，陸哥哥，我站穩了……」這個姿勢維持了十息以上的時間，芳菲才反應過來，輕輕掙扎了一下。

她這一掙扎，兩人的胸口反而貼得更緊了。陸寒被那柔軟一刺激，終於清醒過來，立刻放開了手後退兩步。

「我……我……我不是故意的。」陸寒結結巴巴地解釋，但是聽起來沒什麼說服力就是了。

芳菲橫了他一眼，面上飛起兩團紅雲，站在一叢桃花中真是人比花嬌……

回想著彼時無比甜蜜的情形，陸寒的眼中忍不住流露出淡淡的溫柔。

「子昌，你看又有人來報喜了。」

陸寒被對面的同窗從短暫的回憶中喚醒，看了一眼那隊已經走進會館大門的報子，漫不經心的說：「不知道又是哪個幸運兒啊……」

那同窗說：「這都報了大半天了，已經報到前面的名次了……」他還沒接到喜報，心裡極為緊張。

陸寒正想寬慰他幾句，突然看到那隊人馬進了天井後高聲喊道：「捷報江南道陽城府陸老爺諱寒，高中會試第一名會元，金鑾殿上領班面聖！」

會元？

陸寒向來寵辱不驚，此刻也都不由得愣住了。

他中了進士──而且是第一名。

怎麼會是第一名呢？他記得自己的那份卷子，寫的大多是治國理論，說起文采來，自我感覺還有欠缺，怎麼就被選中了呢？

這實在太意外了……意外的感覺，將中了進士的喜悅心情完全蓋了過去。

但是他此刻完全沒有了發呆的時間，因為潮水般的人群已經沖上來將他團團圍住。

鑼鼓聲、鞭炮聲、恭喜聲，陸寒感覺自己好像置身於油鍋之中，耳邊不停的噼哩啪啦地響動著各種聲音……

這種感覺好不真實。

他被人披紅掛彩，扶到高頭大馬上，準備和所有的同鄉在京城所有通衢大道上遊行一圈。

芳菲的院子裡，此刻也是歡聲一片。

芳菲早早就派塗七去看皇榜了。在陸寒得知自己中了會元之前，芳菲就已經從塗七口中得到了這個消息。

春雨、碧荷、碧青、碧桃、塗七……下人們不停地向芳菲說著恭喜，芳菲自己都有點難以置信。

她知道陸寒有才學，可是中會元，也太誇張了吧……

春雨還在一邊說：「哎呀，可惜陸少爺在鄉試的時候沒有中解元，不然就是連中雙魁了！」

「是呀是呀……」

幾個小丫頭在一邊很遺憾地嘆氣。

芳菲卻覺得，幸好陸寒沒有中鄉試的解元。不然，就太招搖、太惹眼了。木秀於林，風必摧之，這個道理芳菲反覆地對陸寒說過。前面已經中過三元，鄉試又是第二名亞元，加上他又如此的年輕……那些考了一輩子沒考上的落地秀才，和落榜的舉子們，該有多恨他啊！

所以陸寒在考會試的時候，故意放了一點水，沒把文章寫得太華麗……只注重了立意和議論，對於句子和用詞沒有過多的雕飾。

想不到卻正合了皇帝的胃口……這是陸寒考試前沒有想到的。當然此時的他也並不清楚……

春雨看芳菲的臉色有些古怪，也不好直問姑娘什麼事，只能自己在心裡暗猜。難道姑娘擔心陸少爺考得太好，和戲文上那些中了狀元被大官招為女婿的男子一般拋棄髮妻？

哎呀，對啊，那陸少爺還是別考得太好了，不然的話……

芳菲想的全然不是那麼一回事，而是她有了另外的想法。

難道是皇帝……那位毓升哥哥，看在她的分上，故意給陸寒點的會元？

她回想起那日朱毓升看著她的眼神，那種激動是無法假裝的，他也沒必要對她假裝。

會是這樣嗎？

芳菲有些不確定……

朱毓升穿著皇家常服的樣子彷彿又出現在她眼前。

芳菲心裡說不上是什麼感覺，她和他好像很親近，又好像很遙遠。

因為幼時便與朱毓升相識的緣故，而且她是在一個沒有皇權的時空中成長起來的女子，對當了皇帝的朱毓升便沒有什麼敬畏之心。

當年，他曾對她有過朦朧的好感，她也不見得不喜歡他。如果他們一直相處下去，也許……會有些故事發生吧？

但畢竟已經分開了十年，要真的說起感情的深厚來，朱毓升自然是比不過和她一起長大的陸寒的。

「姑娘、姑娘，遊街的隊伍來到這附近了！」

碧青在院子裡跑進屋裡來大喊。

芳菲站起身來，笑著對幾個丫鬟說：「我們一起去看看陸少爺騎馬遊街吧……」

第一百二十九章　喜酒

會試後，沒考上的舉子們，有的灰溜溜收拾行裝回了家鄉，家裡條件好些的則在京城直接住了下來，繼續讀書等待三年後的再一次考試。

而考中了的舉子，當然就要留下等待一個月後的金鑾殿殿試。

不過這回大家身上的壓力就小得多了，因為殿試只是決定大家的最終排名。大明建國幾代以來，還沒聽說過哪場殿試黜落過考生呢，所以大多數人都很輕鬆。

但有些人也在努力把握著這最後的一個月時間，這些人大多是會試成績比較好的，想再拚一拚考個好名次出來——這裡的拚不一定是指讀書，也可以是指走關係……

所以各種文會、宴飲也都頻繁了起來。

本來陸寒是不太喜歡交際應酬的，不過芳菲卻不太贊同這一點。既然要做官，自然不能夠像讀書時那樣只看著書本，不理會外界的風風雨雨。一個不懂得和上司、同僚、下屬相處的官員，怎麼能在官場中立足呢？

連立足都困難，又怎能當個好官，實現自己的政治抱負？

以前的他，可以閉門修行，苦練「內功」。現在，卻必須入世鍛鍊，在茫茫宦海中找準自己的定位了。

陸寒其實很聰明，只有在為人處事上比起芳菲略有不足。認清了自己將要面臨的挑戰，便也放開心結，和那班同年們應酬起來。

他是今科的會元，卻又是這批新進士中年紀最小的一個，這種極大的反差使得他的一舉一動都很是引人注目。

漸漸地，大家也都耳聞陸寒有一位感情很好的未婚妻。他們的種種「佳話」被陸寒的一些陽城同鄉傳播開來，慢慢竟有從「佳話」往「傳說」發展的趨勢……

眾人都打趣陸寒問他何時成親，陸寒也毫不避諱地說，就等著殿試之後，便大登科小登科一起登科了。

只是，還沒等他「小登科」，就先收到了一張熟人成親邀請他喝喜酒的請柬。

令人驚訝的是，芳菲也收到了同樣的請柬……

因為這位新郎官，是他們都認識的，當世大儒繆天南的幼子繆一風。

「繆大哥終於肯成親了呀……」

芳菲看著請柬自言自語，她沒想到連自己都會有份作為賓客參加這次的婚宴。當然，因為她是女賓，所以在名義上邀請她的人是繆一風的母親郭氏夫人。

她知道陸寒被邀請參加宴會，第一時間就想到了這場宴會對於陸寒的意義。

繆一風是繆天南的幼子，這場宴會的賓客們，肯定有不少是同安學派的門人。

幾年前，陸寒還是個小小的學童，繆天南就對他青眼有加。後來的縣試和府試中，由於同門人的照拂，儘管陸寒沒有主動提過這種要求，但結果就是這樣——陸寒獲得了「府縣雙案」的榮譽。

再後來，同安學派南宗正式邀請陸寒參加他們的新春文會，算是拉陸寒入夥了。雖然因為遇上了大地震，陸寒在那次文會中沒有任何表現，可是也算亮過相了……

現在陸寒考上了會元，同安學派當然不會將這麼有用的一枚棋子放在一邊不用的，肯定要努力和他搞好關係。

因為他這個會元，是皇帝欽點的會元——和考官點出來的還不一樣。證明了他是真正的天子門生，起碼在這個階段，是得到了皇帝的重視的……

而自從朱毓升這位強勢新帝登基以後，就有些地位不穩的同安學派，自然要抓住機會向陸寒示好了——估計他們還覺得示好得太晚了，和陸寒的關係不夠鐵呢。

幸好，還有一個可以利用的人，那就是曾經和繆一風有過幾次來往的芳菲……

芳菲想明白自己一個沒出閣的姑娘，為什麼會被邀請了。

去還是不去呢……

這真是個問題。

從常理上來說，芳菲這個未出閣的女子要到外頭去交際的話，應該是要由家中的女性長輩帶著行動的。

不然的話，起碼要有幾位閨中密友陪伴，就像上次的靳府春宴一樣是由惠如將她帶進靳府。自己出去走動，給人的感覺太奇怪了，也顯得有些尷尬啊。

但她能想到的問題，人家繆家自然早就想到了，還替她想好了解決的辦法……

接到請柬的第三天，她的恩師湛先生竟然親自上門來看望她。

芳菲驚喜交集，她還想找時間再去看看湛先生呢，沒想到卻勞動了湛先生先來找她，這讓她十分慚愧。

「先生，今兒怎麼突然想到來看芳菲了？」

芳菲將湛先生迎進小院的客廳，讓碧荷把自己帶來的最好的茶葉給湛先生泡上，又擺出了幾碟子陽城特色的點心請湛先生品嚐。

「哎，沒承想還能在妳這兒吃到這些地道的家鄉小點心。」湛先生上了年紀，鄉愁越發濃重，吃著家鄉來的點心，心裡略略有些唏噓。

芳菲忙說：「先生儘管嚐嚐吧，待會兒我再讓下人大包一份請您帶回去。」

湛先生笑了。「妳這孩子也真是的，莫非我看起來就那麼饞嗎？」她為人嚴肅，從來都不苟言笑。但是對著愛徒芳菲，她的態度卻一向極為溫和，甚至有時會不自覺地和芳菲說起笑話來，連她自己都覺得很不可思議——原來自己還是會說笑的呢。

芳菲說：「哪兒的話？只不過請先生給芳菲一個孝敬您的機會罷了。」

湛先生輕輕點頭。「好吧，我知道妳這孩子向來是知禮的。」

兩人說了一陣閒話，湛先生才說出來意。原來她也接到了繆家的喜帖，這回來是邀芳菲到時候和她一起去繆家赴宴的。

又是繆家的安排……

芳菲嘴上不說什麼，心裡卻有些不快了。當然，這絕對不是針對湛先生，而是因為繆家。這繆家態度如此急迫，是怕自己不去吧。

她向來對大儒繆天南十分敬仰，認為像他這樣的文壇泰斗，必然也是高風亮節之輩。而且她對繆一風的印象也非常好，說起來，還得到過繆一風的不少幫助。

可是現在繆家表現出來的姿態，卻有失從容啊。

陸寒只是個完全沒有任何勢力的新科舉子，他們至於這樣向他示好嗎？

湛先生苦笑了一下，很坦白地說：「我和郭氏夫人是總角之交，彼此相知超過四十年了。她一開口，我也不好拒絕的。」

芳菲見湛先生為難，忙說：「先生，芳菲早就想去的，只是苦於自己孑然一身難出門。現在有了先生您來帶著我一塊兒去，是再好不過了，我還要感謝先生呢！」

湛先生知道芳菲對自己的尊敬，明白她這番話也絕非客套做作，而是要給自己一個臺階下，便微微點頭。

她也曾疑惑地問來訪的郭夫人。「紫琴，你們這般看重我的學生……我自然是高興的。可這裡頭到底是個什麼緣故，妳倒是給我交交底啊。」

郭氏也不甚清楚內情，只知道老頭子親自代她，一定要和這個秦芳菲打好關係，把她招待好。

聽得郭夫人這麼說，湛先生也沒法子了。無論如何，老姊妹都開了這個口，她也說不出拒絕幫忙的話，何況她也確實是要來喝這趟喜酒的。

湛先生和芳菲約好了那天出門的時辰，略坐了坐，便帶著芳菲給她備下的點心走了。

芳菲把湛先生送走，臉色一下子陰沉了下來。

她越想越覺得這事情透著古怪。如果是為了向陸寒示好，給自己發請柬也就夠了。不管自己去還是不去，陸寒都會知道繆天南對他的重視，這還有什麼不足呢？

如今卻畫蛇添足的，一定要把自己請到繆家的喜宴上——為此，郭氏夫人還親自去請湛先生……

不對。

她是什麼人？她是個外地來的未婚女子，除了在靳府的家宴上出現過一次，也沒參加過別的什麼宴會。即使有人認識她，也是從那次的宴會上得到的印象而已。可是……繆家的人，不找端妍，也不找惠如，而是找了湛先生。

顯然繆家的人是刻意打聽過自己的底細，知道湛先生對自己的影響力。

芳菲心中有了一種奇怪的想法。這次的邀請，她以為陸寒是主角，她是陪襯，可是現在看來情況似乎剛好相反？

這種被人暗中算計著的感覺實在太不好受了。

而且，一想到那個自己景仰多年的寧川公繆天南可能就是主使人，而她的繆大哥也參與其中——芳菲就說不出心裡到底是個什麼滋味。最起碼，她希望這件事上，繆一風是不知情的……

她現在真的想不通事情的關鍵之處。但是，必須要提防了……

準新郎官繆一風被他父親繆天南叫到書房裡去，詢問他和芳菲幾次來往的過程時，也覺得很詫異。

這個秦七小姐，父親又不是不知道，他可是天天喝著她開的百合粥呢，怎麼如今又想起問她的事？

「就這些？沒有再多了？」繆天南皺著眉頭看看兒子。

繆一風丈二金剛摸不著頭腦。「沒有了啊。」難道還要說自己的好兄弟蕭卓暗戀秦芳菲的事？這個就不必了吧。

誰知道繆天南真的就問：「她和蕭卓到底是什麼關係？」

「啊？」繆一風的下巴都要嚇掉了。

第一百三十章 原因

就在芳菲準備前往繆家參加這場喜宴的前一天，端妍再次派人來接她到靳府去，說是有要事相商。

芳菲不敢輕慢，立刻吩咐塗七和春雨看守好門戶，帶著碧荷上了靳家的馬車。

端妍懷了四個月的身子，身形已經有些笨重。但芳菲來的時候，端妍竟站在她的院子門口等著芳菲，可見她心情的急迫。

芳菲見端妍臉色不對，心裡不由一沈。沒來由的，她把端妍的反應，和前日繆家的邀請聯繫在了一起——總覺得有什麼事在她所不知道的地方發生了。

兩人見面交換了一個默契的眼神，便什麼都沒說，同時往端妍的臥室走去。

端妍屏退下人，讓自己的兩個心腹大丫鬟守著門口，才拉著芳菲在她的臥榻上坐了下來。

「端妍姊姊，到底發生什麼事了？」芳菲很少見到端妍如此失控，忍不住馬上開口追問。

端妍張嘴想說話，心裡卻是千頭萬緒不知道該從何說起。想了一想，才說：「皇上是不是召見過妳？」

芳菲一驚。這事還跟皇帝有關？

她遲疑了一下，不知道該不該如實作答。畢竟那不是正式的召見，而是皇帝到蕭府的時候順便叫她過來見了一面。事關皇帝，便可大可小，到底該不該告訴端妍呢？

端妍是個水晶心肝的人兒，一看芳菲的表情就知道她見過皇帝了。

「唉……」端妍心中暗罵她那個皇帝表哥，還有同樣是她表哥的蕭卓。這兩個人……做起大事來殺伐果斷，怎麼在小事上就這麼糊塗！

芳菲就要給這兩個糊塗蟲害慘了。

她整理了一下思路，把她所知道的事情慢慢說給芳菲聽。

這還是要從芳菲來參加靳府的春宴說起。

自那以後，便有人旁敲側擊的來跟端妍打聽芳菲的來歷。端妍是個謹慎的人，也不會隨便跟人說芳菲的家世，只是含糊的說是陽城閨學的同窗。

誰知慢慢就有傳言出來，說這位秦小姐是張端妍特地從陽城找來的江南美女，和張端妍有點親戚關係。靳家沒有女兒，就準備把這位秦小姐送進宮中，討好皇上。本來這種傳言端妍也不會放在心上，誰知接下來事情卻往奇怪的方向發展了……

皇上在蕭家召見過芳菲的事情，不知怎地流傳出去了。

更離譜的是，就在皇上召見芳菲之後，宮中的內侍們便發現皇上在料理朝政之餘，開始喜歡上了畫美人圖——而且畫的還都是同一個人。

那日隨著朱毓升到蕭家去的某個內侍，曾親眼見過芳菲被蕭卓帶進了書房去面聖，同時也記住了芳菲的容貌，肯定皇上在畫的就是這位美人。

種種巧合拼在一起，眾人便認定這位美人一定是要被送進宮裡去服侍皇上的了……而且，人還沒進宮，就已經讓從不近女色的皇上如此神魂顛倒，等她真的進了宮還得了？說不定立刻就有了封秩，假以時日……

沒有人會認為芳菲沒資格進宮。

自太祖以來，宮中選妃嬪的大原則從來只有一條，那就是「良家子」。意思就是，只要妳不是倡優出身，完全有可能進宮當宮女——事實上，還曾有過皇帝替自己看上的倡女改了良籍，選進宮裡封了妃子的。

別看太祖定下了不許「后妃干政」的制度，那詹太后還不是一樣得勢了幾十年？別看現在皇上對於外戚如此痛恨，可是皇上痛恨的不是外戚本身，而是想拿捏他的詹太后乃至詹家人。

如果這外戚換成了他極其信任的表兄蕭卓，和表妹張端妍……那後來的事情，誰都說不準。有這美貌的秦氏在後宮給皇帝吹枕邊風，那靳家、蕭卓的勢力一定會更加膨脹起來吧……眾人惶恐不安地想。

清正的官員們怕皇帝受到後宮的蠱惑而亂了朝政，陰謀家們則擔心自己的既得利益受到損害。另一些人們，卻開始想著如何去拉攏這位秦小姐——比如繆家和同安學派的某些人，就是在這樣做。

到目前為止，大多數人並不清楚，這位秦小姐就是新科會元陸寒的未婚妻。大家雖然知道陸寒的未婚妻跟著他來了京城，但基本上也只有陽城的同窗知道她姓秦，別人連她姓什麼都不知道——更別提見過她的容貌了。

誰會把這兩位聽起來風馬牛不相及的秦小姐聯繫到一起呢？

知道這情況的，只有繆天南等寥寥幾人。但他們為了某些目的，反而把這當成秘密藏了起來。繆天南甚至認為，陸寒根本就是想獻妻求榮——

當繆一風聽到父親說出這樣的猜測的時候，他沈默了許久，什麼話也沒有說。這幾年來，父親變了很多。如果是以前的他，怎麼會做出這樣的猜測，又怎麼會想到要去討好一個只是「可能」成為宮妃的女子？

讀書人的氣節哪裡去了呢，父親已經致仕了，已經是名震當世的一代大儒，為什麼還要對權勢地位戀戀不捨……

想到父親一直叫自己要努力和蕭卓維持良好的關係，他就覺得一陣陣的疲憊。明明當初是單純的知交，現在卻摻進了如此多的雜質……繆一風覺得好累。

繆一風這邊的事情，張端妍並不清楚，她只是把自己所知道的一些情況告訴了芳菲。

芳菲一面聽，一面發愣，她不敢置信自己居然成了京城權貴圈中的緋聞女主角，男主角還是皇帝老爺？

她甚至有了一種很荒謬的想法——這些群眾們難道都是穿越來的？都受過連續劇的薰陶？不然怎麼能想出這麼狗血的情節呢？

照他們的想法，自己已經作為皇帝的二奶儲備人選在陽城蹲了許多年，這回進京的目標就是進宮向皇帝獻媚……已經當了很久淑女的芳菲心中湧起一股強烈的罵人的衝動，暴躁啊！

端妍看著芳菲嘴角不住抽動，以為她被嚇壞了，忙柔聲安慰她。「妹妹，別著急……」

「沒事……」芳菲無奈地嘆了一口氣。

好吧，她現在知道繆家極力邀請她赴宴的真實原因了。是因為自己是「娘娘候選人」，而不是「會元夫人」，好想打人啊怎麼辦……

「姊姊，這事妳看該怎麼辦？」芳菲想知道端妍有什麼看法。端妍既然都叫她過來了，那應該也是想過這事該如何解決了吧？

端妍說：「我想，妳還是先避避風頭。現在這事鬧得這麼麻煩，和皇上近日正在選妃也有些關係。等皇后和妃嬪人選一定下來，也就到了殿試的時間了。殿試一結束，妳就馬上返鄉吧。」

本來端妍是想提議芳菲立刻返鄉的，不過她也知道芳菲想陪著陸寒考完殿試，也就沒有說出這個建議。

芳菲點點頭，知道自己目前也實在沒有別的法子可想，還是躲為上策。蕭家不能去，靳家往後也不能去了，就乖乖在租來的屋子裡待著吧……

這都叫什麼事啊！就算她曾對少年時的朱毓升有些許感覺，但她可是從來沒想過要入宮的。開玩笑啊，那可是傳說中「見不得人的去處」，一進去不是咬人就是被咬。「上輩子」看多了「金枝慾孽」的芳菲對後宮一點興趣都沒有，絕對不想把自己陷進那個可怕的泥沼裡去。

芳菲離開靳家後的次日，端妍便去了蕭家找蕭卓，告訴了他這些傳言。

蕭卓這段時間幾乎都在宮裡陪著朱毓升處理一些事情——作為錦衣衛，他幹的勾當多數不好在朝廷裡曝光，只能進宮向朱毓升直接稟報。

因此，蕭卓還真的不知道京中竟有了這樣的傳聞。

「就照妳的建議吧。」蕭卓也同意了端妍的看法，他同樣認為這是最穩妥的法子。只要芳菲不再在人前出現，那麼等皇后妃嬪的名單一確定，傳言自然就會慢慢消散。不過，兩人其實都想到了一個很關鍵的問題——

皇上為芳菲畫畫像……

作為被朱毓升委託照顧芳菲的人，沒有人比著表兄妹倆更清楚朱毓升當年對芳菲的重視。可是，現在看來，朱毓升何止是重視芳菲，他……

兩人都有些不敢往下想。

蕭卓開始後悔讓芳菲直接面聖，自己跟朱毓升說陸寒的事不也是一樣嗎？為什麼要讓他們見那一面？

回想起當時朱毓升看到芳菲時，眼中突然像點燃了火苗般的激動神色，蕭卓的心就一直下沈。

「卓表哥……」端妍用非常低、非常低的聲音輕輕說著。「你說皇上會是個什麼心思呢？」

蕭卓沒有說話。如果這件事並不僅僅是一個傳言，而是皇上真的有心召芳菲入宮，他們作為芳菲的朋友該如何自處？

「陸寒已經是會元了。」蕭卓突然說出一句不相干的話。

端妍的心卻因為這句話而輕鬆了不少。

是啊，陸寒已經中了進士，而且是第一名的會元。也就是說，如果殿試沒有意外，他一定能夠考到前面的名次，而後……成為庶吉士，留在翰林院。

如果陸寒只是遙遠的陽城裡，一個籍籍無名的小秀才，那朱毓升要召芳菲入宮沒有什麼壓力。

可是當陸寒成為翰林院中的一員——即使尊貴如皇帝，也無法隨意動他的未婚妻。

除非朱毓升做好了被無數言官雪片般的彈劾奏摺淹沒的準備……

第一百三十一章　選妃

雖然對湛先生十分抱歉，但繆家的喜酒，芳菲確實是不能去喝了。

湛先生是明理的人。在芳菲上門再三道歉，直陳自己有不可明說的苦衷，不能和她一道去參加喜宴後，湛先生也沒有為難芳菲。

她只說：「妳若是遇上什麼難題，就來找我吧。我也沒多大能耐替妳解憂，不過我總是比妳長了些年紀，也許能幫妳想想法子？」

芳菲聽了這話，突然想起幾年前湛先生對自己說過的那句話——

「在我心裡，我一直將妳當成女兒般看待的。」

她看著湛先生溫和的面容，鼻端微微有些發酸。

自己何其幸運，有這麼多關愛與呵護著自己的人？端妍、惠如、蕭卓、湛先生……每個人都是真心的對她好。而她又為他們做過什麼大不了的事情呢？

輕輕靠在湛先生的肩膀上，芳菲煩躁的心情不知不覺中消散了許多。

那些無聊的傳言就由它去吧，不必為這些事情費神了。

因為芳菲不去，湛先生也不好去見郭氏夫人，只好推說自己身子不適，沒去參加宴會。

陸寒倒是去了，回來後對芳菲說起席間見聞。

芳菲靜靜地聽陸寒說了他在酒席上見到的那些知名的文人，還有在位的官員等等，心想同安學派果然是根基深厚，儘管現在大不如前，也還能請得動這麼多人到場。

聽說蕭卓也去了，芳菲倒是覺得在理。以蕭卓和繆一風的交情，他不去才是奇怪。

「蕭大哥一定坐了首席吧。」芳菲用了肯定的語氣。

陸寒點頭說：「是的。」那天他可是看著大大小小的官員們爭著去向蕭卓敬酒，他們中的許多人可比蕭卓官位高呢。

但蕭卓是錦衣衛的頭目，又是新帝的心腹，誰都不敢得罪他。

誰不知道錦衣衛是個什麼組織？即使你官拜內閣大學士，錦衣衛要整你，也不是整不到的……前朝已經有無數血淋淋的例子擺在眾人的眼前。

能夠在錦衣衛掌權的，都是皇帝親信中的親信。這種特務組織，讓不相干的人來管，皇帝怎麼可能睡得著呢。

芳菲心想，繆家要找靠山，找蕭卓不是更好嗎？繆一風和蕭卓是好友，走起門路來也方便啊。不過想到蕭卓的身分，她又有些明白了。

蕭卓這種特務頭子，大家怕他，敬他，但誰也不敢明目張膽的跟他拉關係——你跟皇帝的耳目拉關係，是想知道皇家秘辛嗎？對皇家有什麼圖謀嗎……

想到這裡，芳菲有些替蕭卓感到難過。朱毓升的寵信是一把雙刃劍，既給了蕭卓極高的地位和權勢，卻也把他和群臣孤立起來。

從此以後，蕭卓的人生只能作為皇帝的「孤臣」而度過……他只能在錦衣衛裡升職，不可能出任別的官位，不可能再交朋友，也不可能過上真正清靜的生活。

繆天南對於芳菲沒有來參加喜宴感到不滿，不過是區區一個小女子，給臉還不要臉了？不滿歸不滿，他還真不敢開罪芳菲，誰知道這女子對皇上的影響力有多大？

朱毓升看著御案上那一堆名冊和畫軸，輕輕皺起了眉頭。

寫在名冊上的，全都是候選妃嬪的良家女子。

當然，雖然大明祖訓有「皇后妃嬪俱來自民間」的說法，其實還真是難以實行的——箇中原因就不用多說了，總之最後入選的，還是京畿、河南道、河北道附近的低級官員的女兒們。

後妃人數有定制，所以候選人的數量也一樣是有限制的，不然送來上千份冊子，豈不是讓拿主意的人挑花了眼？

事實上，挑選皇后這回事，絕對不該由朱毓升自己來作主。

就像民間成親，是要父母之命，媒妁之言一樣，當朝皇后應該是由後宮的當家人——太后或太皇太后來定下的。不過，現在宮中的情況卻有些特殊。

先皇的皇后早逝，也沒有再立新后，所以宮中沒有太后。太皇太后詹氏，到現在還被幽禁在紫寧宮中，朱毓升雖然沒有虐待她，但也沒打算讓她來給自己挑妻子。他寧可自己來挑，然後再借太皇太后的名義發出懿旨。

問題是挑什麼人好呢……

朱毓升在很大程度上，算是一個冷酷的人。

心腸軟的人當不了皇帝，這冷酷反而是他能夠在朝堂上立足的優點。在挑選皇后這件事情上，朱毓升一樣顯得很理智。

容貌才情，並不重要。他需要的是一個能夠替他掌管六宮的出色的管理人才，只要這女子能把他的後宮管好，別讓他為這些瑣事煩心就行。

本著這個原則，朱毓升挑選皇后的時候，注重的是這女子是否受到過良好的教育。最好是書香世家的嫡長女，這樣的女兒從小便會受到理家的訓練，將來執掌起家務來不會太差。

而且，她的家世肯定要考慮進去。她的父兄、親戚，不能和朝廷中那幾個利益集團有過多的來往，免得這皇后進了宮，倒成了在背後襲擊他的一把尖刀……

他自然不怕被人拖後腿，大不了廢了這皇后再立一個。不過皇帝大婚花錢太多，能夠一步到位就更好了。

根據這幾個原則，朱毓升著重挑選那幾個翰林學士、編修和國子監博士家出來的女子。

這個不是長女，先放到一邊吧。

這個……倒是個嫡長女，不過朱毓升隱約記得她的父親曾和詹家有過些交往。也先放下好了。

看了一會兒，朱毓升挑出一個人來。國子監主簿秦遇的大女兒，今年十五歲。主簿是從七品的小官，這家世倒是挺合適。

找畫像出來看了看，不知道秦家有沒有給畫師打賞，反正怎麼看都是中人之姿。不難看就是了……

朱毓升勉強看了看，想像這女子成為自己終身伴侶的情形，無論如何都想不出來。

算了，帝皇家本來就毫無溫情可言。皇后也不過是他的一個臣子，和外臣的區別只在於，外臣替他分擔朝廷，而皇后替他管理家務……就是這樣而已。

有什麼值得期待的呢？

朱毓升自己都沒有察覺到，他是在心中不停的說服自己。

要理智，要理智……他在不停的用這句話來告誡自己，不要再想那些不該想的事情。

暫時定下了皇后人選，朱毓升稍微鬆了一口氣。惠周知機地送上茶盅，朱毓升接過來喝了一口，漫不經心地想。「這女子也是姓秦……」

他拿著茶杯的手輕輕一頓，竟莫名嘆了一口氣。

唉，自己果然還是在想著她……

旁邊的惠周見素來威嚴的皇帝竟然嘆了氣，心中大驚，當然面上是半點也不敢表現出來的，還得裝作沒看到。

朱毓升的心情驟然變壞，也不想再看下去了，把茶杯往桌上一丟，雙手背負在身後便大踏步出了御書房。

大小太監們趕緊都小跑著跟了上去，人人都感到了一絲惶恐，莫非剛才有什麼服侍不周的地方讓皇上生氣了？

伴君如伴虎啊！

「朕要去御花園散散。」扔下這句話，朱毓升拔腿就往御花園的方向走。

太監們更加驚悚了，御花園，皇上要逛花園——皇上登基這麼長時間以來，可是一次都沒去過呢。前些日子惠周看他為國事心煩，還斗膽建議他去御花園裡散一散，他也沒理會。現在皇上居然要去逛御花園了，這到底是怎麼回事？

便有管事太監飛快地跑去通知管理御花園的人，讓他們用最快的速度把御花園收拾一遍，靜候皇上的到來。

其實雖然朱毓升登基後沒來過御花園，但是管御花園的太監和宮女們也不敢有片刻疏忽，天天都辛勤侍弄著這兒的花草。

朱毓升走進御花園的時候，看到滿眼的桃紅柳綠，芳草茵茵，心情也稍稍舒暢了一點。

他逛起來也沒什麼目標，只是到處隨意看看。

一群戰戰兢兢的御花園管事太監不遠不近地跟在他身邊，有時朱毓升興致一來問問這幾處花兒草兒是個什麼名堂，他們便趕緊向他說明這是些什麼花木。

一路走到御花園中的荷花池畔，朱毓升看到池中只有碧綠的荷葉，還沒有綻放的荷花，輕輕搖了搖頭。

這一搖頭，就把那幾個管事太監嚇得魂飛魄散，還以為皇上看不到荷花對他們有所不滿。可是荷花本來就不在這個季節開花，這……這不是他們的錯吧……皇上明鑑啊……

「真可惜，看不到荷花。」朱毓升淡淡說了一句。

那幾個太監差點就尿了褲子。為首的那個實在沒法不回話，只得微微顫抖著說：「皇上明鑑，這荷花池夏天時開得最好，此時還不到花季……」

惠周差點想抽那太監一巴掌，會不會說話？難道是讓皇上現在回去，等夏天再來？

朱毓升卻只是「嗯」了一聲。過了一會兒，他又自言自語說：「不要緊。」

周圍的人聽得皇上金口一開，渾身總算鬆弛了下來。媽呀嚇死人了。

朱毓升凝視著荷塘，想起的卻是很久很久以前，他在一座荷池上的水榭和那個美麗的小女孩聊天的情形。

他說秋天的荷塘沒看頭，她卻老氣橫秋地教訓他——

「秋天的荷塘沒看頭？也不盡然……古人云，留得枯荷聽雨聲。夏天有夏天的美景，秋天有秋天的趣味。只要用心去體會，時時處處，都是美景。」

他一定是太累了，產生幻覺了吧……為什麼看著那碧波粼粼的水面，卻像是看到了她那雙秋水般的明眸呢？

第一百三十二章　殿試

陸寒覺得芳菲最近有點奇怪。

他聽說京城西面有個村莊種了滿山的杏林，特意來邀芳菲和他一起去觀賞，芳菲卻勸他還是抓緊時間溫習一下功課，爭取在殿試上考個好名次。

以前芳菲很少叫他溫書的，而且她當時的表情也有些微妙。是自己多心了嗎？也許是她近來身子有些乏了？

不過芳菲說得也有道理，距離殿試也沒幾天了。

陸寒便收拾心情回會館裡看書去了，雖然到這種時候，看和不看的區別都不大。

三月末，陸寒和所有通過了會試的考生們一起，跟隨著帶隊的禮部官員進入皇城，參加由皇帝親自主持的殿試。

這是層層科舉考試的最後一關。許多學子從開蒙識字，到踏上這莊嚴肅穆的金鑾殿，幾乎花去了大半生的時間。

所以此刻，當他們走到宮門前的時候，很多人都忍不住流下了男兒的熱淚——總算快熬出頭了啊！

陸寒倒沒有那麼多的感觸，當然最大的原因是因為他還年輕，剛剛滿了二十歲。而且像他這樣從考童生試起就一帆風順地考到殿試的，幾乎是鳳毛麟角，以前也不是沒有，不過今年這批就他一個——還是第一名的會元。

無論從什麼角度來看，陸寒都必然成為眾人矚目的對象。只是這些矚目的眼神裡，大多數都不怎麼友善就是了……

「這個時候，陸哥哥也該進宮了吧。」

芳菲坐在梳妝檯前，看見天邊已經露出了魚肚白，便問碧荷。「外頭梆子敲過幾下了？」

碧荷說：「已經過了卯時了。」

那肯定進宮了。芳菲知道按照規矩，卯時就要開宮門的，把那些天沒亮就蹲在宮門外的官員們接進去。

要真是當了京官，那就得大半夜起身準備出門上班了。想想都讓人覺得鬱悶啊……即使已經習慣了當下人們的早睡早起，芳菲依然對於這種詭異的上班制度很是不滿。

照她的想法，連覺都不讓睡好，早朝的時候哪有精神工作啊……也不知道定下這規矩的祖宗們生理時鐘是不是異乎尋常。

芳菲胡思亂想一通，無非也是為了沖淡一下自己的緊張。

雖說這殿試考得再爛，也能混個同進士，一樣可以當七品縣太爺……但人往高處走，水往低處流，既然大家都有了考殿試的資格，沒有誰不想考得好一點的。

芳菲知道陸寒有登閣拜相的雄心，而要在十數年乃至數十年後入閣，今天就必須考進二甲三十六名以上。不然，一輩子都沒機會。

希望他今天能夠順順利利的吧……

不信神佛的芳菲，也不由得閉上眼睛雙掌合十，默默為陸寒祈禱起來。

所有的考生都在金鑾殿前的大廣場上集合，站在文武百官的身後仰望著那漢白玉砌成的高臺，靜待著九五至尊的皇帝的出現。

身穿袞服，頭戴冠冕的大明皇帝朱毓升，在沈重而宏亮的三聲鼓響之後，走到了白玉臺前。

那一刻，突然間朝霞漫天，一輪紅日驟然大亮，道道光芒照耀在朱毓升那用了無數金絲繡成的朝服上，他偉岸的身影彷彿一瞬間被籠罩在了金光之中。

首次得睹天顏的考生們，為這位少年天子的天威所震懾，許多人激動得不能自已。

陸寒微垂著頭，和同年們一樣用眼角的餘光看著這位剛剛繼位，還沒站穩腳跟就開始大刀闊斧地清除舊黨的皇帝。

想起那三道會試四書題，陸寒感覺到這位只比他大幾歲的年輕的帝王，在胸中也是有著許多抱負的。

他既然點了自己的卷子為會元，是否……是贊同自己提出的那些建議呢？

朱毓升便向各位考生訓話幾句，隨即親手拆封試題。緊接著，殿試便開始了。

各考生按照書案上的名字就座，接到試題後便埋頭苦思起來。

照往年的規矩，這個時候，皇帝可以先走人。拉來充場面的文武百官也該撤退，留下幾個禮部官員監考就行了。

但正想腳底抹油開溜的官員們驚奇地發現……皇上沒走，還在白玉臺的御座上坐下來了，一副要看著考生們考試的樣子。

不會吧？

大家全傻眼了。

皇上您頭上有黃傘蓋遮擋，有眾多太監服侍，我們這是在曬著太陽好不好？雖然三月的太陽不大，可老在這空地上站著也不好受啊。您為什麼這麼上心啊？

百官們只能把原因歸結於皇帝特別重視他繼位以來的第一次科舉考試。新鮮嘛，是吧？

幾乎沒有人能猜到，朱毓升留下來，只是為了好好的看一個人——陸寒。

對，就是「幾乎」，因為還是有人猜到了，那就是站在武官隊列裡的蕭卓。

蕭卓有些為陸寒擔心起來……他也得到了朱毓升近日多次去御花園遊玩的消息。這是一個很奇特的信號，表明他這位皇帝表弟，有了一些難以排遣的心事……

朱毓升在高臺上，面無表情地看著底下那一片人頭。

要在人堆裡找到陸寒是很容易的。他年輕得過頭很是顯眼，但這還不是朱毓升認出他最主要的原因，而是因為——朱毓升手裡，有陸寒的畫像。

從陸寒出生到現在的所有資料，包括他的家人、師長、朋友……這一切的情報，都被整理成一本厚厚的冊子，在幾天前擺在了朱毓升的案頭。

這件事，他沒有讓蕭卓去替他辦。

這就是芳菲的未婚夫婿，將來要陪她過一生的人。

朱毓升不願承認自己在嫉妒陸寒，嫉妒自己的臣子——可是他真的嫉妒了。

這個陸寒，竟能讓芳菲為他做這麼多事……當朱毓升看到卷宗上寫陸寒遭遇河盜事件，芳菲親自前往江城營救，他心裡不知是個什麼滋味。

更多的是為芳菲的魄力和情意所感動吧……

當時朱毓升便想，如果由芳菲來執掌六宮，她也一定會做得很出色吧……

她有手腕，有智謀，有擔當……

想想芳菲，再看看自己預定的那幾個皇后、妃嬪人選，便有些不喜。

書香世家又如何，懂得琴棋書畫又如何？受過良好教育又如何？她們能夠做到芳菲的一半，不，是三分之一嗎？

在二十四歲的朱毓升看來，那群十四、五歲的少女，不過都是些半大孩子。自己就要靠這樣的一些小姑娘來管理後宮？

還不如就讓芳菲來當皇后……

這個念頭一旦在他心中升起，就無法再抑止下去。

朱毓升現在最後悔的，不是沒有早些讓人把芳菲帶進京裡來，而是自己為什麼要點這個陸寒的卷子當會元。

芳菲有婚約，這個不成問題。悔婚在民間是大事，放到皇家那是連小事都不算。前代還有皇帝征寡婦入宮為妃呢，還有一位先帝將他的乳母立為貴妃，有什麼大不了？

問題就在於這陸寒已經考中了進士，還是個顯眼的第一名。

會試的成績，基本上可以當殿試成績的參考。

他身為皇帝，有權力把陸寒打到三甲去，然後給陸寒安個西北道之類的地方當個小縣令，一輩子陸寒都別想回京城來——如果陸寒不是會元的話。

現在人盡皆知陸寒會試考得這麼好，殿試卻被自己黜落了，後來再查到是因為芳菲的緣故的話，一頂昏君的帽子他是戴定了。

朱毓升不怕自己寫入史書的時候被人稱作「暴君」，可是「昏君」？

這真是個值得商榷的問題啊。

皇帝在高臺上擺出極威嚴的表情，內心想著如何解決情敵，地下的官員們站得腿都軟了……還有三急。但誰也沒膽子「藐視君威」，當眾給自己捶捶腿什麼的……

好容易熬到上半場結束，皇帝終於回宮用午膳了。百官這才邁著痠疼的雙腿回家，留下這群考生繼續考下半場——當然中午這一頓是皇家食堂鴻臚寺買單的，大家都可以吃上傳說中的宮廷御膳，不過到了這種時候眾考生也是食不知味了。

芳菲在家裡，直等到日落西山，才等到陸寒來向她通知說「順利考完」。

「考完了就好。」

芳菲雖然覺得這種殿試也不可能有什麼出錯的機會，不過還是會有些擔心的。現在看陸寒考完了還一臉輕鬆，知道他寫得不差，也就放心了。

這時天也晚了，芳菲只好催著陸寒先回會館休息。次日，陸寒再次過來的時候，芳菲跟他商量說：「等成績一公布，我就先回鄉吧？」

「芳菲妹妹妳自己走？」陸寒有些遲疑。「我不太放心，還是等等我，一道走吧？」他並不清楚芳菲急於離京的理由，偏偏芳菲也不能和他明說。

難道告訴他，現在大家在謠傳我是皇帝的后妃預備隊，所以她要趕緊避避風頭？陸寒再大度也是個男人，這種事還是別跟他說了吧。

芳菲只說：「有什麼不放心呀，我當時不也這麼過來的嗎？鎮遠鏢局的鏢師們很得力的。我身邊又有塗七這樣的男家人，怕什麼呢？」

陸寒勸了兩次，看芳菲去意已決，也只好由得她了。

第一百三十三章　名次

殿試考完，也就沒考生的事了，但考官們卻開始忙碌起來。

照平常的做法，雖然殿試的主考官號稱是皇帝，但真正評卷的還是內閣大學士和各位禮部吏部官員、翰林學士、國子監博士等等等等的人們。

四百名考生啊，全丟給皇上看，皇上看得過來嗎？再說實話，皇上的文化水平估計也沒這些專攻科舉的文人高啊……

但是今年，一切都反常了。

當今皇帝朱毓升，繼在殿試當天認真監考了一上午之後，居然提出要親自閱卷。此話一出，相關官員們的下巴都掉了一地，半天也沒能合攏起來……

皇上這也太上心了吧？

難道對他們這般老臣都失去信心了，只在乎未來的新臣子了嗎……於是大家都有些傷感，有些悲涼，甚至有人流下了渾濁的老淚……

可惜這一切都不能阻止皇上的決心。

「朕就是要親自為國家選拔人才，諸位卿家不讓朕閱卷是何居心？莫非這裡頭有什麼貓膩？」

朱毓升這話一出，所有勸諫的臣子都嚇得匍匐在地，山呼萬歲，痛哭流涕地表明自己絕無私心，只是怕皇上太過勞累。

「不過就是看四百份卷子，累得到哪兒去？何況朕也只是要在你們閱卷後再把把關，排排名次而已。」

排名次才是他的重點……臣子們都不是傻的，全聽出皇上的意思了。

難道皇上已經在心中欽定了前三甲？是不是那個考了會試第一的陸寒呢？

誰也不會想到，朱毓升不是為了把陸寒提上去，而是為了把他打下來……

即使是皇帝，面對情敵的時候和普通男子也沒什麼區別。

最後怎麼排陸寒的名次，朱毓升也是考慮過的。

絕對不能是前三甲，因為按照慣例，狀元、榜眼和探花是直接成為庶吉士進翰林院的。

太低了，也不行，因為前面有個「會元」頭銜打底，這回考得太差，明眼人一看就知道是被故意黜落下來的。

還是放在二甲前幾位吧，到時候給他補一個從六品的官，把他遠遠放出去……

平心而論，朱毓升對於陸寒的才華還是很欣賞的。

朱毓升自嘲地想。「若是古之賢君，就該為了得到賢臣而放棄女色吧。」

他想起楚莊王「絕纓宴」的故事。

據說楚莊王有兩個寵愛的美人，名叫許姬和麥姬。有一回，楚莊王設宴招待群臣，讓二女親手執壺為在場的文武官員們倒酒。

忽然從外頭吹來一陣大風，宴會上的蠟燭幾乎都被吹滅了。有個大膽的臣子，乘機輕輕摸了一把許姬的手。

許姬一時激憤之下，將那人頭冠上的纓帶扯了下來，並且去向楚莊王告狀，要他憑著這纓帶找出無禮之人。

楚莊王反而讓她不要聲張，並大聲地對大家說：「寡人今夜要與諸位同醉，請大家都把帽纓拔掉，不拔掉帽纓不足以盡歡。」於是大家都把帽纓取下，也就看不出許姬扯斷的是誰的纓帶了。

後來，楚莊王討伐鄭國的時候，有一位姓唐的將軍特別賣力，不但為楚國在戰場裡立下了汗馬功勞，還曾在重圍中救出了楚莊王。

戰爭勝利後，楚莊王要將唐將軍封為「大將軍」，唐將軍卻說自己不要賞賜，並且說出了自己就是當年那個被扯下了纓帶的人。

於是，這段君臣佳話，便被當做為君的經典故事流傳了下來……

朱毓升以前從沒覺得這個故事有什麼不對。

為了一介婦人去責難一名朝臣，本來就是很愚蠢的事情。可是，現在他的看法卻不一樣了……

他在想，如果自己是當時的楚莊王，而被輕薄的是芳菲，他一定會把那無禮的臣子滿門抄斬吧。

「呵，朕竟也是那種沈迷女色的昏君啊……」朱毓升嘴邊牽起一個譏諷的笑容。

陸寒不知道自己因為某些緣故上了皇帝的黑名單，他這兩天都很悠閒的在芳菲的院子裡，和芳菲下圍棋解悶。

「啊，陸哥哥你太過分了。」芳菲苦著臉看陸寒把自己的棋子吃掉了一小片，嘟起嘴兒來說：「我不依啊，再輸下去我就不玩了。」

「好好好，那我下一盤輸給妳好了。」陸寒好脾氣地笑著。

「我才不要你讓而故意輸給我，那才是真正的欺負人呢！」芳菲並沒有因為陸寒的讓步而露出笑容，反而哼了一聲扭過臉去不理陸寒了。

這下輪到陸寒臉色發苦了，澀聲說：「呃，那到底是要怎樣？」

芳菲見陸寒一臉為難，憋不住噗哧笑了出來。

「不要怎樣……陸哥哥，和女人講道理，你真笨。」

「我還以為妳真的生氣了呢。」陸寒見芳菲的表情由陰轉晴，才放下心來。

「是呀，我生氣了，不玩了。」芳菲嘴裡說得嚴重，眼中卻盡是笑意。她最近喜歡「欺負」陸寒，見陸寒費心來哄自己發笑，心裡總是甜絲絲的。

「明天就放榜了吧……」芳菲一邊把棋子放回棋盒裡，一邊問陸寒。

「嗯。」陸寒整理了一下思路，說道：「殿試名次發布後，前三甲要遊街慶祝，別人是回家休息的分。

「然後就是和同年們一起去拜謝各部的大人們，再參加瓊林宴……這個妳知道的。」

芳菲點頭表示清楚，不過她也有很多不知道的東西。「接下來還有什麼程序？」

「好像就是去鴻臚寺學習禮儀吧，然後去領取朝服、冠帶、進士寶冊什麼的。接著再謝皇上，謝恩師……還有拜孔廟啦，立進士碑啦……」

芳菲聽得眉頭微皺。「那不是還有好多事情要做？」

「是啊。」陸寒對於這套繁瑣的程序也很無奈。「然後終於到了朝考，考了朝考就能分配了。考得好就是庶吉士，考得不好那就候缺吧。」

「陸哥哥你一定能考好的。」芳菲對陸寒很有信心。

陸寒卻有些不捨地說：「芳菲妹妹，妳不陪我考了朝考再走嗎？」

芳菲雖然也想留下來看結果，但她真怕被牽扯到皇帝選妃那攤子事情裡頭去，便說：「不了。我還是先走吧。你如果考中了庶吉士，就沒什麼可操心的，要是沒過，我已經託了蕭大哥幫你物色實缺，也不會太麻煩。」

她才不要成為八卦緋聞女主角呢，低調，低調，低調才是王道啊！

經過幾天的閱卷，殿試排名終於完成了。最後的十五名，全是由朱毓升來排定名次的，大臣們誰都插不進手去。

次日清晨，卯時一過，宮門便隆隆地朝裡打開了。

文武百官和新科進士們集體進宮面聖，等待內閣首輔大人宣佈最後的結果。

陸寒和所有的同年進士們一樣穿著藍色的進士服。但大家看他的眼神，倒像是他穿了一身奇裝異服似的，所有人都在放足了眼力盯著他——這位狀元候補的熱門人選。

他自己倒是放寬了心。今年他能如期參加會試，簡直是太幸運了，結果如何他都能夠坦然接受。

白髮蒼蒼的內閣首輔大人，手中拿著聖旨，走到金鑾殿前的臺階上開始宣讀起名次來……

此時，芳菲已經在她的小院裡指揮下人收拾起行李來。

昨天她已經讓塗七去鎮遠鏢局京城分部裡談好了，到時聘請四位老練的鏢師一起護送她主僕幾人回鄉。

這已經不是芳菲頭一回出遠門，所以心情一點都不緊張，交代起事情來也是有條不紊。

春雨夫妻倆是能幹的人，新買的這幾個丫頭也很不錯，能替她辦許多事情。她想著，自己臨走的時候把濟世堂全交付給大掌櫃和尚大夫他們，不知道現在生意如何了……一回去就得好好查查帳才是。

忽然聽見街上噼哩啪啦放起鞭炮來，芳菲知道這是宮裡傳出新進士的名次，然後讓三鼎甲遊街了。

「叫塗七去陽城會館打聽打聽，陸少爺得了個什麼名次？」要說芳菲不關心陸寒的最終名次那是騙人的。

「是。」碧荷應了一聲，便去找塗七了。

塗七剛想出門，就聽見有人拍門。

他把門一開，硯兒滿臉喜色的衝了進來，說：「七哥，跟你們說一聲，我們少爺高中了！」

「什麼名次？」

硯兒的話音剛落，便聽見幾個女子的聲音同時響起。他定睛一看，原來他那位未來主母秦小姐和她的丫鬟們，聽見拍門都忍不住走出來問問情況了。

「回秦小姐的話，我聽會館裡的大人們報喜說，我們少爺是二甲傳臚……」硯兒挺了挺小身板，很自豪的說了一句。「傳臚耶，多了不起，一聽就是很厲害的名次！」

碧荷跟他打鬧慣了，聽他這麼說，便抿著嘴兒笑道：「一聽就很厲害，那意思是……其實你不懂傳臚的意思吧？」

「嘿嘿……」硯兒不好意思的笑了。「碧荷姊姊妳知道？」

「當然啦。」碧荷在硯兒面前一向很有成就感，因為這個小弟弟常常問一些很笨的問題。

「二甲傳臚，就是二甲第一名啦，意思就是，只比前三名差一點呀！」

硯兒恍然大悟。「這樣哦……果然很厲害……」

小院裡頓時歡聲一片。

不過，芳菲沒想到，她很快就要笑不出來了……

第一百三十四章　密會

他是幻聽了嗎？

蕭卓站在朱毓升的御書房裡，呆若木雞地看著這位皇帝表弟。

朱毓升見蕭卓呆呆瞪著他，也有些不太自在。他清了清嗓子乾咳兩聲，說道：「呃，就這樣。」

蕭卓只覺得口中發苦，過了一會兒才說：「皇上，這樣……是不是不太好？」

跟皇帝當面說，你這麼做不太好，簡直是嫌命長了。

就算蕭卓是皇帝的親表哥，這種話他也是不敢說的——但他還是說了。

說完之後，蕭卓背上也起了一層白毛汗。

朱毓升倒沒有生氣，而是表情更加尷尬了。不過，他下定決心要做的事情，那是誰也勸不回來的。

「就這樣。你辦妥了，再來回話吧。」朱毓升一揮手，表示事情就這樣定了。

身為皇帝，自然是有特權的，他不必說「為什麼不太好」，不必向人解釋自己做事的原因。

蕭卓看朱毓升一副不想多談的樣子，一顆心完全沈了下去。

朱毓升竟然要他把芳菲請到他府上去，然後……朱毓升自己也要出宮到蕭府來「作客」。

如果說剛才蕭卓還有些疑惑，想著朱毓升是不是想和芳菲敘敘舊，沒什麼別的目的……在看到朱毓升的反應後，也就徹底明白過來。

他隨即聯想到，有三位閱卷官包括了主考在內，聯名推薦陸寒的文章為三甲之一，朱毓升卻一揮筆把陸寒落下了二等。按規定，前三甲直接入翰林院，而其他的進士如果沒考上庶吉士，便有可能外放做官。

這兩件事情聯繫在一起，一個事實簡直呼之欲出——朱毓升對芳菲……應該是有些別樣的心思在裡面吧。

蕭卓暗罵了自己一千遍一萬遍「好蠢好蠢好蠢」！

為什麼會蠢成這樣，為什麼要讓芳菲去見朱毓升？

他一定是被豬油蒙了心，才會幹出這麼混蛋的事情來！

但事已至此，君命不可違，他必須要聽從朱毓升的吩咐去請芳菲過府。

蕭卓不停地想著主意，到底怎樣才能徹底打消朱毓升的念頭呢……

忽然有一個想法冒上蕭卓的心頭——如果皇上對芳菲說，想宣她進宮，她會怎麼做？

如果，連芳菲自己都願意進宮，那自己還想著要阻止皇帝……有什麼意義呢？

蕭卓的肩膀忽然垮了下來，把臉全埋在兩隻手掌裡。

無論芳菲嫁了陸寒，還是進了後宮，她……都是別人的女人。

對他而言，有什麼區別呢？

他的心裡彷彿開了一個大洞，風呼呼地吹個不休。心頭那種苦澀的感覺，始終揮之不去……

芳菲接到蕭卓派家人送來的書信，稍稍有些驚訝。

蕭大哥請自己明天到他家裡去一趟？

是有什麼事情要向自己交代吧。不過，叫陸寒過去說不是更合適嗎？她一個單身女子不是那麼好上門的——上次實在是沒辦法，其實是相當不合禮數的行為。

但芳菲也沒多想，只吩咐春雨去對那蕭家下人回話說，明天她一定準時到蕭府去。

「蕭大哥請妳到他府上去？」陸寒聽芳菲這麼說的時候，也感到一絲驚奇。

可是兩人也不會往歹意上想，無論如何，蕭卓都是一直盡力幫助他們的好朋友，請芳菲過去肯定有他的理由。

「是呀，要不陸哥哥你陪我去吧？」芳菲刻意告訴陸寒這件事，還主動提出讓陸寒陪她去，是她的高明之處。

雖然她問心無愧，自認和蕭卓並無私情，可是獨自去和一個單身男子相會，不管怎麼說總是會讓人覺得不妥。

陸寒再豁達，也是個男人，說不在意是不可能的。還是自己先說了最好，免得惹起什麼心結，那就太麻煩了。

陸寒想了想，說：「我還是不去了。妳回來再跟我說，也是一樣的。」

芳菲也是做個姿態，並不一定非要陸寒跟她一塊兒去。既然陸寒這麼說了，她也不堅持，便「嗯」了一聲，算是認同陸寒的說法。

次日，蕭家派了人過來接芳菲。芳菲和平常一樣帶了碧荷出門，心裡還想著，來了京城，什麼地方都沒逛過，總得買點特產土儀回去送人……聽說有幾家點心鋪子糕點做得很好，待會兒從蕭家回去的時候，順便去買幾盒甜餅給唐老太爺帶回去吧。

馬車到了蕭家，已經有一群僕婦丫頭等在門前，她一下車便被人引進了內堂。和上次過來時的情況不同，這回下人們殷勤多了，茶水點心流水般送上來，還有丫頭拿著冒著熱氣的水盆和巾子在一旁伺候著。

等芳菲用了茶，吃了塊點心，又用熱手巾擦了手，才看見蕭卓從廳堂後轉出來。

芳菲忙起身向蕭卓行禮。蕭卓虛扶了芳菲一把，輕聲說：「秦妹妹，不必多禮了。」

「禮多人不怪嘛。」芳菲笑了笑，忽然覺得今天的蕭卓像是心事重重的樣子，不由得關心地問了一句。「蕭大哥有什麼煩心事嗎？」

蕭卓一怔，隨即微微苦笑。「沒事。」

芳菲卻很認真的看了看蕭卓的氣色，看他眼下發青，嘴角下撇，分明是勞神過度。不過想到蕭卓可能是公務太過繁忙，這些又不好跟自己說的，也就沒追問下去。

兩人說了幾句閒話。芳菲看蕭卓跟她說話心不在焉的，更是覺得奇怪，索性直接問他。「蕭大哥今兒找我過來是有什麼事嗎？」再這麼繞圈子，她可受不了，猜啞謎的感覺很難受的。

蕭卓張了張嘴又合上。終於輕輕嘆息一聲，壓低了聲音說：「是皇上……皇上想召見妳。」

「皇上？」芳菲眨了眨眼睛，腦子拐了一個彎才把皇上這個名詞和她所認識的朱毓升聯繫到了一起。皇上要見她做什麼？

不過，她確實想當面謝謝他呢。

上次見面的時候，朱毓升跟她承諾說：「妳要救的人，會沒事的。」

然後，陸寒就真的被放了出來……儘管芳菲知道這裡頭有許多彎彎道道，也不是為了她那麼簡單，但她還是很感激皇上的。

朱毓升還是在上回的書房裡召見了芳菲，只是和上次不同，這回蕭卓把她帶進來以後，卻向朱毓升告罪一聲退出了書房。

不大的書房裡，只剩下朱毓升和芳菲兩個人，芳菲雖然覺得有些古怪，也沒想太多。換了別個女子，和皇帝這樣共處一室，也許會緊張得腿都軟了。芳菲卻只是露出了一絲疑惑的表情，沒有再說什麼。

朱毓升讓她在下首坐下，她謝了恩以後也就坐了，沒想過這在當時是多麼巨大的榮耀——要知道，外臣中有資格在朱毓升面前側坐的，也不過是寥寥幾人。

而貴族女子裡，除了朱毓升的幾個長輩之外，更是無人夠格被朱毓升賜座。

朱毓升看芳菲輕描淡寫的就坐了下來，臉上不自覺露出一抹溫柔。

她總是這麼淡定……

很多年前，她不知道他的身分，對他呼呼喝喝。但得知他是藩王之子後，態度也沒有多大的改變，依舊是那樣率真坦然，想到什麼就說什麼。

朱毓升入宮十年，除了在蕭卓面前，從沒感覺到像此刻這樣的輕鬆……

聽芳菲向他道謝，說感激他使陸寒獲救，朱毓升的心才略略蒙上了一層陰雲。

是了，陸寒。

要是這個小子不存在，那就更完美了……

「芳菲妹妹，妳還記得以前送給朕的那首詩嗎？」朱毓升就是喜歡這樣稱呼她。

芳菲略想了想，便說：「皇上說的，是那首『任爾東西南北風』？」

「對，對，就是那首詩。」朱毓升眼中流露出感傷的神色。

那時他還只是個小王子，剛剛接到先帝聖旨，要他入宮服侍太后。

他對未來與前途感到極度的惶恐，不知道入宮以後會遇到什麼樣的事情，自己能不能在激烈的宮廷鬥爭中勝出……

然後，他收到了這卷詩畫。

「這首詩朕一直帶在身邊……」朱毓升吁出一口氣，深深地看著芳菲說：「從未有片刻忘記。」

芳菲心中一震。

皇帝是想說些什麼呢？

她不是天真無邪的小女孩，有些事，她不說不等於她不知道。比如蕭卓對她的好感……她一直在心中默默感激，只是無法回報罷了。

可是皇上……他……

「妳還是那麼喜歡桂花嗎？」朱毓升突然問了一句。

芳菲收斂心神，輕輕搖了搖頭說：「桂花雖好，但世上繁花無數，比它更香更美的花多得是。春有桃李，夏有紅蓮，秋菊冬梅，都是絕色……皇上您覺得呢？其實還有很多花更值得您去觀賞的。」

朱毓升臉色大變。

她是何等聰慧的女子，他才露了一點口風，她便說出這麼一番道理來堵著他。是在勸他去欣賞世間齊放的百花，不要單戀她這一枝丹桂嗎？

朱毓升看著芳菲平靜的面容，一字一頓地說：「若朕就是獨愛桂花呢？」

獨愛？芳菲忽然有些想笑。

身為帝皇，怎麼會有獨愛某一個人的資格呢？

毓升哥哥，我以為你已經是個大人了……原來你還是很天真。

芳菲抬起眸子，淡淡看了朱毓升一眼，說了一句話——

第一百三十五章　強求

芳菲抬起眸子，淡淡看了朱毓升一眼，說道：「皇上，所謂淮南為橘，淮北為枳。桂花只在江南、嶺南、兩湖才能長成開花，移植北地，往往枯乾而死。每一種花木都有它適宜生長的地方，這是上蒼的安排，無謂強求。」

芳菲的語速並不快，態度卻很堅決。

朱毓升心頭一窒，隨即生起一陣難言的怒氣。

「上蒼的安排？妳倒是會說話，還拿上天來壓朕了？」他氣極反笑，霍然站起，雙手拂袖背於身後，一股強大的威勢霎時直逼過來。

芳菲不慌不忙，盈盈起身行禮說：「民女怎敢？民女只是就事論事罷了。」

「這麼多年過去了……妳還是如此伶牙俐齒。」朱毓升哼了一聲，怒意更甚。

他沒有想過她竟會拒絕他。

這些日子來，他考慮過宣芳菲入宮後陸寒的反應，士林清流的反應，朝臣後宮諸方勢力的反應……唯獨沒有考慮過芳菲會有這樣的反應。

他以為……

以為她會很震驚，然後很高興，很快活……

他們原來不是相處得很好的嗎？

她難道對他就一點情意都沒有？

朱毓升心中五味雜陳，像是被一團棉花堵在了心口般難受。煩悶、尷尬、苦澀，似乎都是又似乎都不是。

剝去九五之尊的威嚴外衣，朱毓升也不過是個想要得到心上人的尋常男子。

而因為他所處的位置，注定了他比大多數的男子更難找到自己心愛的人，所以一旦擁有過，他才會如此在乎……

她的身影被他裝在最珍貴的寶匣裡，藏在心中整整十年，現在她卻告訴他——她其實是不願意的，叫他不要強求。

這讓他怎麼能接受？

芳菲卻像是知道他的心情一般，繼續柔聲說：「民女哪裡是伶牙俐齒？不過說些尋常道理罷了。皇上富有九州，普天之下，莫非王土；率土之濱，莫非王臣。想要什麼鮮花嫩柳，那還不是隨手拈來？何必為一株最平常不過的野樹費神。」

她字字句句，全說在點子上，竟讓朱毓升發作不得。

皇上您要什麼美人沒有啊，就別看上我這根狗尾巴草了行吧？

姿態放得很低，可惜朱毓升並沒有因此而消氣。

他強忍著怒氣，沈聲說道：「妳這麼做……是因為那個陸寒嗎？」

他已經厭煩了這種隔靴搔癢般兜兜轉轉的談話方式，便直接把他心中最想知道的那個問題拋了出來。

芳菲一驚，手心微微出汗。

雖然朱毓升在向她婉轉表明心思的時候，芳菲也很震驚，但她隱約明白朱毓升應該是不會把她怎麼樣的。

所以她才大著膽子跟朱毓升言語周旋，卻想不到皇帝會問出這一句。

朱毓升不一定會對她如何，但陸寒……她心中一冷。

想起陸寒拚命苦讀，考了一關又一關，終於走到了今天……難道就要因為自己而被黜落了嗎？

她想到「紅顏禍水」四字，不由得心中苦笑，古人發明這四個字果然不是沒有原因的啊。

但這個問題她卻連不回答的資格都沒有，且不說皇帝問話必然要回答——如果自己默不作聲，那豈不是被當成了默認？

芳菲只得斟酌著開口說：「皇上這話是從何說起，民女不懂。」打打太極先……

「不懂？」朱毓升冷冷地笑了。

他突然往前邁了兩大步，芳菲還沒察覺的時候朱毓升已經站在她的身前。她大驚之下想移步後退，卻已經來不及了——

朱毓升伸手將芳菲的下巴捏住，迫使她仰起臉來和他對視。

「看著朕！」朱毓升低吼道：「到底是不是因為他？」

他溫熱的鼻息噴到芳菲的臉上，芳菲從沒和任何男子這樣親密過，一下子慌得六神無主，什麼話都說不出來。

朱毓升看著她近在咫尺的嬌顏，那雙明眸就像幽深的寒潭似乎有一種想要將他吸進去的力量，她因為受驚而微張的朱唇光澤瑩潤，就像在誘惑他一樣……

他輕輕放開了捏著她下巴的右手。

芳菲還沒鬆一口氣，忽然便被他的一雙猿臂用力擁進懷裡，下一刻，他的唇便覆上了她的……

「唔……」芳菲瞪大了眼睛，不敢相信朱毓升竟然真的強來。

他粗暴地掠奪著她的甜美，任她如何掙扎也不願放手，反而吻得更深更深……

她發覺柔弱的自己在他面前完全沒有反抗的餘地。

朱毓升不停吻著她的雙唇，感覺到懷中的嬌軀漸漸軟了下來。他的動作慢慢變柔，從用力的吮吸變成了溫柔的輕舔……直到一種冰涼的觸覺傳到他的臉頰上，他才發現芳菲已經默默的流了一臉的清淚。

「別哭……」他有些慌張地離開了她的唇瓣，笨拙地安慰她。「別哭了，朕不這樣了……朕……朕錯了……」

芳菲的眼淚簌簌地往下滴落，她掙開朱毓升的懷抱，捂著嘴巴無聲地哭泣起來。

朱毓升看著她不住抽動著肩膀的背影，忍不住上前想將她再摟進懷中，卻被芳菲一把推開了。

「皇帝了不起啊，皇帝就可以亂來啊……」

芳菲徹底發飆了，他是皇帝嗎？他分明是土匪啊！

她氣極了也不管了，讓他下令把她亂棍打死好了，說不定還能再穿越回去，再回到她可愛的家鄉呢！

她越說越生氣，早知道救他會有這麼多麻煩，還不如當年就任由他在山洞裡血流成河算了，教妳雞婆，教妳好心！

很奇怪的，看著芳菲氣急敗壞又哭又罵的樣子，朱毓升的心情反而好了起來。

嗯，這才是真實的她嘛。

天知道他多懷念以前她吼他的樣子啊。

芳菲哭了一陣，自己掏出帕子來擦乾了眼淚，咬了咬下唇看著朱毓升。「陛下，『民女』對陛下『無禮』，請陛下允許民女退下吧！」

她在「民女」和「無禮」兩個詞上加了重音，分明還是怨氣未消。

她以為朱毓升還要為難她，誰知朱毓升的態度卻有了極大的轉變，竟說：「好，那妳就先回去吧。」

耶？

他怎麼變得這麼乾脆了？

芳菲的思維被他整得亂成一團，完全無法進行有效的思考。

他要是這麼好心放她走，那剛才又是逼問又是……又是強吻的，那一堆是在幹麼啊？

芳菲簡直想咆哮說：「皇上您是不是精神分裂啊，您是體內的多重人格輪換中嗎？我很難適應啊，拜託……」

但她現在實在不想再和朱毓升糾纏下去，再多待一刻她都受不了了。她草草俯身向朱毓升行了個禮便想走，誰知朱毓升又突然冒出一句。「芳菲妹妹，妳馬上就要離京了嗎？」

「回皇上的話，我確實要離京了。」

而且可以的話，我這輩子都不想再踏足京城。這叫什麼事啊？好吧皇上您英俊瀟灑風度翩翩，對我似乎也很有感情，可是您是皇上啊，您那後宮佳麗三千人我應付不來啊……還是撤了吧。

朱毓升點了點頭，說了一句。「朕知道了。」

芳菲推開書房的門走了出去，外頭的一群內侍都對她的出入視若無睹，就當她是空氣一樣，雖然大家都隱約聽到了剛才書房裡的動靜。

但是在皇上身邊服侍，最要不得的就是太好奇啊，好奇會死人啊！

只有站在不遠處的蕭卓關切的看著芳菲，見她鬢髮凌亂，臉泛紅雲，眼角水光盈盈，嘴唇還稍稍腫了起來……蕭卓的心驟然揪緊了。

皇上不會對芳菲做了什麼吧……

「秦妹妹……」蕭卓看芳菲走近，輕聲招呼了她一聲，卻換來她一個幽怨的眼神。

蕭大哥肯定知道皇上為什麼要召見自己，他卻幫皇上把自己叫了過來……但芳菲知道這種埋怨是沒有意義的，一個臣子怎麼能拒絕皇上的旨意呢？

「蕭大哥，我要回去了，麻煩你安排一下車馬好嗎？」

他聽到她的聲音有些嘶啞，明白她肯定是哭過了。

可是他能怎麼樣呢……

把芳菲送走之後，蕭卓又被朱毓升召進了書房裡。

蕭卓試圖在朱毓升臉上看出什麼端倪，但此刻的朱毓升又恢復了那副高深莫測的帝皇姿態，剛才的激動、興奮、糾結……一點都沒再表露出來。

他只對蕭卓說：「她要走了。」

蕭卓不敢應話，他知道朱毓升此刻需要的只是一雙耳朵。

果然朱毓升自顧自說了下去。「朕是九州之主，天下至尊，難道還得不到一個女子的心嗎？不會的……」

他眼中閃動著異樣的光芒。

「芳菲……妳逃不掉的……」

芳菲心亂如麻地回到家中，偏偏還不敢在面上露出任何異狀。

這是不能和任何人討論的事情，只能獨自默默承受。

她剛才實在太過慌亂，這時才想到，不知道朱毓升會怎麼對付陸寒。

可是……她又有什麼辦法呢？只能聽天由命了。

現在她唯一能做的，就是盡快離開京城。

第一百三十六章 作夢

陸寒看芳菲臉色實在不好，便勸她說：「芳菲妹妹，既然妳身子不適，這種時候長途跋涉，豈不是太過傷身？還是把身子將養好了再走吧。」

「沒事的，陸哥哥。」芳菲對陸寒露出一個勉強的微笑，努力打起精神說：「你忘了，我自己就是懂醫的嗎？怎麼會拿自己身體開玩笑。我這是……這段時間在京城太勞神了，心情起起伏伏的，弄得人也有些頭昏腦脹，離了京城就好了。」

陸寒以為芳菲說的「勞神」是為了自己會試、殿試的事情操心，想了想也對。芳菲就是太愛操心，不然也不會跟在他後頭到京城來陪他考試。自己這還要有一連串的朝考、候補、分配之類的事情，芳菲在京城待著肯定會為自己到處奔波的，還是讓她回去養著吧。

於是陸寒也不攔著芳菲了。

芳菲用最快的時間安排人租了馬車，不到兩天就收拾好了行李包裹，在鎮遠鏢局四個資深鏢師的護送下踏上了歸途。

陸寒把她送到京城外的五里亭前。芳菲對著陸寒欲言又止，想叮囑幾句，又不知從何說起。最後她只說了句。「陸哥哥，你自己多保重。朝考和分配固然重要，但……你平平安安回來才是最重要的，我在陽城等著你……」

陸寒並不知道芳菲是在擔心朱毓升會對他不利，不過芳菲那句「在陽城等你」，卻是說在他心坎上。

「嗯，等著我，我會盡快拿假趕回去的。」陸寒伸出手拉住了芳菲的柔荑。

芳菲臉上一熱，趕緊轉頭去看下人們在不在周圍。

硯兒早就被碧荷拖走了，五里亭裡頭就剩下陸寒和芳菲兩個人。

陸寒輕笑著說：「妹妹，再讓我拉一會兒好嗎？」

「嗯……」芳菲垂下頭來，連耳珠都紅透了。

碧荷跟硯兒兩個遠遠站在亭子外頭等著主子叫人。硯兒好奇地往五里亭裡頭張望著。「少爺和秦小姐說些什麼啊，秦小姐的頭都要埋到胸口了……」

啪！

碧荷毫不留情地拍了一下硯兒的腦袋，訓斥道：「非禮勿視，非禮勿聽，陸少爺沒教過你嗎？」

「沒……」硯兒閃動著星星眼崇拜地看著碧荷。「碧荷姊，妳懂得真多……」

「嗯哼！」碧荷驕傲地揚了揚小鼻子，又伸手戳了戳硯兒的小腦袋。「你也該機靈點啦，往後陸少爺做了官，你還這個糊塗樣兒，小心連書僮這份如此有前途的工作也保不住。」

「啊？」硯兒哭喪著臉看看碧荷，又看了看遠處的陸寒，不由得縮了縮肩膀。

唉，當書僮，也不是件容易的事情啊！

陸寒怕耽擱芳菲的路途，也不敢和她說得太久。看到日上三竿，便催著車伕趕路了。

芳菲這一路上要經過千里長途，又要坐馬車又要坐船，確實也是滿辛苦的。

路。

他們一行人租了兩輛馬車，那幾個鏢師騎馬在一邊守護著，大半天下來也只走了五、六十里路。

天色黑下來之前，他們找到一家比較乾淨的客棧，要了一間上房三間中房。

「姑娘，村店簡陋，您就先湊合著吧。」

春雨帶著碧荷幾個先替芳菲收拾屋子。除了到處打掃灑水之外，還把屋裡原有的床單被褥換成他們自己帶來的鋪蓋。

芳菲看著她們忙來忙去，便說：「妳們也太辛苦了。跟著我趕了一天的路，這會兒還折騰這些做什麼呢，反正就住一個晚上而已，不必如此麻煩了。」

春雨正色道：「姑娘，這是奴婢們的本分，怎麼能說麻煩呢？姑娘身嬌肉貴，住這些村店就已經很委屈了，我們要是不把姑娘伺候好了，那不是該死嘛！」

芳菲知道春雨是個一根筋的忠僕，打小跟在她身邊伺候，一心只為了她著想的。要是不讓她幹這些，她還會以為自己嫌她服侍得不夠好呢……唉，隨她去吧。

何況芳菲知道春雨這番話也是說給那幾個小的聽的。春雨自成了親，就沒能在芳菲身邊伺候了，老擔心那幾個小的不夠用心怠慢了芳菲，所以三不五時要找機會敲打敲打幾人。

「好啦，我知道妳有心。」芳菲對春雨笑了笑。「大家都乏了，趕緊要飯要菜吃了好休息吧。讓店小二給我燒點洗澡水。」

幾個丫鬟分頭領命去了，過了一會兒便給芳菲送了飯來。

芳菲也是真的很累了。吃完飯沒多久，她就覺得上下眼皮一直打架，不停地打著呵欠。

她強撐著在碧荷碧青的服侍下洗了個澡，換上身乾淨衣裳，剛在床上躺下，腦袋一沾上枕頭就沈沈的睡了過去。

這一覺睡得好沈。

迷迷糊糊間，她好像作了好些個夢。

她坐在一間寬敞的大教室裡，手裡拿著一本厚厚的課本，對著臺下的學生們大聲講課。學生們都很喜歡聽她的課，她偶爾提一、兩個問題，大家就踴躍舉手發言，回答什麼的都有。

「不要吵！」

她冷喝一聲，學生們的喧譁隨之停止。

緊接著夢境一轉，她又回到了秦家的小院。

「姑娘，妳快把這藥喝了吧？」

她抬起眼來，看見的卻是很多年前便已經死在土匪手裡的春喜。

春喜的眼睛裡寫滿了擔心。她不由得接過那碗藥來一口喝了下去，隨口安慰春喜說：「妳看我喝藥了，我很快就會好起來的。別擔心了……」

春喜笑了。

突然間春喜變成一縷青煙消失在她眼前，而朝她撲來的變成了一群可怕的匪徒。

刀光，劍影，血肉橫飛，男男女女尖叫哭泣的聲音……

是了，這是她十歲那年在青石山上遇到的，那場可怕的劫殺。

她滾下了山谷，在荒野裡踟躕行走，找到一個山洞躲了起來……

山洞居然有人！

她被那同樣傷痕累累的少年捂住了嘴巴，質問道：「你是誰？你到底是誰？」

她轉過頭，便看見了少年在薄紗般的月光下，顯得有些清冷的臉龐。

那是十四歲的朱毓升。

「嗯……」芳菲覺得頭好痛。

這一個夢接著一個夢的，自己到底睡了多久……

她還沒睜開眼睛，鼻端先嗅到了一股甜香。

這香味並不濃郁得讓人難受，但很純正，一嗅就是上品的好香。

她記得自己住的客棧只是一間普通的村野小店，怎麼會在屋子裡薰香？

如果說是自己的丫鬟們薰的……可是這種香料她沒買過啊，平時她用的都是荷花、菊花那種清雅的香氣，這種味道太甜了些……是木樨香？

芳菲伸手揉了揉太陽穴，輕輕睜開了眼睛。

首先映入眼簾的是一頂輕紗軟紅帳子的帳頂。

芳菲大驚，一下子坐起身來。

這時她才發現，自己所在的屋子根本就不是她入睡前所住的那間客棧的上房。

紫檀金雕大床，輕羅水綢薄被，滿屋子的格局、家具、擺設……都奢華得過分，這裡絕對不可能是一間客棧。

「主子您醒了？」

幾個妙齡少女鶯聲嚦嚦地圍了過來。

芳菲聽見她們喊自己「主子」，可是她們身上穿著的衣裳又不像是一般人家的丫鬟。哪有丫鬟穿得這麼繁瑣的？看那千褶曳地裙，看那頭上的珠翠，再看看她們臉上的胭脂水粉……比尋常的千金小姐還要好些。

芳菲腦中閃過的第一個念頭是——難道我又睡穿了……

這也不是不可能啊，作為一個有穿越前科的老手，她有這樣的第一反應絕對是很正常的。

好吧，根據《穿越守則》第一條。「穿過去以後先別急著說話，從周圍人的言語中搜集關於這具身體的信息。」（編者／秦芳菲）芳菲現在是一句話也不說。

可是……芳菲看看自己的雙手，感覺這身體好像還是原來那一副啊。

「給我面鏡子好不好？」芳菲對少女們說出了第一句話。

那幾個少女態度十分恭順，立刻就有人送上一面鏡子來。芳菲一看那鏡子不是普通的銅鏡，而是鍍了水銀的玻璃鏡子，不覺有些奇怪。按理說在這種年代，水銀鏡很珍貴的啊……難道自己穿的這具身體身分也很高？

她拿過鏡子來照了一照，一下子愣住了。

她還是秦芳菲，沒有變。

一股寒意從心底逐漸升起。如果她沒有穿，那就是被人帶到這裡來的……

「唉……」

好吧……她已經大致明白過來這是哪裡，而這些美麗的少女們是什麼身分了。

「主子，請讓奴婢們服侍小姐梳洗好嗎？」

少女們小心翼翼地圍著她。

芳菲心裡大壞，哪有梳洗的想法。她把手上那面鏡子隨手往床上一扔，站起來就要往屋子外面走。

「主子，您不能出去啊！」

「快，快攔著她！」

幾個少女急急追了上來。

其實也不用她們追，芳菲到了房門口就被兩個男子攔了下來。「主子，您請回屋吧。」

芳菲從他們的服飾和相貌上就能看出，這兩個男人……是太監。

她忽然有種仰天大叫的衝動——

朱毓升你這個昏君！

第一百三十七章 自我

靈犀宮。

這座宮室向來並非妃嬪的居所，而是公主們未出嫁前所居住的地方。

不過先皇留下的公主們不是半途夭折，便是已經成人出嫁，而新帝朱毓升也還沒有女兒。所以這座冷清已久的宮殿，便成了無主之地——在這位美麗得像是不食人間煙火的秦姑娘進駐前。

宮女們都覺得這位秦姑娘來歷很奇怪。

她是在昏睡中被人送進來的。上頭給的命令，就是要這些小宮女們好好服侍她，如果她醒來後生氣、發怒，都只能聽著，就是她把靈犀宮裡的珍寶古玩全砸了也不能衝撞她。

所以小宮女們一開始都挺不安的，這姑娘醒過來以後……不知道會鬧出點什麼事啊。

可是她已經進來三天了。

這三天裡，第一天剛開始她想要衝出房門被人攔下來以後，就沒再有什麼特殊的舉動。

送過來的飯菜，她默默地全吃下去，基本上不怎麼挑食。

請她沐浴、歇息，她也點頭照做，從來都不反對。

問她梳什麼髮型、穿什麼衣裳，她也很和氣的回答，既不會給她們臉色看，更沒有挑挑揀揀……

總之小宮女們一致公認——秦姑娘是位很好伺候的主子。

當然她們是不敢明著討論秦姑娘的。在這深宮裡，最應該學會的就是少說、少看、少摻和，因為不知道什麼時候就會惹禍上身。

在宮中惹上禍事，往往要付出生命的代價。

但是她們還是暗中交流了一下，認為上頭的女官們太大驚小怪了。秦姑娘人這麼好，怎麼會到處砸東西呢？

看著秦姑娘坐在窗前，手裡捧著一杯香茶慢慢喝著，遠遠看著就像是一幅嫻靜悠然的仕女圖……小宮女們這麼想著。

事實上，這位秦姑娘之所以沒有發飆，是因為她深深明白發飆是沒有用的。

在最初的衝動過後，芳菲開始冷靜的思索——自己該何去何從這個問題。

她還真的沒想到，朱毓升會一聲招呼都不打就把自己給擄了來。

不知道那些跟著自己的下人們怎麼樣了？不會被朱毓升吩咐人下手滅口了吧？

朱毓升這次的行為讓她太失望了。如果他真的把她的下人們都處置了，那她永遠都不會原諒他，無論他有著什麼樣的理由。

愛一個人很了不起嗎？

用「愛」當藉口，就能夠為所欲為嗎……何況這一定就是「愛」？

芳菲更願意把這理解成是朱毓升的獨占慾。

他看上的東西，一定要到手。若是軟的不行，就來硬的——誰讓人家是皇帝呢？

在這個皇權至上的國度，皇帝不一定能奈何得了權臣，但要把一個小女子掌握在手裡還是很簡單的。
作為被掌握的那個人，芳菲覺得壓力很大。
她不是飛簷走壁的女俠，在這座寬廣得可以讓人走斷腿的宮殿裡，想要靠自己逃出去簡直是癡人說夢。想要出去的唯一方法，就是說服朱毓升。
問題是，這朱毓升太精了，他派人把她擄進來以後就沒出現過。
連這個機會都不給她，算他狠！
芳菲暗自揣摩著朱毓升的心理。
他當自己是在馴獸嗎？獵戶們馴獸的時候，先把抓來的野獸關起來不理牠，讓牠自己在籠子裡團團轉，慢慢磨掉牠的野性子。
芳菲心中不住冷笑——朱毓升你想把我當成一隻寵物來養吧？
其實，朱毓升對於芳菲的反應也感到十分奇怪。
她居然沒有做出任何反抗……真不像她的為人啊！
朱毓升邊批閱奏摺邊想著芳菲的時候，不覺有些走神。
惠周見狀，知道主子又是在為靈犀宮裡的那位分心了。
芳菲進宮的消息雖然被下了禁口令，但是像惠周這種等級的大太監不可能不知道。如果連宮裡發生的大小事情都不能及時掌握，他還當什麼大太監啊？
何況朱毓升也沒瞞著他，有一次還讓惠周親自去御膳房。吩咐下人弄些滋補的湯水送到靈犀宮去。

惠周長了個心眼，對於這位可能成為他未來主子之一的秦姑娘，他是十分好奇的。所以他索性就打著監督御膳房小太監們的幌子，帶著小太監們給芳菲送補湯去了。雖然只是遠遠的看了芳菲一眼，但自認記憶力超群的惠周敢斷言，這位秦姑娘就是皇上整日為她畫像的那一位。

這可不得了啊，在這後宮中，最了不得的是什麼？是「聖眷」。有了皇上的寵愛，就算不能神擋殺神，佛擋殺佛，但也會讓別人忌憚幾分，不敢來跟你正面交鋒。

皇上對這秦姑娘如此上心，自己可得好好巴結巴結她才是。因此當朱毓升扔下手中的朱筆，吩咐他擺駕靈犀宮的時候，惠周是有多快跑多快，馬上就給朱毓升準備好了御輦。

芳菲剛喝完一杯清茶，看了看窗外的天色，忽然聽到外頭一陣喧譁。

「皇上駕到——」

小太監們尖利的聲音一聲接一聲的傳來。

芳菲心中一凜，站起身來。

這傢伙總算出現了！

「主子，請快到門前迎接聖駕。」小宮女們有些慌亂地過來請她出去。

芳菲也不多話，和眾人一起走到門口，便看見朱毓升已經來到跟前。

「奴婢恭迎聖駕！」小太監小宮女等齊齊下拜向朱毓升行禮，芳菲卻只是微微俯身，更是一聲都沒有出。

小宮女們都嚇壞了，這位秦姑娘怎麼這麼不懂規矩啊？對著皇上也如此拿大，那是要命的。

惠周卻看出朱毓升對芳菲的冷淡並沒有一絲惱怒，嘴角反而還有著淡淡的笑意。

眾人進了屋子，朱毓升一看惠周，惠周便明白過來。他立刻替主子清場，不到片刻，偌大的屋子裡就只剩下朱毓升和芳菲兩個。

「芳菲妹妹……妳沒有什麼話想對朕說嗎？」朱毓升放柔了聲音輕輕地說。他是打定主意先用懷柔策略讓芳菲回心轉意的，於是便刻意放低了姿態。

芳菲卻沒有立刻出聲，而是靜靜站在朱毓升面前看著他。

說什麼？難道要說那句古往今來第一大狗血臺詞——「就算你得到了我的人，也得不到我的心？」

「唉……」芳菲幽幽嘆息一聲，便又沈默下來。

朱毓升見屋裡氣氛太僵，想了想又說：「妹妹是在生朕的氣嗎？」

芳菲抬起美目，看了朱毓升一眼，說道：「我不生氣。」

朱毓升一喜，卻聽芳菲接著往下說：「生氣有什麼用？我說我很生氣，很憤怒，恨不得一把火把你這宮殿燒個乾乾淨淨……你就會把我放出去嗎？」

「……不會。」這一次，朱毓升回答得很誠懇。「朕已經決定，要將妳立為皇后，所以朕是絕不可能把妳放出去的。」

芳菲杏眼圓瞪，嚇得一時說不出話來。這人真的瘋了，皇后？

現在是在演八點檔狗血劇嗎？隨便外頭撿來一個姑娘就能當皇后的？

芳菲很想抓著朱毓升的肩膀把他搖啊搖啊搖到清醒為止，或者是問他——「你到底是不是萬惡的封建社會的皇帝啊？還是你也是穿的？思想不要這麼前衛好不好？」

「怎麼，妳不高興嗎？」朱毓升看到芳菲一副見了鬼的表情，心裡的失落不是一星半點。他以為芳菲無論再怎麼生氣、難過，只要聽到他說要把她立為皇后，心情應該會和之前不一樣才是。

在朱毓升看來，芳菲是個很驕傲的女子，以她的自尊心，絕不願屈居人下。

她之所以要遵守婚約跟那陸寒成親，也是因為一旦成親，她就是他明媒正娶的妻子的緣故吧？

而同樣的待遇，他也可以給她啊。他是真心想將她立為皇后，讓她成為六宮之主的。

芳菲突然開口了——

「皇上，您是不是覺得，我是一個特別不識抬舉的女子？」

還沒等朱毓升回答，她便說：「成為皇帝的女人，甚至是皇后，應該是天下許多女子的夢想吧。可惜，我從來沒想過要得到這些所謂的榮華富貴……」

「妳以前沒想過，但可以從現在開始接受朕啊。」朱毓升忍不住打斷了芳菲的話。

芳菲搖搖頭。「不可能。」

她不顧規矩地直視著朱毓升，輕聲說：「如果時光停留在十年前，皇上您送我那枝桂花的那一刻……如果您沒有進宮，或者沒有登基成為皇帝，也許……」

她再次輕嘆一聲，說道：「可是錯過就是錯過了。錯過了，就不能再回頭……皇上您明不明白？」

「朕不明白！」朱毓升脹紅了臉，怒道：「妳是說，朕還不如那個小小的進士陸寒嗎？」

「不……」芳菲微微低下頭來，想了一會兒，才坦然說：「就是因為您的地位太高，我才不能夠答應您的要求……您以為我是因為陸寒才拒絕您的嗎？」

朱毓升有些愕然。「如果不是他，那是為什麼？」

「我是為了我自己。」芳菲轉過身去，走到窗前看著院子裡怒放的春花，對朱毓升說：「我從來，都是為了自己而活。」

第一百三十八章　火災

「我從來，都是為了自己而活。」

芳菲這話輕輕鑽進朱毓升的耳朵。他看著芳菲站在窗前的側臉，一瞬間彷彿回到了十年前。

那天，芳菲拒絕了他送她的屋契。

他當時怒道：「難道妳覺得收了屋契，我就會看輕了妳？」

芳菲卻說：「毓升哥哥，你放心，那些人總不能把我吃下去。我應付得來。」

那時她才多大呢？便有了這樣強大的自信，讓比她大了許多的他，都自愧不如。

他知道她一直是個自尊自強的女子。正因為她是如此的傲氣和自信，他才會在這漫長的十年裡，一直不能忘記她的存在。

他們前兩次見面的時候，芳菲心緒凌亂，這種感覺還並不強烈。

但今日一見，那種無畏的勇氣似乎又回到了她的身上。

在外表上，她始終是那樣柔弱纖細……可朱毓升明白，她嬌小的身軀裡蘊藏著強悍的精神力量，那是無論遇到多少挫折都不會改變的強韌心志。

在長久的沈默過後，芳菲再度開口了——

「在這個世上，一個女子似乎是不該為自己而活的。所謂未嫁從父，出嫁從夫，夫死從子。一個女子，必須要依附在男子身上，才能被世人承認她的存在吧？

「所以，大家都以出身高貴為榮，以夫家顯赫為榮，以兒子出息為榮……

「我一直很努力地說服自己——妳也是個女子，妳必須過這樣的生活。我似乎是成功了……我已經很用心地去當一個普通的女子，事事不敢強出頭，有好多想做的事情都不去做……」

這是芳菲到這世上來以後，第一次對人說起她的心情。

沒有人能明白她要改變自己現代女性「獨立自主」的生活觀念，變成一個言行舉止都要合乎禮教的古代閨秀，需要付出多少心力，而心中又是多麼的壓抑。

即使是陸寒，即使是她所有的閨密，都不可能明白她的心情。所以她從來不說。

但今天她還是說了……

十年前，在那個寒冷的山洞裡，朱毓升自顧自地說著心事，而她充當了一個沈默的聽眾。今天，她來說，他來聽。

「皇上，有些事情是說不明白的。不過，您只要知道一點就夠了。

「我現在，很多事都可以忍，很多事都可以不在乎，但唯獨有一點是我的死穴，絕對不能接受的，那就是——和別人分享我的丈夫。」

她說完這句話，轉過身來，輕移蓮步走到朱毓升面前，柔聲說：「如果要我和別人分享丈夫，我寧願去死。」

朱毓升看到她眼中的堅決，一時竟想脫口而出。「朕……」

「不要說了，皇上。」芳菲極度無禮地打斷了朱毓升的話，可她也顧不了那麼多。「您不要說您可以做到一生只守著一個女子，那是不可能的。或許您會說，別的女人都只是擺設，並不重要……

「可是，即使是擺設，也不行。」芳菲語氣雖輕，態度卻是無比的堅決。「我要的，是一個百分之百的愛人，無論身心都不能和別人分享。這個……是我最後的底線。」

她明白身為古代女子，有許多必須忍受的東西。必須深居簡出，必須恪守婦道，必須謹小慎微……這些她都能做到，可是她卻不能夠忍受和人共有一個丈夫。

她之所以願意和陸寒在一起，也不過就是圖他對她一心一意，以後能當一對簡簡單單的小夫妻。

陸寒是她看著長大的，他的品性，還有對她的心意，她都看在眼裡。而十年時間培養起來的感情，也不是那麼容易說放就放的……

她不一定深愛著陸寒，但是她喜歡他，想和他共度餘生，這就夠了。

河盜事件，讓她認清陸寒在她心中的地位。

在這個世上，陸寒是她最重要、最重要的人，這一點誰也無法改變——包括朱毓升……

不過這些話，她不能說出來。不然激怒了朱毓升，陸寒真是生死難料。

朱毓升臉色變了又變，想說些什麼，終究還是沒有說出來。

他終於知道自己敗在了哪裡。

「無論怎樣，朕是不會放妳走的。」

朱毓升惱怒起來，他不能說服芳菲，可是他也不願放手。

「妳先好好在這兒休息一段日子，朕過些天再來看妳，朕就不信改變不了妳的心意。」

看著朱毓升氣沖沖的走人，芳菲心裡卻是鬆了一口氣。

不管怎麼說，經過今天的談話……陸寒應該安全了。

她無法保護他，反而給他帶來了麻煩。

陸哥哥，我很抱歉……

這夜，懷著對陸寒的歉意，芳菲迷迷糊糊地睡著了。

接下來的日子平靜得像一潭古井一樣。早起梳妝、用飯、靜坐、喝茶、休息……日日如此，沒有一絲改變。

不過自那日朱毓升來看過她，又憤怒地甩門而去以後，宮女太監們服侍她的時候是更加用心了，和她說話也是小心翼翼的，生怕惹起她的不快。

這位秦姑娘是皇上看重的人，這誰都不懷疑。更厲害的是，她居然敢頂撞皇上，而且頂撞了之後不但不被責罰，皇上還讓人送了許多東西來靈犀宮。

新裁的宮裝一堆一堆地送過來，貴重的首飾也是一匣一匣地往梳妝檯上堆。江南來的新鮮脂粉，內庫拿出來的珍稀古董，還有外地剛剛上貢的瓜果——連王公們都分配不到的，這靈犀宮裡卻多得可以賞賜下人。

什麼叫恩寵無邊？宮女太監們算是見識到了。

以前大家都在猜想皇上不近女色是不是有龍陽之癖，畢竟他寧可和蕭大人去打獵也不願聽宮女們在春宴上唱曲，很奇怪啊……

現在才知道，皇上就是皇上，眼界就是高。等閒的庸脂俗粉，皇上是看不上的，要像秦姑娘這樣仙女般美麗的女子，才能入得了皇上的眼呢。

但秦姑娘對於這一切榮寵，態度卻很平淡，讓宮女們大為折服。她們私下裡悄悄說，以前也服侍過先皇的妃嬪們，那些妃子得了些許賞賜便高興得不停說了又說，還到處炫耀。

秦姑娘可不這樣。那些漂亮的衣裳和首飾呢，她也穿戴，不過也不見得有多歡喜雀躍。脂粉她是不搽的，說實話，秦姑娘不搽脂粉比搽了還好看。

至於那些從千里之外辛辛苦苦運來的甜瓜啊什麼的，秦姑娘吃了一、兩片也不吃了，全賞了宮女太監們。

總而言之，這位秦姑娘就是對什麼都是淡淡的樣子。也不喜，也不怒，也沒有任何特殊的要求……每天就是靜靜坐著練字、作畫，或者自己拿著圍棋棋譜擺一局，一天的時間就這麼過去了。

她的表現每天都有專人登記了，來向朱毓升報告。

朱毓升見芳菲平靜得過分，擔心她把事情都憋在心裡憋出病來，加上他也實在是想見她，便也時不時跑到靈犀宮去見她。

芳菲見了朱毓升，也從不提要出宮的事。只是默默地做著自己的事情，寫寫畫畫就是不理他。

她明白自己不能著急。如果急著出宮，朱毓升一定會認為自己是急於擺脫他，然後去找陸寒。

所以她是做好了打持久戰的準備的。而且……即使能出去，她也不一定會嫁給陸寒了……

她不想害了他。

反正她在老家還有些浮財，帶著那些銀子找個清靜的小山村，買個十來畝地當地主婆好了，再大不了自己出錢修個道觀，蹲在裡頭假裝帶髮修行，總能避過朱毓升的追求了吧……

她不是不喪氣的，明明就要得到幸福了呀……

她沒有主動問，朱毓升卻特意告訴她，陸寒朝考成績不好，沒有考上庶吉士。然後，他成了最先被分配的那一批進士，被分到西北道一個州城去當學官。

真是清閒而又無前途的職業啊，學官。

芳菲聽朱毓升說起這些來的時候，她的表情總是淡淡的。

「妳不在意他的去向嗎？」朱毓升盯著芳菲的臉逼她表態。

「皇上希望我在意嗎？」芳菲反問道。

朱毓升沒有說下去。

至於她的那些下人，朱毓升說全被蕭卓控制在手裡。芳菲不知道他說的是不是真話，不過他肯向她解釋，總是一件好事。

想來驕傲如他，是不屑撒謊哄她的。

當然他也不能整天泡在她這裡。身為一國之君，要處理的政事真是多如牛毛，尤其最近錦衣衛又探知京城附近多了一些不明來歷的人物，更加引起了朱毓升的警惕。

芳菲才不管朱毓升在忙什麼，她只是儘量實踐「既來之，則安之」這句古訓。說實話，她現在就是砧板上的魚肉，朱毓升就算要了她的人，她也沒辦法反抗。

他要她是很簡單的，甚至不用下藥，就以一個平常男人的體力完全能夠征服她。不過還是那句話，他是個驕傲的男子。

這算是個優點吧？芳菲有些無聊的想著。

這日她擺棋局擺得入神，歇下的時候已經有些晚了。

才睡下沒多久，正是朦朦朧朧的時候，忽然聽見外頭大喊——

「走水了！」

火災？

芳菲擁被坐了起來。

她似乎嗅到一絲不尋常的氣息，也許有些事情已經發生了……

第一百三十九章　宮變

火光映紅了天邊一角，靈犀宮所有人都已經醒了過來。宮女太監們站在廊上看著那起火的方向，面上盡是惶恐與慌亂。

宮中不是沒有過火災，但這次看起來要比以前的小火災嚴重很多倍。

更要緊的是，那似乎是甘露殿的方向——

那是皇帝的寢宮。

「怎麼辦，要不要出去看看情況？」兩個管事的大宮女低聲商量著。

「不能出去。」

一個清冷的聲音從眾人身後傳來，宮女和太監們才發現不知什麼時候，那位秦姑娘已經自己披衣走出了屋子。

「主子您別出來，仔細吹了風。」兩個日常服侍她的小宮女忙走過來，想把她扶進去。

芳菲把手一揮，不理那兩個小宮女，卻對管事的幾個大宮女說：「讓人去把宮門落閂，死死頂著，不能讓人進來。」

「這……」幾個管事面面相覷，不知道該不該聽芳菲的話。

芳菲把臉一沈。「叫妳們去就趕緊去！」

眾人平時只覺得這秦姑娘溫和恬靜，此刻見她發怒，竟有一種讓人難以抗拒的威勢。

於是幾個小太監便被叫去上門閂。其實本來入夜以後，各個宮殿的宮門也是要落閂的，這是為了防止宮人們四處走動惹出事來。

但是平時只落一根小閂，現在芳菲吩咐下去，讓他們把十字門閂全落下去，還要加兩根頂柱。

小太監們心裡直嘀咕。「難道怕外頭的人衝撞進來？咱們這兒又沒著火……」

芳菲的臉色越發難看，因為她看到那火勢越來越旺，並沒有被止住。

一般說來，在這深宮內苑，一定要有極其完備的消防措施。雖說不能做到十步一井，可是每個宮殿中四角都是要打上水井的。現在火勢沒有減下去，應該不是宮中的人救火不力，也許是……他們沒空去救火？

一定有大事發生了……她有不祥的預感。

她的手心微微出汗，眼睛一眨不眨地看著火勢。

此時已是四月，京城的夜晚依然有絲絲涼意，時不時有風從遠方吹來……

而現在吹來的風，卻夾帶著陣陣驚恐的叫聲。

靈犀宮的人們，無論身分尊卑，全都站在宮室外的走廊上，等待著大火被撲滅。沒有人敢說話議論，整座宮殿中是死一般的靜寂。時而有人偷眼瞧著芳菲的臉色，卻沒能從她臉上看出什麼端倪。

忽然，靈犀宮的宮門響了起來。

在一片寂靜中突然有了響動，這讓人更加感覺到恐懼。因為誰都能聽得出來，那不是正常的敲打宮門的聲音——若是正常敲門，應該是擊打宮門邊的小銅鐘往裡叫人才對。

而此刻，「砰砰砰砰」的敲擊聲顯得十分的雜亂，就像是有一堆人拿著什麼東西在砸門一樣。

「所有人都給我去把門頂住！」

芳菲一聲令下，被嚇傻了的宮女和太監們終於開始有了動作。

他們慌慌張張地跑到宮門前，一根一根地把門邊閒置的頂柱全都頂了上去。

無論是宮女還是太監，全都死死的壓在門上，卻不敢發出任何一聲聲響。因為他們都聽到了門那邊傳來的吼叫——

「還不開門，給我砸啊！」

那是一群男人的聲音。

宮女太監們哪裡見過這等陣仗，每個人都嚇得瑟瑟發抖。

可是他們也隱隱明白，不能讓這群入侵者衝進來，不然他們的下場一定會很慘。到了這個時候，誰都知道發生了什麼事——

宮變。

「先點火擾亂侍衛們的視線，再發動襲擊嗎……」芳菲嘴角牽起一絲苦笑。

這種先放火再殺人的手法永遠都那麼有效。

不要以為皇宮是固若金湯的碉堡，就芳菲的記憶而言，各朝皇宮被攻占、燒毀的事跡那真是數都數不完。

就說她原本印象中的那個大明朝好了，嘉靖年間皇宮起火次數超過了前面的好幾代皇帝，連嘉靖的皇后都是在宮廷大火中死掉的。

只是，這群發動宮變的人會是誰呢？

也不用多猜，因為嫌疑人本來就只有那麼一個。

和皇帝有不可調和的仇恨、有本事調動一支叛軍、並且能將這支叛軍神不知鬼不覺送進宮裡來的人，只有當今皇帝的親祖母，被軟禁在紫寧宮的詹太后。

「禍起蕭牆啊。」芳菲忍不住再次苦笑。都說天家無骨肉，果然是真理。

外面針對靈犀宮的攻擊還在繼續，但在宮女太監們的頑強抵抗下，那道宮門也不是那麼容易被撞開的。

畢竟這是暗地裡發動的宮變，沒有帶那種專門撞擊城門的大型撞車來，一下子也撞不開這上了十字門閂和頂柱的厚重宮門。

漸漸的，門外的動靜也小了。想來是叛軍們發現這裡的門一下子撞不開，決定放棄這個地方改而進攻別處。

芳菲等人稍稍鬆了口氣，但是周圍不停傳來的喊殺聲，讓每個人的心裡都壓上了一塊大石。

咯嘞嘞——

突然之間，一聲沈悶而難聽的聲音，就在靈犀宮的小廣場上響起。

所有人都嚇了一跳，有小宮女已經嚇得尖叫起來，一、兩個年紀小的甚至嚇得腿都軟了趴在地上。

咯咯咯，咯咯咯……

那聲音還在繼續響起，這時誰都能看到，那是小廣場上的一塊大方磚被人從下方頂了起來。

芳菲攥緊了手中的金釵。

她不禁有些悲哀，如果來的真是叛軍，金釵能頂什麼用？

還是趕在叛軍侮辱自己前，先自行了結呢？

就在人們連滾帶爬地逃離小廣場的時候，那塊大方磚終於從原來的位置完全移開了，露出了一個不大的洞口。

緊接著，一個人從地底下爬了出來。

「呀！」一個小宮女慘叫一聲，霎時昏了過去。

其他人也不比她堅強，一個個縮成一團不住的哭叫。

那個人已經完全爬出了地道口，大喊一聲。「不要怕，我們是宮中的侍衛。」

眾人的神經被他這一喊，終於稍微鬆弛了一點。他們認真打量了一下那人的服飾，看見果然是宮裡的侍衛大人，驚喜地叫道：「侍衛們來了，我們有救了！」

緊接著地道下又冒出了好幾個人，都和前面那人一樣穿戴著侍衛的衣裳。芳菲是不認得侍衛裝扮的，而且她還在想。「說不定叛軍就是裝成侍衛混進來的……」

不過下一刻，她的疑慮終於被打消了。

從地道裡爬出了一個穿著明黃常服的青年男子，他被侍衛們拉上來之後，一轉頭看見芳菲，輕輕吁出一口氣。「芳菲，妳沒事就好。」

那是芳菲所熟悉的，大明皇帝朱毓升。

再然後，從那地道裡又爬出一個身形偉岸的男子，芳菲一眼就認出，那是她的蕭大哥蕭卓。

蕭卓只朝芳菲點了點頭，就帶領跟過來的十幾個侍衛護著朱毓升往屋裡走。

靈犀宮的宮女和太監們，被皇上的突然降臨驚嚇得失去了說話和思考的能力，只得全部跪在地上口稱「萬歲」，頭也不敢亂抬。

不知道過了多久，也許是一個時辰，也許是幾個時辰，但皇上和他身邊的蕭大人與眾侍衛們，以及那位秦姑娘……都沒有再走出那間屋子。

宮女太監們跪得膝蓋生疼，可誰也不敢第一個先站起來。

但漸漸的，宮中的火勢減弱，而天邊已經露出了微微的白色——他們還是沒有出來。

正在這個時候，敲擊宮門的聲音又開始密集的響了起來。

這聲音為他們找到了起身的藉口，所有人都紛紛顫抖著爬起身來，一邊揉著自己發疼的膝蓋，一邊往宮門處靠近。

聽得外頭還是在喊「快開門，再不開門就放火了」這種野蠻的話，宮人們知道宮中的局勢肯定沒有得到控制……

「趕緊去稟報皇上吧！」

管事的宮女和太監們一瘸一拐地往芳菲住的那間屋子裡走，可是當他們進去的時候，發現那宮室裡已經空無一人……

他們終於醒悟過來——昨晚皇上過來，是為了把秦姑娘從密道裡帶走。

沒有人發出指令，但已經被恐懼占據了心靈的宮女和太監們，開始一窩蜂地往小廣場上的密道裡鑽……也許那裡還有一絲生存的希望……

芳菲穿著侍衛們穿著的藍色大褂，頭上也戴著一個侍衛的頭盔，臉上還抹著兩把泥灰。

在她身前的朱毓升和她穿著差不多的服飾，那身明黃常服早就扔在靈犀宮裡了。

他們一行人有驚無險地從密道出了皇城，又在千鈞一髮之際衝出了京城的城門，此刻正在趕往京東大營與前來勤王的軍隊會合。

對於丟下那群無辜的宮女和太監們，芳菲心裡有一絲淡淡的歉意，不過這也不是她能控制的事情。

她早就說過自己不是聖母，沒必要把所有人的安危榮辱都攬在自己身上。她只在乎對自己而言很重要的人——

顯然，朱毓升也把自己視為很重要的人。

在逃離皇宮的緊要關頭，他還不忘記多繞一個彎子來把自己帶出去。

芳菲看著朱毓升的背影，心中輕輕嘆息……

這次的宮變，他該怎麼處理呢？

皇帝果然是一份高風險職業啊！

第一百四十章　中毒

戰爭讓女人走開。

這話是這麼說的吧？芳菲也不太確定，不過打仗這種事，她確實是一來沒什麼興趣，二來也派不上用場。

所以她很安分的待在朱毓升讓人分配給她的一間單獨的營房裡，什麼都不做，等著事態平息下來。

按照芳菲的看法，儘管現在叛軍暫時控制了京城，但這場宮變注定是要失敗的。因為他們沒有做到最關鍵的一步，就是把朱毓升抓住。

其實就技術難度而言，在宮裡把朱毓升幹掉，比起抓住他要容易得多。

詹太后既然在幽禁中都能和與詹家有關的叛軍們裡應外合，收買個太監宮女什麼的給朱毓升下點毒藥，應該不會太難吧。

也很難說……芳菲自認不是宮鬥天才，不瞭解這些宮廷中人的想法。不過從現在的結果倒推回去，應該是詹太后的人想把朱毓升活捉了，然後挾天子以令諸侯。

可惜，一步錯，步步錯。

朱毓升及時逃出了京城，在重重軍隊森嚴守衛下，想再殺掉他是很困難的——當然不是完全沒可能，只是比較困難。

芳菲甚至很無聊的想，詹太后如果買通了自己，由自己給朱毓升下點藥什麼的還挺容易……所以當初詹太后非要朱毓升娶他們詹家的姑娘做皇后和妃子，就是存了在朱毓升身邊安插細作的心吧。

嗯，但是實在做得太明顯了，她要是朱毓升，她也不會把一個懷有異心的女人……或者說是一群懷有異心的女人放在自己身邊。

想想皇后可是和皇帝同床到天亮的啊，要是朱毓升一不小心睡著了，在睡夢中被那皇后割斷了脖子——前朝不是沒有過這樣的先例，想想都讓人害怕。

現在詹家徹底撕破臉要造反了，也好。起碼在朱毓升看起來覺得很好，這樣他就不用再顧忌什麼，可以直接對詹家的所有勢力下死手了。

外面的血雨腥風彷彿和芳菲沒什麼關係。

在這肅殺的京東大營裡，芳菲依然保持著她不緊不慢的生活步驟。靜坐、冥思、品茶，默默地一待就是一天。

所有人都理所當然地認為，這唯一跟著皇上逃出皇城的女子，一定是宮中的妃嬪。

於是京東大營的將帥對芳菲也不敢有所怠慢，一切都按照最高的規格來招待她。儘管她從沒要求過什麼特殊待遇，但別人對她的態度就是不一樣。

當然，她也不會因為人家對自己恭恭敬敬就有什麼意見……事實上她很少發表意見。

來到京東大營之後，她最常說的一句話就是「嗯」。不管服侍她的侍女問她什麼，比如說飯菜可不可口，住得習不習慣，她都只有一個字「嗯」。

她的心思不在這些外物上。她只是在想，不知道在京城裡的陸寒怎麼樣了呢……

像陸寒這種尋常的小進士，其實應該是比較安全的。芳菲更擔心的，是已經懷了七、八個月身孕的端妍。

靳家可是鐵杆的帝黨啊，叛賊會放過他們家嗎？

端妍大著個肚子，跑是跑不了的……想想就讓人揪心。

還有惠如、湛先生……也都是大家族裡的女眷。這種人家，同樣容易被叛賊看上……

她雖然兩耳不聞窗外事，但也偶爾從侍女的口中聽說，京城裡已經翻了天。叛黨占據了京城中許多戰略要點和攻城的勤王軍隊展開了對峙，城裡的好多大戶人家都遭了殃。

這幾個侍女原來是服侍京東大營將帥的女眷們的。她們平時接觸的那些武官家眷，都是些同樣在武官世家出來的女子，個個都較為疏爽、豪放，無論從外形還是言行來說都是那種風風火火的樣子。

現在這位從宮裡出來的主子，卻長得纖纖裊裊，好像一口熱風就能把她吹化了似的。這些平時粗手粗腳的侍女們全都緊張起來，生怕她們有什麼服侍不周的地方被主子打罵。

結果幾天下來，發現這位主子比她們的夫人、小姐還好伺候，侍女們都鬆了好大一口氣，言語間也較為隨意。

所以芳菲才能從她們的聊天中，聽到許多關於這次宮變的後續發展……

總而言之兩個字——慘烈。

這回京城肯定元氣大傷。即使朱毓升奪回京城，朝中也必定要引起重大的震蕩。

芳菲想，若真是如此，那陸寒被「發配」到西北道當個小小的學官，未嘗不是一種福氣，現在京城就是一個油鍋，一不小心就會被炸得渣都不剩，能避則避的好。

「主子，有位蕭大人奉了皇上的旨意來看望您。」侍女的聲音把芳菲從冥想中拉回了現實。

蕭卓來了？

芳菲起身走了出去，果然看見蕭卓站在她屋子的外間等候著。

「蕭大人來有什麼事嗎？」芳菲淡淡問了一句。

蕭卓聞言卻是心中劇痛。

她以前一直是稱呼他「蕭大哥」。如今卻改了口，和眾人一般稱呼他「蕭大人」，這疏離的意味不言自明。她是在怪他，聽從了皇帝的旨意將她帶進宮裡去吧？

芳菲進宮後和朱毓升之間的對話，蕭卓也知道個大概——當然是朱毓升告訴他的。朱毓升說給他聽的時候，面上是難掩的痛苦之色。「朕如何才能讓她改變心意呢？」

蕭卓當時一句話也說不出來。

「皇上讓我來看看秦姑娘這兒缺些什麼。皇上說，暫時委屈秦姑娘了。請秦姑娘放心，很快就能夠回京城去了。」

在這麼多侍女隨從面前，蕭卓也不能叫芳菲「秦妹妹」，只能這樣稱呼她。只是「秦姑娘」三字說出口的時候，蕭卓還是覺得一陣難受。

「多謝皇上關心。」芳菲的態度依然很冷淡。

回京城又如何？看來朱毓升是下定決心繼續關著她了。

這就是他愛人的方式嗎？把喜歡的人，用一只精美的籠子關起來，像養金絲雀一樣養著……

突然外頭衝進一個侍衛，跑到蕭卓耳邊低低耳語了兩句，蕭卓的臉色霎時間就變得鐵青。

芳菲心想估計也是外頭戰況有了變化吧。她說了句。「蕭大人請忙去吧。」便往屋裡走，蕭卓竟也一聲招呼都不打就大步走了出去。

一定是很重要的戰況吧……不過，這和自己又有什麼關係呢？

到了晚上，蕭卓第二次來訪的時候，芳菲才知道事情不是自己想像的那樣。

有一隊頂尖高手化妝成京東大營的士兵混了進來，趁著朱毓升去巡查軍隊的時候，突然暴起刺殺他。

眾多御前侍衛拚命抵抗，京東大營的士兵們也前來支援，但這群死士依然在被集體擊斃之前做成了一件事。

一枝帶著劇毒的箭鏢，射中了朱毓升的肩膀。

「他中毒了？」芳菲愕然道。

她原來也設想過對方會派刺客來襲擊，但沒想到朱毓升的侍衛們會這麼沒用。

好歹也是御前侍衛吧？不過想想這些侍衛都是武官世家出身的子弟，和那些自幼苦修的江湖高手還是有明顯差距的。

以前武俠小說看多了，還以為皇帝身邊的大內高手特別厲害……後來她才知道，凡是能在皇帝身邊做近衛的人，祖宗三代都必須是朝廷的武官，這種選拔條件基本上可以把所有的江湖人士都排除在外了……沒辦法，皇帝要選近衛，當然要以忠心為主啊。

蕭卓之所以過來找芳菲，是因為中毒之後發了高燒的朱毓升，總算醒了過來。醒過來以後，交代了一些軍務，便提出要見芳菲。

「好吧，我跟你去。」

芳菲也不多話，跟著蕭卓就往朱毓升所在的臨時行轅走去。

經過了重重關卡，他們總算進入了朱毓升的寢室。

兩人進來之後，不可免俗的必須先向皇帝行禮。等抬起頭來看到朱毓升的面容，芳菲才吃了一驚。

他的臉色白得像是半透明的雪浪紙一樣，嘴唇發紫，兩隻眼睛下都是青黑色的眼圈。

「怎麼會這樣？」雖然有了心理準備，芳菲還是忍不住脫口而出。她一時忘情，竟在沒有得到朱毓升允許的時候便走到他床前，細細看他的氣色。「這是中了蛇毒？」

旁邊跟著服侍的一堆侍女和侍衛都知道這是皇上醒過來就要見的女子，雖然覺得她言行無禮，可人家皇上都沒意見，他們插什麼嘴？於是全裝做看不見。

站在一邊的兩個軍醫回答說：「是蛇毒。」

芳菲也顧不上和朱毓升說話，索性轉身去質問那兩個軍醫。「傷口裡的餘毒都清出來沒有？」

兩人聽她問得內行，又被她威勢所逼，一起跪下說：「回主子的話，大部分的蛇毒都已經清出來了……」

「少給我模稜兩可的──」芳菲恨不得給那兩個軍醫一人一腳。「說清楚！」

一個年級大點的軍醫戰戰兢兢的說：「回主子的話，傷口裡的蛇毒全擠出來了，可是有一部分毒素已經隨著血液流進了皇上的龍體裡……」

芳菲繼續追問：「那你們現在是怎麼治療的？」

「我們已經給皇上的傷口上了傷藥，也給皇上服了清餘毒的藥湯。」

朱毓升見芳菲並非不關心他的傷情，心裡居然有一種奇怪的感覺。

這次受傷真值得……

第一百四十一章　放手

「方子拿來。」芳菲見這兩個軍醫畏畏縮縮的，十分不耐煩。

其實這兩個軍醫也確實是膽子小了點，而且他們哪想過這輩子會有服侍皇上的機會啊？以前都是給士兵看病的好不好？現在一下子變成了太醫，他們很有壓力啊……不是每個人都像芳菲這樣不怕皇帝的。

那兩個軍醫便戰戰兢兢看了躺在床上的朱毓升一眼。

朱毓升微微點頭，嘶啞著嗓子說：「拿出來吧。」

那兩人才把內服湯藥的方子呈了上來，又忙著找紙筆寫外敷傷藥的方子。

芳菲先看那湯藥的方子。

「半枝蓮、虎杖、徐長卿、金銀花、蒲公英、野菊花、綠豆衣、車前子……」她輕輕讀了一遍，說道：「倒都是清熱解毒的藥物……」

兩個軍醫聽芳菲這麼說，還沒來得及高興，卻聽她帶著責怪的口吻說了一句。「可是有些藥效重複了，不該都開在一副方子裡啊，還有這分量這麼輕，根本就不能快速去毒嘛。」

兩人如遭雷擊，一下子癱軟在地上，口中直呼「萬歲饒命」。

朱毓升本來就難看的臉色更是陰沈。

卻聽得芳菲說道：「不過你們開的藥大方向還是對的……只是太小心了些。對貴人用藥謹慎些，也是正理，你們也沒做錯。」

兩人渾身上下被汗水濕透，像是從鬼門關裡走了一趟回來似的。

芳菲說得一點都沒錯。他們兩個已經是軍中最好的大夫了，但軍醫的主攻方向本來就是外傷、風寒和瘟疫瘧疾之類的症候。

解蛇毒並非他們的強項，這解蛇毒的方子，他們也是和其他十幾個軍醫商量、斟酌著開出來的。

他們都認為這樣最保險、最妥當，雖然好得慢了些，但總比一副強勁的洩毒藥下去，把皇上的龍體給洩壞了強。

芳菲看了看朱毓升，朱毓升從她的眼神中讀出了她的意思。

「你們倆下去吧。」朱毓升一開金口，兩人如奉綸音，跪拜之後趕緊小跑著出了屋子。

這時朱毓升才對芳菲說：「讓妳看見朕狼狽的模樣了……」

芳菲見他精神萎靡，臉色慘白，也不好再頂撞他激他發火，那對他的傷勢也沒好處。

「又不是沒看過……」芳菲話一出口，突然神色微動，像是想到了什麼似的，把後面的話嚥了回去。

她自然是看過他受傷的淒慘模樣的。那年他從山上滾下來，被尖利的石塊在大腿上劃了好幾道血口子，還是她給他找傷藥止血的呢。

朱毓升也不說話，顯然是和她想到了一處去。

「要是能夠回到那時去該多好……」朱毓升喃喃自語。

但誰都知道時光一去就不能回頭。

她不想他太過傷感，忙岔開話題說：「皇上現在感覺如何？」

「身子忽冷忽熱，有時候……牙關發顫。」朱毓升把自己的感覺如實告訴芳菲。

芳菲此時就站在他的床邊，聞言很自然的伸手去摸他的額頭探溫，一時竟忘記了他是至尊無上的皇帝。

「嗯，還在高燒。」她收回手對蕭卓說：「大人，請叫人想法子弄些冰磚來，敲碎了用布袋子裝著，敷在皇上的額頭上。」

朱毓升方才覺得額頭一涼，還來不及感覺她冰冷的小手帶來的舒適，她就已經把手縮了回去。他有些悵然若失……

蕭卓趕緊去弄冰塊去了。朱毓升看著芳菲說：「芳菲妹妹，妳能不能給朕再開個清毒的方子？」

芳菲聽他這般稱呼她，心裡一軟。她想了一想，才說：「我又不是太醫，哪有資格給皇上開藥？何況我開的藥，皇上就這麼信得過？」

「朕說妳有資格就有資格。朕怎麼會信不過妳？」

芳菲的資料庫裡確實有一些清蛇毒的良方，她在腦中對比斟酌了一下，是要比那些軍醫開的更靠譜的。

不過給人開藥不是開玩笑，給皇帝開藥更是件大事，一個不好要把自己陷在裡頭的。但芳菲最後還是下了決心——

「好吧。」

她也不廢話，叫人取過筆墨就唰唰唰寫下藥單來。

片刻之後，她所需要的藥材就都送到了。她徵求了朱毓升的意見。「皇上，如今事有從權，我就在你跟前煎藥可好？」

她可不想自己煎出藥來，在運送過程中莫名其妙被人下了毒什麼的，毒死了朱毓升她豈不是要陪葬？

朱毓升巴不得她在他跟前多待一些時候，哪有不依的。

當下侍女們便在屋裡一角支起了藥爐，芳菲親自在一邊監督她們煎藥。

朱毓升擁被躺在床上，額上是蕭卓剛剛命人從京東大營主帥府裡的冰窖起出來的碎冰塊。冰冰涼涼的觸覺把他心頭的煩躁帶走了不少。他側過臉去，看著芳菲專注地盯著那鍋湯藥，心裡便是一暖。

坐到這個至尊之位上後，普天下……能像對待常人般對待他的人，也只有眼前的這一個。

藥煎了小半個時辰才煎好。

自然有一個侍衛先替朱毓升試了藥。本來該先等一等，看看那侍衛有何不妥再讓朱毓升服下的，朱毓升卻主動說：「行了，拿過來給朕服藥吧。」

侍女們將涼好的藥湯給朱毓升端過來，朱毓升一飲而盡。

此時已是深夜，梆子敲過了兩更。朱毓升便讓芳菲先回去休息，芳菲也不反對，便又原路返回了她的營房。

按照她的推斷，這副湯藥下去，朱毓升體內的餘毒會清除許多。她在裡頭還加了一味安眠的藥物，估計他今晚可以睡個好覺了吧。

果然次日芳菲再見到朱毓升的時候，他的精神比起昨晚來好了很多，臉上的那層青色也褪去了不少。

昨天那兩個軍醫本來對芳菲妄自指責他們的藥方還心存不滿，此刻也都心悅誠服地看著她，眼中盡是恭敬。

「朕今兒覺得好多了。」朱毓升臉上也有了笑模樣。

芳菲點點頭，說：「皇上您的氣色是好多了。今兒再吃一副就好了，另外還是請這兩位大夫開些滋補的藥物吧。」

等那兩人領命退下，朱毓升的臉色更加柔和起來。

「芳菲妹妹……妳果然還是關心朕的。」

昨晚芳菲對他傷勢的緊張，朱毓升可是看在眼裡，喜在心頭。他就知道，她對他還是有感情的。

芳菲暗暗嘆了一口氣。

「皇上，您請安心養傷吧。不要太過勞神，這中毒的毛病調理起來需要很長的時間，可別覺得身子稍微好點了就不吃藥。」

「好，朕都聽妳的。」朱毓升靜靜的看著芳菲。

芳菲見他這副模樣，心裡更是嘆息不止。但現在他在養著傷，她也不想和他吵起來刺激他。

兩人說了一會兒話，芳菲便以勸他多多休息為理由退出來了。
在朱毓升的行轅外，芳菲與前來報告戰況的蕭卓偶遇。
在眾目睽睽之下，蕭卓也無法與芳菲有任何交談，只能眼睜睜看著芳菲轉身離去。
蕭卓給朱毓升帶來了好消息。
京城已經被各地組織而來的八支勤王軍隊攻占，現在進入了巷戰階段。
根據作戰將領們的估計，再過三天，就能收復京城。
這個結果其實早在眾人預料中。收復京城，只是遲早的問題，在朱毓升逃出皇城的那一刻，叛軍已經注定了失敗的結局。
接下來捷報頻傳，每天都有好消息。
先是京城中大股的叛軍被悉數殲滅，接著又攻破了皇城。
皇城城破之時，詹太后在紫寧宮中點火自焚而死。
朱毓升聽到這個消息後沈默了一陣子。
無論如何，詹太后是他的親祖母。在他十四歲入宮後很長的一段時間裡，她也對他呵護備至，給過他許多溫暖……她親手教他畫佛像的情形，彷彿還在昨天。後來也是由於詹太后的鼎力支持，他才能在三人中脫穎而出，成為太子。
可是……再後來，一切都變了。她專權慣了，嫌他不夠聽話；他卻過分自專，不肯被人束縛一星半點。
有時候他也不明白，他們祖孫為何竟弄到這般收場。

曾經有一次，他傷了風許久都沒好，詹太后把他叫到紫寧宮去，親自過問他的病情。要是時光停留在那一刻該有多好？

五天後，傷癒的朱毓升終於決定擺駕回宮。

正在此時，芳菲卻向他提出。「皇上，可否讓我從這大營裡直下碼頭，回鄉下去呢？」

「妳還是要走？」朱毓升大感愕然。

這些日子以來，芳菲對他傷勢十分關注，甚至有時還親手給他熬藥……他還以為她會漸漸對他放下心防，願意和他相處下去……

誰知她卻依然不肯為他留下。

朱毓升勃然大怒，他一腳踢翻了床邊的小几，小几上的器皿乒乒乓乓全摔在地上成了一堆碎片。

侍衛們聞言直衝進來，朱毓升大吼一聲。「通通給朕滾出去！」

皇上既然如此吩咐，他們也不敢進來，只在外頭張望著預備在皇上有危險時衝進來。

天子之怒，伏屍百萬，流血千里。

芳菲卻是毫不畏懼，微垂著頭輕聲說：「皇上……請放手吧。」

「請讓我們保留彼此間最好的印象，不要讓我恨您……請，放手吧。」

朱毓升此刻，腦中閃過的卻是詹太后曾經慈祥和藹的笑臉。

這天朱毓升和她在屋裡談了許久，直到掌燈之後，芳菲才獨自離開了朱毓升的行轅。

連蕭卓也不知道他們談了什麼，但自那以後，蕭卓感覺到朱毓升對於芳菲的態度漸漸有了轉變。

第一百四十二章 返鄉

芳菲終究沒能實現在京東大營直抵碼頭，乘船回鄉的願望。

朱毓升回城時，芳菲堅決不肯跟他進宮，他只得將芳菲託付給蕭卓照顧。

坐在回京的馬車上，芳菲從車窗裡看到整個京城滿目瘡痍，如同死城一般。

昔日繁華的街巷，如今蕭索無比。街道上行人稀少，芳菲所在的這列車隊經過寬廣的御道時，車輪輾壓青石路面的聲音竟傳出去好遠好遠。

這就是戰亂啊……

在和平年代生長起來的芳菲，頭一次如此直面戰亂後的殘局。

蕭府的房子被燒了一半，裡頭的東西也被叛軍搶去了不少。直到王師攻破京城，蕭府的管家蕭林才和幾個逃走的奴僕們又回到了這兒，把屋子大致上收拾了一遍。

芳菲對住處沒什麼挑剔的，她只關心她的親友們是否安全。

蕭卓先是帶回了端妍的消息。

那晚皇城起火，靳家就知道不對勁。靳錄先讓妻子帶著家裡的女眷和嬰兒躲到靳家另一處小院子裡避難，自己帶著兒子和眾多官員一樣前往皇城救駕。

端妍受了顛簸和驚嚇，次日就在敵軍封城的情況下，早產了一個男嬰。

而她的公公靳大人，和她的丈夫，都在戰亂中被敵軍殺死了。

「端妍姊姊成了寡婦……」芳菲心裡難受得緊。

至於惠如那邊，情況倒還好，起碼一家人都還活著。家財和房舍遭受損失那是難免的了，但只要人沒事就是最大的幸運。

陸寒也找到了。

雖然芳菲一直認為陸寒這種身分是相對安全的，陽城會館應該也不會是叛軍首要的攻擊目標，但得知他平安的消息，還是鬆了好大一口氣。

陸寒並不知道芳菲此刻也在這座城裡。他以為芳菲已經在鎮遠鏢局的鏢師護送下回了家鄉，又怎知她竟遭遇了諸多變故。

讓芳菲欣喜的是，她回到蕭府的第三天，春雨、塗七、碧青、碧荷、碧桃等人都被送到了她的身邊。

原來從她被帶走的那天起，她的這幾個下人們就一直被蕭卓的人控制在蕭家鄉下的莊子裡。蕭卓知道芳菲是個念舊的人，如果對她身邊的下人下了死手，將來芳菲一定會恨死了他。

春雨看到芳菲，幾乎以為自己是在作夢，一下子便哭了出來。

「沒事了，沒事了……我這不是好好的嗎？」

「姑娘……姑娘我們以為要見不到您了……」

幾個小丫頭也哭成了淚人。

這一個多月的時間裡，他們根本不知道到底發生了什麼事。只知道一覺醒來，姑娘就已經不見了蹤影，而他們也被人軟禁在一座莊子裡不得出入。

他們猜測過無數的可能，但始終不明白這是怎麼回事。

芳菲也不解釋，這事是沒法解釋也解釋不清的。她只說：「好了好了，過去的事就忘記了吧，以後也不要跟人提起就是了。」

幾人哪裡敢提？他們甚至猜測，姑娘這段日子裡是不是被壞人給欺負了……這事要是傳回陽城，姑娘就不用做人了。

幾人都信誓旦旦，表示對過去的這些事情都忘記得一乾二淨，誰也不會再說出來。

蕭卓很忙，朱毓升更忙。芳菲知道朝廷遭受了這樣大的打擊，肯定需要一段日子才能恢復元氣。

她已經不想再在京城待下去了。

雖然那次長談之後，朱毓升似乎對她沒有以前那麼強硬，但是他心血來潮再搶她進宮，她也沒法子抵抗啊！

還是老話說得好，「山高皇帝遠」。遠遠離了京城，讓朱毓升找也找不到才是上策。

她不敢和陸寒聯絡。

一來是不知如何解釋這段日子以來發生的事情。

很久以前，陸寒知道她因為救過一位貴人，而得到了在官家閨學讀書的資格。但他並不知道，那位貴人後來成了皇上……更不知道，皇上對自己的未婚妻有非分之想。

「據說誠實是美德啊……」芳菲輕輕嘆了一口氣，她還是別當道德完人好了。

有些時候，該撒的謊還是要撒的……為了彼此更好的相處，能夠不提起來的事情，還是儘量別提。

儘管她並沒被朱毓升欺負了去，可被人擄走也是事實。這種不光彩的事情，芳菲是提都不想提的，還是回家鄉等著陸寒回來吧……

皇城，御書房。

蕭卓垂首恭立一旁，靜等朱毓升問話。

朱毓升這段日子真是忙得焦頭爛額。宮裡宮外，亟待處理的文書公務如潮水般一浪接一浪的湧來。叛軍捅下的這個巨大的窟窿，沒個三、五年都別想恢復過來。

不過這樣一來也不是沒有好處。朱毓升可以藉此機會，大肆清理舊黨，把那些老傢伙們都送回鄉下去養老，放上自己的鐵杆臣子。

可惜靳錄死了……想到年紀輕輕就成了寡婦的表妹端妍，朱毓升也感到有一絲難過。他是一向把端妍當親妹妹來對待的，只是這種事情他也幫不上忙。

世家大族，有一套自己的規矩舊例。像端妍這種名門貴女，又有兒有女的，想改嫁是絕無可能，只有終身守節下去了。

「宮裡剛剛收拾出一批藥材來……你替朕送一些滋補的藥物去給端妍吧，勸慰她別太難過，還是要保重身體，往後日子還長著呢。」

「是，皇上。」蕭卓對端妍的心和朱毓升是一樣的，只有更加心疼。

「另外……」

朱毓升揉了揉眉頭，輕聲說：「她還是執意要走嗎？」

蕭卓知道這裡的「她」，說的絕不是端妍，而是芳菲。

他低下頭，應道：「是的。」

「朕始終留不下她……」

朱毓升無心再批奏摺。他站起身來走到書房牆上掛著的一幅字畫前，自言自語。「千磨萬擊還堅勁，任爾東西南北風……妳認定的事情，是什麼力量都無法改變的嗎？即使是朕的旨意……」

「罷了……」朱毓升疲憊地垮下了肩膀，對蕭卓揮了揮手。「讓她走吧。」

蕭卓聞言，渾身像是卸下了千斤重擔一般，變得無比輕鬆。

皇上終於想通了。

蕭卓走後，朱毓升一伸手把那畫軸取了下來。

「見畫如見人。」他喃喃地說：「人已不在，畫兒……」

他沒有再說下去，只是對身邊的小太監說了句。「卷起來，上封條，收到庫房裡吧。」

小太監絕不會問皇上為什麼這麼做，恭恭敬敬地捧著畫軸找封條去了。

朱毓升又回到了書案前。他把奏摺撥到一邊，讓人取過一張宣紙來不住地書寫，書寫……

如果有人站在他身邊，當看得見他滿紙上寫的都是一個「情」字。

朱毓升不知疲倦地寫了一張，又寫一張，直到日薄西山。

寫到最後，朱毓升的面容越發平靜。

他放下筆，把那摞寫好的紙遞給另一個小太監。「拿去燒了。」

看著小太監捧著那摞紙走出了書房，朱毓升便徹底恢復了他往日那種深不可測的表情。

也許，這樣對他們兩個都好。

只有斬斷了兒女之情的羈絆，他才能成為一個真正冷酷堅韌的帝王吧……

芳菲——

祝妳一路順風。

得到了朱毓升的許可，蕭卓便開始著手幫芳菲安排離京的事宜。

雖然現在到處物資緊缺，人手同樣不夠用，但錦衣衛千戶——即將升職為二等指揮的蕭大人，是不會有安排不了一條小船的煩惱的。

加上芳菲多次向蕭卓表達了她急於返鄉的心情，蕭卓更是加快了手腳。

五月底，芳菲一行人在錦衣衛一個小分隊的護送下，從京津碼頭出海，走海路回江南。

這條船上，除了船夥和錦衣衛的護衛們，只有芳菲主僕幾人。

春雨不知道姑娘什麼時候又招惹了什麼大人物，竟能安排民間百姓聽到都害怕的錦衣衛們來保護她。

不過芳菲的這幾個下人有一個共同的好處，那就是絕不多話。儘管他們心中再疑惑，可是芳菲不說，他們也不會問。

芳菲對於這幾個下人還是很滿意的。雖然說除了碧荷之外，其他幾人都不算太機靈，不過只要忠心就好。

錦衣衛的人得了蕭卓的命令，沒事絕對不會來騷擾芳菲幾人，所以芳菲這段行程很是愉快。

本來她還擔心自己會暈船，畢竟她上輩子可是個暈車的體質。想不到換了個身體，暈車暈船的毛病也沒了，真是意外的驚喜……

海路自然比陸路要快上許多。不到十天，這艘船就從江南道的海港城市都海城拐進了內陸河道，順著清江從江城一路往陽城而來。

在離開京城的第十天，芳菲踏上了陽城的土地。

第一百四十三章　成親

盛夏六月，豔陽如火。

中午時分，大太陽把陽城大街小巷的路面曬得發燙。不過販夫走卒們依然熱火朝天地在城中奔走勞作，忙得不亦樂乎。

如今的陽城好不容易從之前地震的陰影中走了出來，各行各業也都恢復了元氣，大家找生活的勁頭也足了許多。

在陽城城東的集市裡，有一位管家打扮的憨厚中年人，正帶著幾個小廝在採買桌椅碗筷。

「你們手腳麻利點，今兒必須要把這單子上的東西買齊嘍。」大管家在前頭催促著。

小廝們不敢怠慢，便把渾身的力氣使出來，扛著一堆堆的家什跟著管家走。

「四叔，您又出來採買啦？」

兩三個從他們身邊經過的路人，顯然是認得這位管家，便出聲打了個招呼。

那四叔便憨憨的笑了笑。「哎，不趕緊買不行啊！」

「你們家大爺要辦喜事了吧？」那路人又問道。

「是呀是呀——」一說到這個，四叔的臉上就笑開了花。「我們大爺信上說就是這幾天到家了，成親的日子也定下了。不跟您聊了，我先忙去了。」

四叔帶著小廝們走遠了，那路人的同伴才問他。「那是誰家的管家？」

「那個呀……就是咱們陽城大才子，陸寒陸子昌的管家啊。」

「哦，是他家啊……」

四叔聽不到旁人的議論，他現在滿腦子是今天該買的物事，想著怎麼才能趕快把東西操辦齊整了。要是買不完，晚上回去還要被老婆嘮叨他不會辦事的……

和外面街道上的炙熱相比，芳菲居住的小院就清涼了許多。

她院子裡有個葡萄架，一到夏天，碧綠的葡萄葉便枝枝蔓蔓地爬滿了架子，留下一架陰涼。在清晨或是傍晚，暑氣不算大的時候，芳菲會到這葡萄架下來看看書，下下棋，或是什麼都不做靜靜地想著心事。

這天日頭偏西的時候，芳菲又坐到了葡萄架下。

她手裡拿著三封書信，是陸寒從京城託驛站一路送來的。

這三封信到她手裡已經有些日子了。

第一封信上先是報了平安，告訴她，京城已經收復，他十分安全，正在等待吏部和禮部給他安排好上任的文書。

在宮變之前，陸寒就已經被分配到西北道營州府青寧縣任縣學的教諭，是七品文官——這個分配明顯是被朱毓升動過手腳的，但芳菲只能把這當做是永遠的秘密吞了下去。

第二封來信，卻是告訴她，他的分配變了。上頭的人沒告訴他原因，不過也不止他一個新科進士變了分配，大家都在猜測可能是宮變後引起的震蕩吧。

他被重新分配到西南道，在西南道一個較為靠近中原的地帶，也比較繁華的州府鹿城的府學裡擔任學政，一下子被提升到了從五品。

芳菲心知肚明，這或許是朱毓升不忍心她跟著陸寒到西北荒涼之地去吃苦吧。

鹿城雖然是在西南，據說繁華程度卻不輸和江南這邊的許多小城。

而且陸寒的品級從七品變成了從五品，也夠讓人驚奇的——當然大家的驚奇也不會表現出來，頂多是多恭喜他一陣子。難道還有傻瓜敢諷刺他？

誰不知道這種突然間的人事變革代表著「上頭有人」啊。

陸寒自己對於這個突如其來的「好運」有些摸不著頭腦，芳菲卻是知道內情也不能說。就讓這成為懸案好了，反正官場上奇詭變化的事情多得是。

第三封信上，陸寒告訴她，禮部和吏部已經給他辦下了所有的證明文書，並且還批准了他先請假還鄉成親的事情。

因為許多舉子、進士都是在考完會試和殿試後要請假回鄉處理些事情再上任的，陸寒的請假也是在情理之中，上頭的官老爺們並未為難他，很乾脆地批了假期。

他在信上說，他也給二叔陸月思去了信，讓二叔替他監督他的管家和家丁們從速操辦親事。等他從京城回來，他們立刻就成親。

成親啊……

芳菲把陸寒的信輕輕摺起來，放在心口的位置，輕輕感覺著自己的心跳。

這回總該能順順利利的辦完婚事了吧……

她自然是樂意嫁給陸寒的。

這麼多年共患難的感情放在這裡，是其他的什麼人或事物都難以取代的。

但更重要的是，在這個女子必須嫁人才有穩固的社會地位的世界裡，嫁給陸寒是她最好的選擇。

正如她對朱毓升說過的那樣，如果要她和人分享一個丈夫，她寧願去死。

陸寒對她的專一和深情自不必多言。而且，他上頭也沒有父母，不會有長輩為了子嗣往陸寒身邊塞通房丫頭這樣的事情發生……

芳菲久在宅門裡居住，對於這樣的事情看得還少嗎？

有些小夫妻本身感情還好，可是公婆總覺得該給兒子屋裡多添幾個人。於是有的婆婆從外面給兒子娶回良妾，有的婆婆硬生生把自己得用的大丫頭塞到兒子床上，還美其名曰是體貼兒媳婦，找幾個人來給她分擔家務……

兒媳婦還得咬著牙感謝婆婆的美意，對那賜下來的丫頭也得客客氣氣的，因為那畢竟是長輩賜下來的人。

芳菲時常想，那些婆婆也是從媳婦過來的，怎麼自個兒當了婆婆，就忘記了當媳婦時對妾室有多痛恨呢？怎麼自己一當了婆婆，就認為兒媳婦該善待妾室，渾然忘記了自己當年怎麼對付丈夫的那些小妾和庶出的兒女們的呢？

真令人費解。

不管怎麼說，嫁給陸寒，這一點起碼是可以避免的。

當然，做了官，還有可能從別的途徑娶妾，那就是官員來往之間也以贈送美妾為風尚。尤其是一些青樓名妓出身的美妾，更是被視為「拿得出手的重禮」，是官員間常見的交往方式。

這種事情，芳菲也聽說了很多。

以前她就看野史記載，大文豪蘇東坡也幹過這類事。據說他身邊有一個美貌溫柔的婢女名叫春娘。有一位和他交好的官員看春娘眉清目秀，便請求蘇東坡把春娘給他，還提出他可以拿一匹白馬來和蘇東坡交換。

兩人還認為這是風雅之事，甚至寫詩記錄下來，誰知那春娘卻怒而賦詩一首——「為人莫作婦人身，百年苦樂由他人。今日始知人賤畜，此身苟活怨誰嗔。」遂走下臺階，頭撞槐樹而死。

芳菲早知在這世上女子命賤，但她總想著盡力一搏。

目前的陸寒，應該是不會主動納妾，也不會做出那等「紅粉換追風」的齷齪事的。

但日後的事情……

芳菲也不敢百分之百的料定。

誰又能將未來的事全都料準了呢？即使那位多智而近妖的諸葛武侯，不也有失算的時候，芳菲只想抓住眼前這一刻的幸福就好了。

幾日後，陸寒果然隨著官船回到了陽城。

「姑娘，陸少爺讓人送信來說，他已經到家了。」

碧荷興沖沖地拿著一封陸寒新寫的書信來到芳菲身邊。

這些日子，芳菲的下人中最忙的還是碧荷，因為她又在趕製芳菲的嫁衣了。

去年準備嫁衣的時候，陸寒還是舉人，兩人的喜服和民間男女的喜服並無不同，可是現在陸寒已經是有品秩的官員，所以芳菲的嫁衣又得改樣子了。

誰知這回，碧荷又是白忙活了一場。因為陸寒回來的時候，除了帶回自己的官服和官印、文書之外，還帶回了一套芳菲的從五品誥命服。

原則上來說，從五品官員的妻子可以請封誥命，但那也要成親後「上書請封」的，像這種上頭直接賜下來誥命文書和誥命服飾、頭面的事情，可謂少之又少。

有了誥命服和頭面，哪還需要碧荷縫製的這套喜服呢？

可是碧荷只有高興的分。誥命耶，自家姑娘一出嫁就有了誥命身分，說句不好聽的，以後姑爺要休掉姑娘這位原配，那可得經過禮部同意。

所以大明朝開國以來，還沒聽說哪位誥命夫人被休掉呢！

原來春雨對陸寒發達了有可能嫌棄貧寒妻子的擔心，一下子就化為烏有了。她們又沒見過什麼世面，只以為這誥命是陸寒主動去請封的，誰能猜到有內情呢……

陸、秦兩家的家長們又開始重新忙著給這對新人準備親事了。

去年就快成親的兩人，卻因為老皇帝的駕崩不能順利成親，本來是不太吉利的。但是如今情況不同啊，因為陸寒從舉子變成了進士，又是從五品的官老爺，辦起親事來更風光啊！

於是兩家人毫無怨言地努力操辦起來，只怕辦得不夠盛大隆重。

到時候他們都要坐在上位喝新人敬上來的喜茶的，多有面子啊，想想就讓人興奮啊……陽城裡有頭有臉的人物，都收到了陸家發出的喜帖。

在這個夏天，陽城最熱門的話題，當然就是這一樁婚事了。

六月十八，吉日，宜嫁娶。

天還沒亮，秦家的院子就已經鬧成了一團。

秦家旁支的七小姐秦芳菲，今天就要出嫁了。

第一百四十四章 出嫁

往日平靜的小院，此刻卻熱鬧得像是集市一般嘈雜。

本來不大的地方，擠滿了秦家的女眷。無論是已經出嫁的芳苓、芳芷、芳芝等姑奶奶，還是秦家的媳婦、兒媳如勞氏、林氏、孫氏等人，都來到芳菲的屋子裡給她送嫁。

而那些沒出閣的小妹和外甥女兒們，也都來湊熱鬧。幾個才留頭的小小姐，手裡還拿著糖果呢，就往人堆裡鑽，一邊鑽一邊嚷嚷著。「看新娘子嘍！看新娘子嘍！」

這也是秦太夫人去世後，秦家人聚得最齊的一次。

前些日子秦大老爺的生辰沒什麼親戚來，而芳菲這隔房的女孩兒的婚禮卻驚動了秦家上上下下，還沒人說一句不是。

因為這樁婚事，可是秦家全家族都樂見的重大喜事。和這事比起來，秦大老爺的壽辰也得靠邊站。

誰讓人家芳菲嫁的夫婿是位進士老爺，而且已經封了從五品的官呢！

這在秦家的姑爺裡頭可是頭一份，還能不讓秦家人使勁的巴結著嗎？

要說起來，大家都認為這樁親事真夠「一波三折」的。

先是陸寒的父親去世了，陸寒得守三年的孝，這一守孝完芳菲就過了十七歲。

那陸寒還不來提親，說是等有了功名在身再娶。

好吧，等他考中了秀才，想娶親了，芳菲這邊又沒了個長輩秦老夫人，輪到她要守幾個月的孝。

芳菲這正在家守孝呢，陸寒卻給一夥河盜劫持了去，差點就命喪清江。

幸虧陸寒命大，不僅逃了出來，還中了個亞元，成了舉人老爺。

拖來拖去，芳菲就成了個二十歲的「老姑娘」了，這下子總該辦親事了吧？

誰知道馬上都要舉行婚禮了，又遇上個國喪！

當時大家表面上不說什麼，暗地裡卻在嘀嘀咕咕。「這倆的親事莫不是就要這樣拖下去了……」

所以後來芳菲跟秦大老爺說了情，自個兒帶著家人就上京找陸寒去了，秦家的人也不多嘴。就怕陸寒在外頭心野了，不認秦家這門親了，秦家的損失才大呢，誰還有閒心去看芳菲的笑話啊？

好在陸寒現在中了進士補了官，人還沒回來，就來信給他二叔，讓陸月思趕緊操辦婚事，等他一到陽城就娶親。

秦家的人這才吃了一顆定心丸，歡天喜地的籌備起婚禮來，一點兒怨言也沒有。

甚至有些嘴上不積德的秦家姑娘，偷偷議論說：「七姊姊膽子真大，莫不是上京的時候把她那未婚夫婿給先勾引了……」便被家裡的長輩叫來訓個半死。

秦家的人愚蠢歸愚蠢，卻還沒發瘋，知道芳菲若能嫁給陸寒，那是他們秦家全家的光榮。哪能再容忍這親事出什麼岔子？

他們還特意讓子弟去市井裡打聽打聽，若是聽到對芳菲有不好的傳言，趕緊給芳菲「闢謠」，務必要讓芳菲順順利利地嫁進陸家。

不過秦家子弟出去，倒是聽到一個新的說法。過去他們家裡老覺得芳菲是個「掃把星」，如今外頭的人卻說秦家的七小姐一定是個「旺夫相」。

「旺夫？是呀，七丫頭是挺旺夫的，還沒嫁過去呢，陸姑爺就一個勁兒的高中，往後，一定是大富大貴的命呀！」

秦大夫人勞氏對芳菲的印象還是很好的。而且她嫁過來的時候，芳菲在秦家的地位已經很鞏固了，沒人敢再當著芳菲的面說她是「掃把星」、「喪門星」，所以勞氏也跟著一個勁兒的誇芳菲旺夫。

秦家其他人的表情則有點微妙，但誰也不會傻傻的出聲反駁。何況，他們現在也覺得，還真有點像那麼回事……

外界詆毀與讚譽，芳菲是聽不到的，也沒打算去聽。

不過她現在滿耳朵都是秦家女眷們的讚賞之聲，直聽得她兩耳滴油。

真像一群老母雞——「喔喔喔喔喔喔喔……」

芳菲心裡無聊地想著。

她今天也確實只能胡思亂想一番，因為作為新娘子，她的任務就是——什麼都不必做，充當一個會喘氣的扯線木偶就行了。

從早上起來，她就被眾人按在梳妝檯前不停地折騰。

先是一位遠房嬸娘，俗稱「全福人兒」的一位中年婦人來用五色絲線來給她開面。

那位胖太太手裡捏著絲線上下絞動，把芳菲臉上的汗毛一片片地拔了下來，直把她的臉絞得通紅通紅的。

真疼啊……

芳菲忍著眼淚，心裡不住腹誹，到底是誰規定姑娘家出嫁就得「開面」的？這個手續有沒有必要存在啊……更可怕的是，弄得這麼疼的臉，還得化妝，到時候不得弄成猴子屁股？

好吧，果真讓她猜中了。

秦大夫人勞氏親自出手為她上妝，化得兩頰紅粉緋緋，雙唇豔如櫻桃，連眼皮蓋上都是脂粉。

芳菲看著鏡子裡那張紅得看不出本色的臉，嘴裡直發苦。

妳們是和我有仇嗎？

滿屋子的女眷們卻都誇勞氏上妝上得好，「實在是夠喜慶」！

原來妳們追求的就是這種效果……那不如直接用紅色顏料給我刷一遍吧。

芳菲強忍著翻白眼的衝動，在碧荷的服侍下穿起了那身從陸家送來的宜人冠服。

這身衣裳一上身，屋子裡的女眷們就如同妖精見了唐僧肉，那兩眼的光彩閃耀得像是正午的太陽一般，灼灼發光——

一副誥命，就是這時代女人們追求的終究目標啊！

看看那珠冠！雖然秦家的女眷們也不是做不起值錢的珠冠，可是人家芳菲那珠冠和頭釵上頭的好幾個式樣，卻只有從五品以上的誥命夫人才能戴的，平民百姓再有錢也別想戴上頭！

再看看人家那真絲紅羅的箭袖中單，人家那真紅水綢曳地裙，還有外裳上的綠葉牡丹、祥雲鴛鴦……這可不是她們這群女人出嫁時，穿的那種「鳳冠霞帔」，而是真真正正的宜人服飾……做工和質地當然是上好的，重點是人家這天大的體面！

在一屋子羨慕嫉妒恨的眼光下穿戴好了衣裳，芳菲又只得定定地坐在床沿上等著新郎過來接親。

不過她看看外頭的天色，這會兒才剛到中午，新郎還得好一會兒才來呢。悶啊……

幸好中午這頓娘家飯菜，那些女眷們都是要出席的，屋裡終於清靜了許多。就剩下春雨和碧荷等幾個丫鬟在一邊伺候她——這些下人都會跟著她嫁到陸家去。春雨兩口子算是陪房，而碧荷以一等丫頭的名義嫁過去的，碧青和碧桃是二等。

春雨對著打扮好了的芳菲看了又看，眼裡濕漉漉的。「姑娘，您終於要出嫁了……」

芳菲這會兒倒有心思說笑了。「莫哭、莫哭，咱們不都是一起走的嗎？看妳這樣子，好像我要撇下妳不管似的。」

「奴婢只是太高興了。」春雨拿出絹子一個勁兒地抹著眼淚。

碧荷等人知道芳菲和春雨的感情不一般，紛紛都躲到外間去做事，不敢過來打擾。

且不說這邊芳菲和春雨說著話，陸寒在陸家那頭幾乎就要過不來了。

中午在陸家的院子裡先擺了三十桌酒席，就這還差點招呼不齊城裡的頭面人物呢。用四叔無奈中透著驕傲的話來說，那就是「誰叫咱家大爺是從五品的官老爺了呢？」。

一般來說，新科進士成績好的考上庶吉士進了翰林院，那也得從七品或者從六品的小官做起。現在陸寒沒進翰林院，卻外放當了個從五品的學政，真是破天荒的大事，能不讓人震驚嗎？

吏部給出的任命理由是說陸寒在宮變中有立功表現，陸寒自己都覺得暈暈乎乎的。立功表現？他自己都沒印象……

不過蕭卓曾找過他，對他說讓他補上這個缺，是因為那原來的鹿城府學學政也是詹家一系，現在被撤了職。皇上要找個信得過的人去補缺，他就推薦了陸寒，於是才有了這個任命。

陸寒只能感謝蕭卓的幫忙，儘管他並不認為這就是真相。但聰明如他，知道官場上的事情，有時候不要太較真，不然到最後，苦的還是自己。

正因為他一下子得了從五品的官職，陸寒便要求自己必須更加謙遜，不然會給士林留下「小人得志，驕橫無禮」的印象，以後可有大麻煩了。

越是得勢，越要謙卑。陸寒始終謹守著這一原則，所以對來參加他婚禮的眾賓客們都不敢怠慢，每一桌都殷勤敬酒，和他平時內斂的為人大相徑庭。

眾人難得見他願意敞開來喝酒，加上又是他的大好日子，哪有人不死命地灌的？於是當陸寒騎上去接親的駿馬時，整個人都暈暈乎乎的了。

硯兒一直在擔心少爺會不會從馬上摔下來……就這麼提心弔膽地跟了一路。

路上自然有無數行人來圍觀這位春風得意的新郎官，有些膽大的小媳婦、小姑娘還躲在街上店鋪的門簾後頭看。回去以後跟小姊妹們說：「那個陸才子，真的好英俊，秦家那姑娘也太有福氣了……」

這夜，陽城中有多少顆芳心黯然破碎，那可不在陸寒的考慮範圍內了。

他只想著，要把他的新娘接回家……

第一百四十五章　花燭

陸寒來到秦家的時候，芳菲已經餓得前胸貼後背了。

她從早上起來，就只吃過兩個小巧的喜餅。

別人出嫁時什麼心情，芳菲體會不到，反正她如今就只想著——「拜託，快把流程走完吧，我累了……」

聽著秦家的小子們在外頭「攔新郎」，芳菲恨不得脫了一隻繡花鞋拿在手上，衝上去一個個抽死。這群兔崽子，淨耽誤事，趕緊讓姑奶奶我上花轎是正經啊！

終於在黃昏前，芳菲被喜娘揹著上了花轎。臨上花轎的時候，喜娘悄悄在她耳邊說：「七小姐，哭啊，哭啊！」

「哭？」

哭什麼？

人家女兒離了娘家，是要和親生父母骨肉分離，從此從嬌小姐變成人家的小媳婦，一下子天堂變地獄，當然要哭。

可是她現在哭誰啊？

和秦家的人感情也沒好到難捨難離的分上，其實離了他們她才開心呢。但芳菲也不想讓人非議自己不知禮數，只好狠下心來用力擰了自己大腿一把，頓時嚶嚶哭道：「嗚嗚嗚……」

乾打雷不下雨比真哭還要累……

婚禮的過程總是千篇一律的，何況芳菲頭上頂著個紅蓋頭，什麼也看不見。只聽得滿耳朵的「郎才女貌」、「天作之合」、「才貌雙全」，讓她再次生起翻白眼的衝動——你們都有透視眼的啊，能穿過我的蓋頭看到我的臉？

好不容易把一連串的拜天地、敬長輩之類的程序都搞定，芳菲被兩個喜娘扶著回到新房裡，一屁股坐在新床上就不想動彈了。

當然她想動彈也不行，因為據說按照規矩，她要維持這個姿勢直到她的「相公」回房挑開她的蓋頭為止。

嗯，從現在開始，陸寒是自己的相公了。

相公，相公啊……

芳菲默默唸著這兩個字，覺得新奇中又帶著一絲說不清、道不明的期待。

趁著屋裡沒別人，芳菲偷偷叫碧荷又拿兩個乾果子來給她填填肚子。

不知道過了多久，陸寒才被人扶著回到屋裡，才剛踏進屋門，一下子就趴在桌子上起不來了。

「新郎官、新郎官——」喜娘著急了，這新郎官沒掀蓋頭就醉倒了，接下來的事情怎麼辦啊？還要掀蓋頭喝交杯酒呢！

可是陸寒似乎醉得很徹底，無論怎麼推也推不醒。

那喜娘也是見多識廣的，可也沒見過被人灌得這麼醉的新郎，不免慌了手腳。

扶他回來的是他的兩個同年舉子，這時也怪不好意思的，今天大家實在興致高，給陸寒灌了太多酒，沒想到會耽誤人家圓房。

還是碧荷跑到芳菲身邊輕聲討了個主意，過來對喜娘說：「大娘子，我們夫人說了，就請兩位客人把新郎官抬到床上來讓他睡著吧，別吵他了。等新郎官酒意一過，自然就會醒了。」

「那掀蓋頭呢？交杯酒呢？」喜娘遲疑著說。

碧荷是個有主見的，很乾脆的說：「沒事，我們幾個都在這兒伺候著老爺和夫人呢。請大娘子教教我們待會兒怎麼幫老爺夫人把這些禮數行完就好了。」

「那也成。」喜娘看陸寒被抬到了床上，睡得死豬一般沈，也覺得這新郎官一時半會兒醒不過來。

她只好跟幾個丫鬟說了些如何給新人結髮、如何讓他們喝交杯酒的事情，其實也非常簡單，幾個丫鬟一聽就會了。

喜娘、客人都走了，屋裡只剩下芳菲和丫鬟們，芳菲便自己伸手把那悶死人的蓋頭給掀了下來。

「哎，姑娘……夫人，這可不行！」

碧荷嚇了一跳，壓低聲音說了一聲，卻被芳菲瞪了回去。「這裡又沒外人，算啦，我都快熱瘋了。」

這可是熱得人發昏的六月天啊，她穿著這身厚重的誥命禮服，戴著華麗麗的珠冠，還蓋著這厚厚的紅蓋頭。好看是好看了，可是這滋味，真是誰穿誰知道啊！

「去給我打盆熱水來，我要卸妝。」

「可是夫人……」幾個丫鬟還想勸芳菲，被芳菲的眼神一掃，只得下去替她取熱水，拿毛巾了。

因為她們也是初來乍到，對外頭的人事也不清楚，芳菲索性讓她們三個一塊兒去取水。

「快去快回。」她現在渾身是汗，只想好好洗個澡。

幾個丫鬟領命出去了。芳菲一伸手就把頭上的珠冠給摘了下來，正想站起來解開外裳，忽然間感到身後的陸寒猛的動了一下。

她還沒轉過身來，就被一具熱乎乎的身子摟了個結結實實。

「哎呀——」芳菲真的受了一驚，禁不住輕呼一聲。

「嚇到了吧？」陸寒緊緊抱著芳菲，一股酒氣從嘴裡直噴出來。

但芳菲看他眼神清明，一點都不像是喝酒的樣子，便醒悟過來——

「你裝醉？」

「是呀，我裝的。」陸寒理所當然的點點頭，一點騙人的愧疚都沒有。

「居然連我都騙？」你的演技也太好了吧！芳菲差點想這麼說。

「別生氣、別生氣……」陸寒還是把芳菲抱在懷裡，鼻端的熱氣一直噴在芳菲的脖頸上，讓她覺得更加燥熱了。

「我這不也是為妳好嗎？我那群同年，還想著要鬧洞房呢，我要是沒裝醉，他們肯定不會放過我們的，今晚一定鬧得不行啊。」

「那他們怎麼就肯相信你真的醉了？」芳菲用力推了推陸寒。「好熱，過去那邊啦，不要挨著我。」

「熱就熱。」陸寒賴皮地抱著她的纖腰，享受著兩人緊密地貼在一起的感覺。「我從中午到現在，大概喝了有幾百杯酒吧，他們當然相信了。」

幾百杯？芳菲被這個數字嚇壞了。

她忙捧過陸寒的臉來，仔細打量著他的神色，覺得他不像是有事的樣子。但是這數量也太驚人了吧？

「你……很能喝酒？」

陸寒慢悠悠的說：「我八歲那年，家裡的小地窖裡用一個大酒缸泡著一些藥材做藥酒。」

「呃……然後呢？」

「然後有一天，我父母發現我不見了。找完了整個宅子都找不到我，我娘差點嚇瘋了。後來還是三姑在地窖裡發現了我……據說我就躺在酒缸裡面。」

「躺在裡面？」芳菲眨了眨眼睛，疑惑地說：「是泡在裡面吧？」

陸寒搖了搖頭。「非也非也，酒缸裡的酒已經被我喝光了，所以真是躺在裡面的。」

芳菲徹底無語了，這就是傳說中的天生海量，千杯不醉嗎？

「所以……」陸寒把嘴唇貼近芳菲的耳朵，輕輕地說：「我的娘子，為夫是不會因為醉酒而耽誤了今夜這良宵的……」

芳菲的臉本來就上了紅妝，現在更是連脖子根都紅透了。

屋外響起了腳步聲，芳菲知道是丫鬟們回來了，趕緊再推推陸寒。「放開啦，別讓下人看見了。」

「就不放，除非……妳叫一聲好相公，親親相公，我才放。」陸寒今晚特別調皮，和平時簡直判若兩人。

「好相公，親親相公，最親最親的好相公，你趕緊——放——手——」芳菲用力在他的手臂上咬了一口，陸寒一吃痛趕緊鬆開了手。

這時丫鬟們也進了屋子。

碧荷幾個發覺老爺醒了，正想叫陸寒履行儀式，忽然感覺兩人這時的姿勢好曖昧，而芳菲的衣服也縐得不成樣子……幾個丫鬟都羞得低下了頭。

在別人家裡，陪嫁丫鬟是給男主人預備下的通房丫頭，因此常常得在房裡服侍。不過芳菲在出嫁前就明確的告訴碧荷等幾人，她帶她們嫁過去並不是要她們將來當通房的，將來都會給她們找一門好親事。

除了一些特別有心計、愛攀高枝的丫頭之外，其實大多數的丫頭並不是那麼喜歡當通房、當小妾的。

所以芳菲這麼一說，她們心裡就踏實了。她們幾個也在私底下說，一定要和姑爺保持距離，別做出讓姑娘不滿的事情來，這就對不住姑娘了。

現在她們發現芳菲和陸寒方才可能在親熱，便都一齊尷尬起來。還是芳菲給她們解了圍，說：「把熱水和毛巾放下，妳們到外間去休息吧，我要什麼再叫妳們。」

幾人如獲大赦地放下東西走了出去，個個都面紅耳赤，完全忘記了喜娘交代她們要協助芳菲和陸寒進行幾項儀式。

陸寒見人走了，又想來纏芳菲。芳菲才不理他，自顧自到屏風後面解開一身喜服，跳進澡盆裡去洗掉臉上的濃妝和身上的汗水。

剛剛想拿巾子擦身，忽然看見陸寒一閃身進了屏風後頭。芳菲一驚想捂住胸口，卻被陸寒一把從澡盆裡抱了出來。

「你幹什麼呢？」芳菲被嚇得完全沒法子思考了，整個人赤裸裸、濕漉漉地被陸寒抱到了床上……

新床上掛著的紅帳子，被一隻大手一下子扯了下來。

芳菲羞得嚶嚀一聲，把自己緊緊裹進了錦被裡，只露出一抹粉嫩的雪肩，反而更是誘人。

陸寒輕笑著靠近，將她連人帶被子一起攬在懷中。

「別，別抱這麼緊……」芳菲勉強掙扎了兩下，被子卻漸漸滑下了肩頭。

陸寒垂下頭，輕輕在她雪白的肩頸處烙下一串串灼熱的親吻。

芳菲的身子便一點點軟了下去，整個人像被泡在溫水中一般，從身子裡往外發著熱。她半張的紅唇無意識地發出低低的呻吟，忽然「啊」地輕呼，那是因為陸寒終於將手探進了錦被中，撫上了那一雙靈動的玉兔……

下一刻，她的輕吟全被陸寒的唇吮進了口中，眼兒漸漸泛起了淚光。他滾燙的肌膚貼上了她的，所有的曲線都那樣吻合，就像是上天特意打造出來的一對玉人兒。

紅燭噼噼啪啪燃燒著，照著那帳子裡纏綿的一對人兒，逐漸融化成一團紅……

清晨，芳菲從夢中甦醒，卻發現她那「貪心」的壞夫君還在不停往她臉頰上印下細細碎碎的輕吻。

「早啊，娘子。」

「早，早安。」芳菲整個人蜷縮進被窩裡，不敢與自己的新婚丈夫對視。

陸寒笑著把她抱出來。「快起來吧，我們去用早膳。」

「起來……哼……」芳菲一手撐著床板想支起身子，可腰肢軟軟的根本直不起來。都是他的錯！

陸寒含笑將她抱起來，親自給她穿衣、盥洗，又坐在梳妝檯邊看著她梳頭，眼神溫柔得像要將她溺死。

「你幹麼老盯著我看啊？」芳菲邊梳頭邊嬌嗔地看著他。

「妳是我娘子了嘛，我當然要一直看一直看啦，我還打算看一輩子，還有下輩子，下下輩子……」

陸寒快活得不得了。芳菲，終於是他的妻子，完完全全屬於他一個人了！

多年後，陸府。

又是一年新春到，府中的老老小小都忙得不可開交。而孩子們無疑是最快活的，每個人都歡快地笑著不停跑來跑去。尤其是陸寒與芳菲的一雙兒女，更是調皮得不得了。七歲的小哥哥帶著五歲的妹妹，屁顛屁顛跑到府門外看人貼對聯去了。
恰好陸寒夫婦的轎子從外頭回來，見兩個孩子這般淘氣，芳菲忍不住想教訓他們兩句。還是陸寒拉住她，笑道：「過年嘛，就讓他們盡情鬧一鬧吧！」
芳菲看著這溫馨的景象——歡鬧的兒女，默默守候在一旁的丈夫，平和靜好的日子。她所夢想過的一切，都已經得到了。
陸寒下了轎子走上臺階，見芳菲還站在臺階下，便溫柔地一笑，向她伸出手來。
「娘子，來呀。」
這一瞬間，芳菲恍然想起許多許多年前。那是一個飄雪的冬日，十四歲的陸寒站在陋室前的雪地上，眼中滿溢著堅定的愛意。
他說：「我要用我的一生，來守護妳。」
一生啊……
「嗯，我來了。」
芳菲對愛人綻開一朵最美的笑容，朝她一生的幸福走去。
正午的陽光如碎金般緩緩灑落在這朱門前。待到積雪融盡，便又會迎來大好春光，繁花滿園，又會迎來……
百般紅紫競芳菲！

——全書完

既來之，則安之。
再不想再受盡白眼，
她就想個法子討老祖宗歡心……

慧黠有情．宅鬥精巧／

薔薇檸檬

競芳菲

文創風 065 上

她原本好好的在高中教語文，還是該校小有名氣的「王牌教師」。
無論是上級、同事還是學生，都對她的工作能力十分佩服。
唯一美中不足的是，她到現在還沒有談過戀愛……
但這幾近完美的一切都在瞬間有了天差地別的改變——
她意外地穿越到古代，被困在一個名叫秦芳菲小孤女身上，
她有著成熟的靈魂，卻被迫當個十歲的小女孩，
像個拖油瓶地似寄生在秦家本家大宅裡，
不只不被老夫人待見，受盡冷落，還得領教惡僕欺主，
幸虧來到古代時，她腦中攜帶而來海量資料庫——
百草良方，盡在掌握；花經茶道，樣樣精通；發家致富，不在話下。
縱然有再多的艱辛波折，坎坷磨礪，
她也一樣可以把小日子經營得有滋有味，風生水起……

文創風 066 中

「我向妳發誓，我一定要取得功名，然後……用我的一生來保護妳。」
陸寒是從什麼時候起，對她竟有了這樣深的感情呢？
遲鈍的她卻從未察覺……
雖然他是自己的未婚夫，在這一世還長了幾歲，
但在她心中，一直當他是弟弟般地照顧著。
她已不再是剛穿越過來的那個沒本事、病弱氣弱的小孤女了，
她懂得怎麼營生，怎麼撐起小小的天地守護自己，
就算秦家逼她悔婚，她仍是可以周全自己的意願。
只是不嫁朱毓升，難道，真的要嫁陸寒嗎……
她相信他是個一諾千金的人，
他話一說出口，即便是天坼地裂，他也不會改變心意。
可她的心卻……

文創風 067 下

上天就是這麼愛捉弄人……
當她覺得她的人生、未來的幸福應該就這麼安穩地定下來了，
茶館的生意她做得叮噹響，手邊寬裕了，
陸寒也提親了，往後他們成了小夫妻，兩口子可以好好安生了，
皇上突來的恩寵卻攪亂了她的天地。
曾藏她心上的少年，竟成了當今的皇上，
她心中深藏的情意早已遠去，
然而皇上對她的思念卻日益深沈，
強烈的情感竟化為獨占，擄了她，軟禁她，
恩威並施，語帶威脅……她再怒也只能忍下；
她不能拂了皇上的面子，更得顧全陸寒性命，
她不想當皇上養在精美籠子裡的金絲雀，她的心早已飛了，
她該怎樣才能脫身，回到所愛的人身邊呢……

春秋戰國第一大家／玉贏

無鹽妖嬈

青山相待，白雲相愛，夢不到紫羅袍共黃金帶。
一茅齋，野花開，管甚誰家興廢誰成敗？

文創風 059 1

孫樂想不通透，自己怎的一不留神就被雷劈了個正著？
且她一覺醒來成為一名身分低下的十八姬妾也就罷了，
偏偏她還換了個身體，變成長相醜陋兼瘦弱不堪的無鹽女！
教人汗顏的是，她名義上的夫婿姬涼卻是美貌傳天下的翩翩美公子，
唉唉，這兩相一比較，簡直都要叫她抬不起頭來了，
再者，來到這麼個朝代後，生存突然間變成一件無比艱難的事，
前面十七個姊姊，隨便一個站出來都比她美很多，
她既無法憑藉美貌得人寵愛，想當然耳只得靠腦袋掙口飯吃了，
幸好她極聰穎，臨機應變的能力絕佳，又能說善道，
想來要在這兒安身立命下來，應該也不是太難……吧？

《無鹽妖嬈》1封面書名特殊燙銅字處理，盡顯濃濃古意！

文創風 060 2

說到她夫婿姬五這人，家底是不差的，加之心善耳根又軟，
因此人家塞給他及他救回家的女人不少，這些全成了他的姬妾，
孫樂自己就是被他撿回家的，要不憑她人見驚、鬼見愁的容貌，誰肯娶？
甚至連她請求收留一個無依無靠的男孩跟她同住，他也答應了呢！
但說也奇怪，她就罷了，其他漂亮的姬妾不少，怎也不見他多瞧一眼？
別說看了，連到後院跟姊姊們說說話的場面她都很少看見過，
倒是她，醜歸醜，但因獻計解了他的煩憂，反得他的另眼相看，
結果可好，引得其他姬妾們眼紅，其中一個還對她栽贓嫁禍，
唉，使出如此拙劣的伎倆，三兩下就能解決掉，她都不知該說什麼好了，
果然男人長得太好看就是一切禍亂的起源，古今皆然啊～～

文創風 061 3

在展現聰明才智，成為姬五的士隨他出齊地後，孫樂發現了一個秘密——
他俊美無儔，氣質出眾，外人看來宛若一謫仙，卻原來極怕女人啊！
由於他生得一張好皮相，姑娘家見了他就像見到塊令人垂涎的肥肉似的，
不論美醜，一律對他熱情主動、趨之若鶩得很，令他招架不住，
基本上，他會先全身僵硬、正襟危坐，接著就滿頭大汗、困窘無措，
通常要不了多久，他就會明示暗示地要她速速出手相救，
即便是名揚天下、大出風頭後，他也一如既往的不喜歡與人交際，
而跟在他身邊的她，就算低調再低調，才智與醜顏仍是漸漸傳開來，
便連天下第一美人雉才女都當眾索要她，幸好他極看重她，嚴辭拒絕了，
她既心喜於他的相護，又不解雉才女的舉動，此事頗耐人尋味哪……

文創風 063 4

猶記當初秦王的十三子曾對孫樂說，她雖是姑娘，卻有丈夫之才、丈夫之志，
因看出她才智非凡，所以問她有無興趣追隨他，他必以國士之禮待她，
這番話著實說得情真意摯啊，偏偏她沒那麼輕易便以命相隨，
要知道，這是個人命如草芥的世道，她不過一名小女子，沒啥偉大志向，
倘若能得一處居所安然自在地過了餘生，她便也別無所求了，
然則那問鼎天下、惹得各侯王欲除之的楚弱王卻逼得她不得不大展長才，
原因無他，楚弱王便是當年與她同住姬府、感情極佳的男孩弱兒！
當時那個說要她變好看點才好娶她做正妻的男孩，如今已是一國之王，
不論多少年過去，他待她仍一如往年的好、不嫌她醜，欲娶她之心更堅定，
雖不確定自己的心意，但她卻為他扮起男子，當起周遊列國的縱橫客……

文創風 064 5 完

這回為了姬五想救齊國一事，她孫樂重操舊業出使各國當說客，
結果齊國是順利得救了，她卻徹徹底底得罪了趙國，
趙國上下認為她以女子之身玩弄天下之士，更兩番戲趙，罪無可逭，
那趙侯更是發話了，凡她所到之處，他必傾國攻之！
這不，她前腳才剛踏入越國城池，越人即刻便求她離開，想想她也真有本事，
然則此時出城便是個死，於是她率眾住下，沒幾日，趙果發兵十萬欲滅她，
正當兵臨城下、千鈞一髮之際，弱兒帶大軍前來相救，更令趙全軍覆沒！
驚險撿回一命後，她不得不正視一個困擾已久的問題——
一個是溫文如玉的第一美男姬五，一個是問鼎天下的楚國霸王弱兒，
兩位人中之龍都極喜愛她，她也該仔細想想，誰才是她心之所好了呀……

《無鹽妖嬈》5，首刷隨書附贈1~5集超美封面圖5合1書卡，
可珍藏，亦可自行裁切成5張獨立的書卡使用喔！

復貴盈門

善良無用，心慈手不軟才是王道！
重生之後，鬥權勢地位更要鬥心！

文創風 057 4

她深知自己總是看不透周十九，
便不費心猜他，睜隻眼閉隻眼地過了，
而他，卻時不時透露些自己的小事、喜好，彷彿在引她親近，
彷彿對她說，既然成了親，
便有很長、很長的時間，與她慢慢磨……

文創風 058 5

成親前，從未想過這個狡猾如狐狸、
狠如虎豹的男人能如此呵護自己，
但關於他的事，真真假假、假假真真，
或許有時也要由她「出擊」，
讓他明白，他想讓她心裡有他，
她也想他心中擱著她這個妻子……

文創風 062 6

曾幾何時，她對周十九的猜疑及不確定淡了，取而代之的是相信他的許諾，
從前，總覺得相識開始，他便要將自己掌握在手，連她的心也要算計，
但如今，她明白結了婚不是誰拿捏了誰，誰要主內主外，
卻是累了有個溫暖懷抱可倚靠，傷心了能放心地落淚……

風 文創
067

競芳菲
下

國家圖書館出版品預行編目資料

競芳菲 / 薔薇檸檬著. --
初版. -- 臺北市 : 狗屋, 民102.02
冊 ; 公分. --（文創風）
ISBN 978-986-328-004-0（下冊：平裝）

857.7 101027935

著作者	薔薇檸檬
編輯	王佳薇
校對	黃薇霓　蘇虹菱
發行所	狗屋出版社有限公司
地址	台北市104中山區龍江路71巷15號1樓
電話	02-2776-5889～0
發行字號	局版台業字845號
法律顧問	蕭雄淋律師
總經銷	知遠文化事業有限公司
電話	02-2664-8800
初版	102年2月
國際書碼	ISBN-13　978-986-328-004-0

原著書名：《竞芳菲》，由起点中文网（www.qdmm.com）授權出版。

定價250元
狗屋劃撥帳號：19001626
網址：love.doghouse.com.tw　E-mail：love@doghouse.com.tw